北海
イギリス
オランダ
Bergen-
Belsen
75
大西洋
ベルギー
60
Buchenwald
ルクセンブルグ
Flossenburg
26
Dachau
フランス
スイス
20
ポルトガル
スペイン
地
中
海
0
200
400
600
800
1000km

日本に来たユダヤ難民

ヒトラーの魔手を逃れて
約束の地への長い旅

ゾラフ・バルハフティク
Zorach Warhaftig
滝川義人訳
Yoshito Takigawa

REFUGEE AND SURVIVOR
Rescue Attempts during the Holocaust

原書房

本書をわが愛する妻ナオミに捧ぐ。
彼女は、私の好き伴侶として苦楽をともにし、
ユダヤ暦五七四三年イヤル月二八日
（一九八三年五月一一日）、この世を去った。
彼女の魂が永遠に安らかならんことを。

ナオミ・バルハフティク

序　文

あまり知られていないが、ホロコースト時代にめずらしい救助活動が行なわれた。ドラマの中心人物が著者のゾラフ・バルハフティク博士で、本書はその経緯である。個人を中心とした体験ながら資料に裏付けられ、透徹した歴史観につらぬかれた書である。

第二次大戦の勃発とともに、ポーランドからユダヤ人たちがリトアニアへ逃げ、救助活動はこの難民社会のなかで実行された。それは、迫りくる危機を感知し、力と意志をふりしぼって多くの人を引っ張っていった人間の証言であると同時に、いろいろな人々が組合って初めて、ホロコーストを前に救済の道が切り開かれたことを物語っている。空前の非常事態のなかで、非常の手段を取りうる行動力と善意がなければ、むずかしかっただろう。つまり、難民社会の指導者、日本とオランダの義の人、そして無名のソ連官吏数名の努力が指摘されるのである。

著者は、ポーランドとイスラエルで活動した宗教シオニズムの最高指導者のひとりであり、数々の業績をもつ傑出した人物として知られる。この救助活動は、なかでも重要な功績のひとつとして考えられる。当時バルハフティク博士は弁護士を職業とする若手のシオニスト指導者で、本書にあるとおり、ジュネーブで開催された第二一回シオニスト会議からもどったばかりで、妻とともにワルシャワを脱出、難民になった。バルハフティク博士は、自分自身苦しい立場にありながら、責任を一身に負って難民のために奔走した。公的機関の了解なしで、重大な決断をする場合もままあったのである。博士こそ、この無類の救助作戦を導く精神的支柱であった。

著者は、後世にとって事実関係が重要であることを認識し、資料の収集保存につとめてきた。この種の活動には、責めさいなむような疑問や躊躇がつきものである。当時の資料をみると、それがよくわかるし、関係者やできごとの背景を生の資料で知ることができる。本書には、戦後博士が難民キャンプや解放されたヨーロッパで生き残りの人々との再開や、あるいはユダヤ人の社会生活の再建に努力した模様も描かれている。

バルハフティク博士は、避難地のリトアニアから日本、上海へ至り、アメリカ大陸、解放後のヨーロッパを経て、最後にエレツ・イスラレルへたどり着いた。それは、救助した難民のたどったのと類似する道程だった。この長い道のりこそが、博士のオデッセイであったのだ。

このような異常な状況下で、指導者は一人で決断を下さなければならない。少しでも成功したといってはは喜び、もっと工夫すればより大きい成果があがったかもしれない、と後悔する。本書を読めば、そのような緊張感がひしと伝わってくる。本書は、難民であると同時にその生き残りである人間の生と闘争の証言である。

イスラエル・ガットマン

まえがき

逃れるものを断つために、
別れ道に立ちふさがってはならない。
その苦難の日に、
生き残った者を引き渡してはならない。
（オバデヤ書第一章一四節）

ホロコースト時代の第一年目、脱出ルートは少ししかなかった。このわずかの突破口を利用した人も多いが、大半の人は逃げ場のない状態におかれた。征服者のドイツが支配域を広げてくると、この人たちは難民となり、安全な場所をさがして逃げまどった。一時安全なところにたどりつくと、なんとか地獄を逃れ、究極にはエレツ・イスラエルへ向かおうと苦心したのである。

当時、ビルナとリトアニアにはポーランドから来たユダヤ人難民が二万人ほど集まっていた。難民は、独ソ占領地にはさまれた中立国へ吹き流され、占領地で展開される状況を息をのんで見守っていた。黙っていただけではない。限度はあるが、からくも占領下ポーランドから脱出した人の救援活動もやっていた。

ナチは東の方へ軍勢を進め、リトアニアにいるポーランド難民は、迫りくるこの軍靴におびえながら、日を送った。おそらくそのためであると思うが、難民たちは脱出方法を探し求めるなかで、機略縦横の行動をとった。型にはまらぬ奇想天外な方法を工夫し、二年以上にわたってこの方法を使った。彼らはロシアの大平原を渡りシベリアの荒野を越えて日本、上海へたどり着き、究極の目的地である西側とエレツ・イスラエルをめざしたのだった。

神のご意志によって、私はその活動の中心にとびこむ運命をたどり、ホロコースト時代、ナチズムのくびきにつながれたユダヤ人社会の問題に専念し、微力をつくした。戦争が終わると、私はすぐ行動を起こし生き残りに会いにいった。一九三九年九月にワルシャワを出て、一九四六年三月にもどるまで、ほぼ六年を要したのである。

私は迫害の犠牲者、悪に敢然として立ち向かった人、そして救済の道を切り開いた人、苦難のなかに生き残った人に、負い目を感じている。本書は、私なりにその負い目をつぐなおうという気持ちの表われである。この人々が、わが民族の苦しみや、同胞の命のために巨大な敵と立ち向かった勇敢なる行為とともに、われわれの子孫の記憶に刻みつけられんことをせつに祈る。

本書は、当時の覚書、書簡、電報などの資料に依拠している。いまは亡き妻と私は、国から国、町から町へと渡り歩き、その間にたまった資料をずっと保管してきた。つまり四〇年間も数百数千の文献を抱えてきたのである。われわれは、リトアニアやロシア時代の文書類は回収できなかったが、イスラエルの公文書館にその時代のものがたくさんあるので、それを利用した。リトアニアからエレツ・イスラエルへ送ったわれわれの手紙や電報は、郵便が機能していたときまでの分は、保管してあった。

日本到着から戦後のポーランド再訪までの期間については、私は数箱分の資料を集め、後にヤド・バセムの記録部門へ移した。本書にはもちろんこの資料も使われている。英語版には出典の明記はないが、すべてヤド・バセムのゾラフ・バルハフティクコレクションとして整理・分類されている。

私はもともと、結婚四六周年の記念として本書を妻にプレゼントするつもりであった。しかし不幸にして妻は、発病後まもなく急死した。本書は亡き妻に捧げられるものとなったしだいである。妻は、私のさまざまな活動に、いつもかたわらにいて励ましてくれた。苦難に耐え、戦う私を勇気づけたのだ。私たちは二人で仕事をしたのである。

本書の第一部は、親友の故アブラハム・ルービンシュタイン教授が目を通し、イスラエル・ガットマン教授は全体をチェックしてくれた。二人のコメントはたいへん有用で、深く感謝している。

英語版は、訳をアブネル・トマショフ、編集をレア・アハロノブが担当した。立派な仕事に感謝したい。

中央シオニスト・アルカイブ、バルイラン大学宗教シオニズム研究所、モサッド・ハラブ・クックの宗教シオニズム・アルカイブのスタッフの方々には、資料の面でたいへんお世話になった。

最後になったが、本書の刊行に尽力していただいた、ヤド・バセム、世界シオニスト機構トーラ教育局、そしてホロコーストの生き残りであるナタン・ガトビルト氏に対し、感謝の意を表したい。

エルサレムにて
ユダヤ暦五七四七年シバン月（一九八七年六月）

ゾラフ・バルハフティク

日本に来たユダヤ難民●目次

第2章 日本における難民救済活動

第3章 日本郵船計画

第4章 上海へ

第5章 難民のパレスチナ移住

＊装幀＝帰山則之

第1部

リトアニアへ

第1章　シオニスト会議からワルシャワへ

新婚旅行をかねて

一九三九年の夏の終わり、私と妻はスイスに来ていた。ジュネーブで開催された第二一回シオニスト会議に参加するためである。そのころの私はまだ若かった。結婚して一年半ほどしかたっておらず、スイス訪問はおそまきの新婚旅行みたいなものであった。ワルシャワに住む私は、職業の弁護士のほか、いろいろなユダヤ人団体の役員をかねていたので、多忙な日々を送っていた。

私は宗教系パイオニア運動のヘハルーツ・ハミズラヒの中央委員会議長、パレスチナ委員会副議長、やはり宗教系シオニズム運動ミズラヒの副会長、宗教系労働運動トーラ・バアボダの幹事であった。このほか、あと半ダースばかりの各種団体の役職があった。ジュネーブでは、シオニスト会議の日程のほか、ミズラヒとトーラ・バアボダの活動もあったので、たいへん忙しかった。私と妻は、会議終了後一、二週間スイスに残ってゆっくりしようと決めていた。しかし、私たちの計画は実現しなかった。八月二四日、私たちは、リッベントロップとモロトフが独ソ不可侵条約に調印したというニュースを聞いた。大戦勃発が間近なことを物語る情報がいろいろあった。会場に重苦しい空気が流れ、シオニスト会議は途中で閉会となった。参加者たちは不吉な予想を抱きながら散っていった。世界シオニスト機構会長のハイム・ワイツマン博士は、閉会に際し別れの演説をした。胸のつまるようなあいさつであった。

現在の世界情勢がいかなるものか、私が申し上げるまでもありません。われわれは暗黒の闇につつまれてしまいました。一条の光もない。いつなにがわれわれにふりかかってくるのか、だれにもわからぬ状況です。ここで諸君とお別れを言わなければならない。暗澹たる気持ちです……生きながらえて、全員がふたたび一同に会する日の来ることを。私にはこの祈りしかない。もしわれわれが生き残るなら、われわれの事業は継続する。もしかすると、この闇のなかから、新しい光が生まれてこないともかぎらない。その日の来ることを、諸君とともに祈ろう。イスラエルに栄光あれ！

その日の夜、ラビのモルデハイ・ヌーロック師も私たちに悲壮な別れの挨拶をした。「もう一度お互いに会えるのかどうか、だれにもわかりません。このようなときであるからこそ、ユダヤ民族のため世界に向かって宣言しようではありませんか。『わたしは死なず、わたしは生きる』（詩編一一八）と」。

ワイツマン博士そして大会議長のメナヘム・ウシシュキンは、ポーランドのユダヤ人社会の将来を深く憂慮していた。「君たちが隣国（ドイツ）の同胞と同じ運命に遭遇しないよう祈るのみです」というワイツマンの言葉をついで、ウシシュキンは「ポーランドのユダヤ人三五〇万は、断固として国を守るだろう。しかし、その後どうなるのだろうか」と述べた。無限の悲しみをたたえた表情であった。

封印列車での帰国

大会代表、特に私たちのようにポーランドから来た代表は、とても心配していた。恐れもあった。だが、パニックにはならなかった。ほとんどの者が若かったし、エネルギーと希望にみちあふれていた。それに、いかなる悲観論者といえど、私たちにふりかかったあのおそるべき破局を、だれが予想しえたであろうか。たしかに、私たちは、忍び寄る災厄に恐怖心を抱いていた。しかし、あのような徹底的破壊はまったく予期していなかった。想像もつかなかったのである。ヨーロッパの民主主義が、早い段階でナチの暴力を駆逐する、と考えていたのだ。そんなわけで私たちは、ナチとの戦いに加わるために一刻も早くワルシャワへもどろうと決意した。

しばらくスイスに残って様子をみようと考えたのはごく少数だった。私そして妻はそんなことは夢にも考えなかった。とにかくワルシャワの家族のもとへ帰ろう。ポーランド国民としての義務を果たそう。そんな気持ちであった。ヒトラーの率いるナチの脅威にさらされているいま、ユダヤ人としての、そしてポーランド国民としての責任感が、これほどぴったりと一致したことはない。

帰りの旅はいろいろと問題があった。ドイツ経由は論外であった。しかし、ほかの国で通過ビザを出してくれそうなところは一国としてない。数日間かけずりまわった末、私たちはポーランド行きの封印列車を予約することができた。スイスを出た列車は南下してイタリアへ入り、そこで監督官を乗せるとユーゴスラビアそしてハンガリーへと走りつづけた。私は、ミズラヒ運動のポーランド代表団団長で、代表団として集団ビザをもっていた。

四日ほどの鉄道の旅だった。イタリアに入ると、緊張が高まった。ドアは封印され、列車が駅に止まっても、私たちは一歩も外に出るのを許されず、手足をのばせなかった。しかし、ユーゴスラビアでは一転して平穏となり、私たちは車外に出ることを許され、リュブリャーナの静かな通りを散歩する機会があった。ブダペストで数時間の停車時間を利用して、私たちはユダヤ料理店で昼食をとった。店主は、ハンガリー摂政のホーティー元帥がよくおみえになると自慢していた。レストランにはあわただしい人の出入りがあった。迫り来る危険に対する恐怖より、戦争景気の雰囲気が感じられた。私たちのグループもだんだん緊張がとれてきた。宣戦布告はまだ出ていなかった。あたりの喧騒な雰囲気は平和なときと変わらない空気の反映であった。それが私たちの心をいくらか明るくしてくれた。まだ最悪の事態にはなっていなかったのだ。

第二次大戦勃発す

しかしながら、ポーランド国境に近づくにつれ、ふたたび緊張した雰囲気となってきた。硝煙のにおいが漂っていた。開戦のニュースは、九月二日土曜日の朝になって、ようやく私たちの耳に達した。列車がルブリンに近づきつつあるころだった。ヒトラーの軍隊がついにポーランドへ侵攻したのである。ルブリンの駅では、隣の線路にポズナニ周辺の難民を満載した列車が入ってきた。戦争が始まって一日もたっていないのに、国境の町でもないポズナニからもう内陸部へ難民が流れ出しているのである。ショックだった。

難民列車に乗ったこのポーランド人たちは、私たちをみると「やいユダヤ人、パレスチナへもどれ！」と叫んだ。まったく頭にくる話である。私たちはすぐさま言い返した。「恥を知れ恥を。俺たちは、祖国防衛のためにポーランドにもどってきたんだ。そんなあいさつは受けられん。敵から逃げてきたくせに！」。

その日遅く私たちはワルシャワについた。首都は混乱の極にあった。パニック状態である。ドイツ軍の快進撃のニュースとともに、ポーランド軍は後退して抵抗線を構築せざるをえなくなったというわさが乱れとび、市民の間に不安をかきたてていた。

私たちがもどってきた日の夜、街角ではラウドスピーカーが、対戦車壕掘りの志願者をつのっていた。ワルシャワ郊外につくるのである。家族ごとにひとり出してくれといっている。家族を代表して私は一歩進み出た。そして志願者は一団となってムラノウ駅へ向かった。そこには数万の人が集まっていた。主として近くから来たユダヤ人たちであった。ポーランド軍の将校と工兵が壕掘りを指揮した。われわれは削掘工具を与えられ、敵機をさけるために夜陰にまぎれて掘れと指示された。対戦車壕はドイツの戦車が落ちれば、これを吹き飛ばすのが目的である。

こんなに猛スピードで、しかも熱心に遂行された仕事は例がない。夜明けまでに深い壕が掘られ、ワルシャワへ通じる道はすべて寸断された。しかしながら、この《自製》装置が果たしてナチの戦争マシーンをくいとめられるのか、多くの者は疑問を感じていた。

第2章　ホロコースト前のポーランド・ユダヤ人社会

不吉な前兆

ヒトラーのポーランド侵攻がまったくの奇襲であったわけではない。強奪にも等しいナチのチェコスロバキア併合以来、予期されたことではあった。ポーランドは、グダニスク（ダンツィヒ）割譲を求められ多大の圧力にさらされたが、英仏の支援約束があったので強気にでて、断固拒否した。ポーランドのユゼフ・ベック外相は、「一インチたりとも領土は譲らず」と要求無視の声明をだした。

列強の間では、ドイツの貪欲な領土拡張政策をくいとめるべきであるという気運が高まった。世界大戦は避けられないように思われた。ヒトラーが政権の座についてから、ポーランドのユダヤ人社会は、ナチの脅威をひしひしと感じるようになった。特にドイツがポーランド国籍のユダヤ人を国境外のズバシーニへ追放した事件は、きわめて深刻に受けとめられた。ヨーロッパ有数の文明国ドイツで、ユダヤ人が残酷な迫害を受けていた。これは、反ユダヤ主義の根深い東ヨーロッパ諸国のユダヤ人にとって、不吉な前例として受けとめられた。

ポーランド国内の反ユダヤ運動

ポーランドの国民議会セイムの与党はオゾンであった。独裁者ユゼフ・ピウスツキ元帥の支持者がつくった国民統一陣営である。オゾン代表のひとりで、ビチホブスキという人物が、一九三八年一月二四日の下院《セイム》で演説し、ポーランドにおける暴力的反ユダヤ主義の急速な拡散には、三つの理由があると述べた。彼によると、第一はポーランドにユダヤ人が多すぎること、第二に、ヨーロッパ全土を席巻する反ユダヤ主義の波、第三に、共産主義活動に対するユダヤ人の関与、である。

ポーランドの反ユダヤ運動の先頭にたつ勢力として、国家主義政党のエンデツヤというのがあった。幅広い支持層をもち、そのメンバーがよくユダヤ人たちを襲撃した。一九三六年プシティクで発生したポグロム（大衆暴動によるユダヤ人の組織的虐殺）は、ポーランド全土で発生した間歇的な反ユダヤ暴動の先駆であった。

一九三七年、ポーランド各地で反ユダヤ暴動が発生した。ビルナ、シニアドボ、チセボ、ザンブルフ、ジアロシン、ドルゴシオドロその他数十の町や村でユダヤ人が襲われ、八名が殺され、多数の者が負傷したほか、ユダヤ人所有の施設が破壊された。二年後に同種の事件が発生した。政府は、暴徒によるこの種の行為が公共の秩序を乱し、ひいては政府の権威も打撃を受けるとあって、暴動を徹底的に取り締まる一方、国内のユダヤ人問題について独自の政策を採用した。一九三七年、政府与党のオゾン最高委員会は、次のような対ユダヤ三項目政策を発表した。

(1)パレスチナその他の国への移住を促進して、国内のユダヤ人口を徹底的に削減する。
(2)ユダヤ人を経済分野から追放し、ポーランド人にその地位を与える。

(3)社会、文化上ユダヤ人をボイコットする。

国外移住の奨励

ポーランド政府は、ユダヤ人の国外移住を奨励した。私は、アリヤ（イスラエルへの移住）組織に関係していたので、頻繁にポーランド当局と接触し、軍隊からの移住希望者《オリム》の復員、旅券発給と輸送手配のスピードアップなどについて、交渉していた。私のだした要請はすべて前向きに検討された。ポーランドからユダヤ人を移送する手段を求めて官庁に行くと、どんな役人も会ってくれるのである。国際政治の舞台では、ポーランドのスポークスマンはシオニスト思想を熱烈に支持した。ポーランドはまた、ユダヤ人移住者には無制限に入国を認めよと他国に呼びかけたし、一九三八年七月にフランスのエビアンで開催された国際難民会議から自国が除外されたときは、怒りもした。ポーランド人は、自国からユダヤ人を大規模な形で排除する意図であり、それはドイツ系ユダヤ人の追放にまさるとも劣らぬ緊急課題である、と主張していたのである。

ポーランド当局は、パレスチナにユダヤ人国家を建設する提案に多大の関心を寄せていた。ただし、イギリスの唱えるパレスチナ分割には反対であった。つまり、分割するとその分ユダヤ側の割当て地域は小さくなり、ポーランドが望むユダヤ人の大量移送を吸収しえないというのである。

ユダヤ人締め出し政策

ポーランド政府は、ユダヤ人を経済活動から締め出す新しい政策を発表した。政府は、ユダヤ人に経済制裁を加えることを躊躇しなかった。一九三八年二月九日、スクワトコフスキ首相は、上院で対ユダヤ経済ボイコットを宣言し、しかるべき立法化をはかると述べた。これは、スクワトコフスキが一九三六年六月四日に下院《セイム》で発表した政策からの後退を意味した。当時、「説得による紳士的な経済ボイコット」というスローガンになっていたものである。具体的にはたとえば、シェヒタ（ユダヤ教の戒律にもとづく畜殺）を禁じる法令がある。法案は、一九三八年三月二五日に提出された。畜殺前に家畜を気絶させることで人道的方法と称されたが、実際はユダヤ人を食肉産業から排除するのが目的だった。一九三七年一〇月四日、大蔵省はタバコ条令を発表した。タバコを売る店およびキオスクは、土曜日も店を開けておくべしとする。名目は国庫収入の増加だが、土曜を安息日とするユダヤ商人をねらいうちにする措置だった（ユダヤ教の安息日は金曜日の日没から土曜日の日没までであり、この間、商行為はもちろん、火を使ったり、乗り物に乗ったりしてもいけない決まりになっている）。

ユダヤ人医師と弁護士の数を減らすため、新しい免許の発行を制限する法令が導入されたし、大学におけるユダヤ人学生の数も制限された。社会、文化面でのユダヤ人の影響を排除するのが目的だった。入学許可割当て制がいくつかの学部で導入される一方、受け入れ拒否の分野もあり、ユダヤ人の締め出しが進んだ。

カトリック教会の敵意

カトリック教会は、ユダヤ人に公然と敵意を示した。一九三六年二月九日、フロンド枢機卿が、ポーランド教会の代表として「カトリック倫理の諸原則」について声明をだした。激烈な反ユダヤ内容で知られる。二年後の一九三八年二月一〇日、今度はオゾン代表のひとりドブナー神父が下院《セイム》で演説し、政府はユダヤ人に対する暴力的運動に反対するが、ユダヤ人の商工業界からの排除と財産没収および国外移住によって、ユダヤ人問題を解決する方針である、と述べた。親政府系の新聞は、この一連の施策が有効でない場合、《ドイツ方式》の施策が必要になろうと報じた。

ユダヤ人社会の指導者は、議会、地方自治体で勇敢に戦った。世論を動かすため報道機関へも働きかけた。それでも彼らは、できるだけ多くのユダヤ人をポーランドから脱出させる必要がある、と感じていた。議会の「少数民族ブロック」の組織者として知られるイツハク・グリュンバウムは、政治闘争を続けても意味がない、という意見であった。彼はフランスへ移住し、一年後の一九三三年エレツ・イスラエル（パレスチナ）へ向かったが、ポーランドには、他国へ移す必要のある一〇〇万の《過剰》ユダヤ人が存在する、と唱えていた。ポーランドへよくやってきたシオニズム修正派の指導者ゼーブ・ジャボチンスキーも、ポーランド系ユダヤ人の《避難》と《脱出》を呼びかけた。イーデッシュ語新聞のジャーナリストとして活躍したシムハ・ペトルーシカは、一九三八年に一連の特集を組み、パレスチナその他の国への移住を促している。彼の記事は、ポーランドのユダヤ人社会の将来について恐るべき予想をたてていた。

ズバシーニ事件

ユダヤ人社会をとりまく環境は悪化の一途をたどった。ユダヤ人がこれに幻想を抱いていたわけではない。事実が雄弁に現況を示していた。身の毛のよだつような例のひとつが、前に指摘した一九三八年末のズバシーニ事件である。同年三月ドイツ軍がオーストリアへ進駐し、同国を併合（アンシュルス）した後、ポーランド国籍のユダヤ人多数がウィーンからポーランドへ逃げた。ポーランド政府当局は法律を改め、これによって外国に五年以上滞在するポーランド国籍者は国籍を剥奪され帰国を拒否されることになった。ドイツはこの法律改定を利用して、ポーランド旅券を持つユダヤ人一万七〇〇〇名を、突如として追放したのである。ユダヤ人は貨物列車でポーランド国境へ送られた。事前予告もなかったので、荷物をまとめる時間さえなかった。ポーランドはユダヤ人の入国を拒否したので、彼らは、どうするあてもなく国境の無人地帯をさまよった。数日後彼らはポーランド入国を認められたが、当局は内陸部へ入ることを許さず、国境沿いの地域にこの難民を分散させた。

国境の町ズバシーニには、五〇〇〇人ほどのユダヤ人難民がかたまっていた。私は、ワルシャワのパレスチナ委員会を代表して当地を訪れた。一二名分のパレスチナ移住許可書を手にしていた。難民一〇〇〇人あたりわずかに一通である。彼らは目をそむけるような悲惨な状況下にあった。私は、胸のはりさけるような思いがした。彼らは、営々として築きあげてきた地位、家、仕事、財産を一夜にして失い、冬も間近な寒いなかで枕はおろか毛布さえない石の床に寝ていた。地獄という形容がまさにぴったりの惨胆たる状況だった。彼らは前途をまったく悲観していた。私は彼らの恐れをしずめようと精一杯努力した。そして特に若者に希望を持たせようとした。ポーランドのユダヤ人社会は、アメリカ・ユダヤ合同配分委員会（ユダヤ人難民や困窮者の救援活動組織、通称ジョイント）の支援をうけながら、ただちに難民救援に立ち上がった。私たちがもたらしたパレスチナ移住許可書は、わずかの枚数ではあったが、心理的に良い影響を与えた。数十名の若者が、数カ所のキブツ訓練農場へ送られた。ベンノ・ローゼンベルグに率いられる宗教系パイオニア運動のバハッドの農場も含まれる。

パレスチナ移住作戦

ズバシーニ事件は、ポーランドのユダヤ人社会に警鐘を鳴らした。多くの人が移住しようと考えたが、行くところがないのである。一九三九年五月初め、ワルシャワでHIAS（ニューヨークに本部をおくヘブライ移民救済協会）会議が開かれ、この二年間で一八万のポーランド系ユダヤ人が移住アドバイスを協会に求めた、という報告がだされた。この報告によると、ポーランドに対するアメリカの移民割当ては——年間六五二四人——前倒しですでに五年分を消化しており、パレスチナ移住についても、一人分の割当てに対し一〇人の申請があった。当時イギリス政府は、例の悪名高いマクドナルド白書（一九三九年にイギリス政府が発表した白書で、パレスチナへのユダヤ人の移住に関し、その人数と地域を限定するとしたもの。植民地相マクドナルドの起草による）をだして、ユダヤ人移民を局限する政策をとった。われわれは何度も抗議デモをやった。私は小冊子をだし、白書が法的にみてバルフォア宣言（一九一七年にイギリスの外相バルフォアが、ユダヤ民族がパレスチナの地に母国を建設することを支持する、と宣言したもの）と国際連盟の委任統治条件に違反している、と批判した。

一九三七年から三九年にかけて、ポーランドのユダヤ人社会はパレスチナ移住指向を強め、その結果パレスチナへの大規模な《非合法移民》が組織されるようになった。今後一〇年の間に移住許可を取得できる可能性のない若者たちや開拓運動者《ハルツィーム》が、移住準備訓練《ハクシャラ》センターやヘハルーツ（一九一七年にはじまったパイオニア運動）、ヘハルーツ・ハミズラヒ、ベイタル（シオニスト修正主義の青年運動）

などの運動支部に集まり、将来に備えて待機した。ヘハルーツとシオニスト修正主義派はともにギリシア、ルーマニアおよびイタリアの船を使って、《非合法移住》を組織した。この二つの運動は、それぞれ地下抵抗組織をもっていた。すなわちハガナとイルグンである。新移民《オリム》はこの抵抗組織の助けで、パレスチナ沿岸のどこかでひそかに上陸し、ただちに付近のユダヤ人入植地へ逃げこんで、イギリス軍の国境パトロールの目をくらましてしまうのである。

ハミズラヒとハノアル・ハチオニ（東欧で生まれたシオニスト青年運動）は、独自の輸送体制をもっていなかったので、先のいずれかの運航に便乗しなければならなかった。便乗組はいつも後まわしにされた。そこで一九三八年末になって、双方の組織代表がパレスチナとポーランドから集まり、独自に封鎖突破の非合法移住《アリヤ・ベット》を組織することで合意した。われわれ双方の努力がみのって、一九三九年四月にアッシミ号が出航、多数の移住者《オリム》がパレスチナへ到達した。私は特に法律面でこの非合法移住へ積極的に関与した。船舶貸与契約のチェックが仕事のひとつであった。仲介役はミズラヒの古手メンバーであるY・H・フーバーバンドで、ギリシアの船主たちと取引があった。船主とはチェコスロバキアの首都プラハで会ったが、交渉は私の事務所で、しかも電話で済ますことが多かった。

問題は非合法移民《マアピリム》がパレスチナの沿岸に到着したときだった。イギリス海軍の封鎖を突破し、その哨戒を逃れて上陸すると、すぐユダヤ人入植地へ散らしてしまわなければならない。われわれは信頼する同志や、各組織の指導者を頼りにした。

分裂状態のユダヤ人社会

しかし、あの手この手の移住も、ポーランドのユダヤ人社会が直面する苦境をほとんど緩和しなかった。ユダヤ人問題を全面的に解決するわけではなく、青年に一縷《る》の希望を与えるのが関の山であった。ユダヤ人大多数が――それも青年や恵まれぬ層の人々が――シオニスト指導部に幻滅し、イギリス政府の白書に対する指導部の空しい抵抗を批判した。彼らは反シオニズムの色彩が濃いブント（一八九七年ビルナで創設されたユダヤ人社会主義政党）や共産党へ走った。この二つは、ポーランド国内でユダヤ人の権利をかちとろうと考え、住み家を変えてもユダヤ人の地位改善にはつながらないとして、移住を幻想ときめつけた。

青年シオニスト指導者らは、絶望を土台にした運動だけではいけない、と考えていた。ユダヤ人の大量脱出が唯一の解決法であってはならないのである。少数派としてのユダヤ人の権利が各離散地で守られなければ、本当の解決にはならない。われわれは、移住と権利擁護の二つを運動の二大基本とした。さらに、ポーランドはナチドイツと事情を異にするから、必ずしも同じ状況になるとは思えなかった。ポーランドのユダヤ人社会は、全人口の一〇％以上を占めるほど大きいし、ほかにもいろいろな少数派集団があり、これを合わせると三〇～四〇％になるのである。少数派集団に対する偏見や迫害は、ただちにほかの集団を刺激し、戦友愛的な連帯意識を喚起した。下院《セイム》のウクライナ人議員は、選挙民の支持層が猛烈な反ユダヤであるにもかかわらず、権利擁護にユダヤ人議員と連帯することがよくあった。ポーランド社会党（ＰＰＳ）という強力かつ戦闘的な労働運動もあり、すべてのポーランド国民に平等の権利を与えよ、と主張していた。一九三七年、社会党の指導的理論家であるグルカ教授は、「圧力によってユダヤ人口を減らそうとするのは不当」と発言した。

そのころ私は、ユダヤ人社会をおおっていた無力感とあきらめを強く批判し、奮起を促す論文を発表した。「『市議会にひとりかふたりのユダヤ人議員が選出されたことでどうなる。押しよせる悪夢の時代は、何をもってしてもとめることはできない。ヒトラーのドイツを見るがよい。政治上の影響力を行使して、それでユダヤ人が救われたか？　状況は変えられないのだ……』としてあきらめてしまう人々がいる。だが、ポーランドはドイツとは違うのである。ユダヤ人は人口の一五％を占め、さらにほかにも少数派集団が存在することを忘れないでほしい」という主旨であった。

当時ユダヤ人社会は、いろいろな政治集団にわかれていた。これが統一されればかなり強力な存在になるはずであった。しかし不幸なことに、この危機の時代にあっても、分裂したままであった。一九三八年のワルシャワ市議会選挙においてユダヤ系政党の中で勝ったのはブントで、選出されたユダヤ人二〇名のうち一七名を占めていた。二名がシオニスト、一名がアグダット・イスラエル（一九一二年に創設された正統派ユダヤ人の世界組織）であった。同じころユダヤ人社会の評議会選挙があった。ここでも、ブントが大半の票をさらった。つまり、ここポーランドで権利を獲得してユダヤ問題の解決をはかろうとする派が勝利したわけである。

ワルシャワの選挙戦以後、運動の重点は移住の方へ移った。われわれは、パレスチナ白書や空しい言葉に終始したエビアン会議などに抗議し、デモや集会を組織した。アグダット・イスラエルの敗北は、ゼネラルシオニスト（社会主義シオニズム運動とは一線を画する、非主流派のシオニスト政党のひとつ）と連帯し、ポーランドからのユダヤ人一掃を政策綱領にかかげるオゾン党へ依存したことに起因する。

衝撃のリッベントロップ・モロトフ協定

このように、ドイツのポーランド侵攻時、ユダヤ人社会は分裂状態にあった。圧倒的力を誇るナチの軍隊は、恐るべき存在だった。しかしユダヤ人たちは、民主主義諸国が必ずやヒトラーの侵略をくいとめ、その征服欲をうち砕くと確信していた。ドイツは孤立したままで、イタリアと日本は、風向きがどうなるか、まだつかめないようであった。われわれは、ソ連が暗黒の王たるナチと手を結ぶなど、夢想だにしなかった。

リッベントロップ・モロトフ協定が結ばれ、ついでドイツの電撃作戦が始まった。だが、英仏が対独宣戦布告をだした後、西部戦線は長い間静かであった。ポーランドのユダヤ人社会は、あいつぐ衝撃的事件に呆然自失の状態であった。ワルシャワは国境から遠かったが、ナチの侵攻が始まって四八時間もたたぬうちに、戦火がおよんできた。連続して四回大空襲があり、首都は混乱状態に陥った。開戦三日目、英仏がヒトラーとの戦いに加わるというニュースが伝わり、われわれは安堵した。首都に明るい空気が流れ、住民は現実離れのした皮算用にうつつを抜かしはじめた。フランス軍が、イギリスの海軍と空軍に支援され、攻撃を開始するだろう。英仏連合の攻撃で西部戦線が形成され、独軍は二正面作戦を余儀なくされるから、われわれには余裕もでてきて、防衛線を固めることができる。戦線が拡大するということは、戦争の長期化を意味する。となればヒトラーには不利だ。西側諸国は団結しヒトラーは打倒される。われわれユダヤ人は苦しむには違いないが、潰滅的打撃をうけることはなかろう……と。

《西部戦線異状なし》

しかし、日がたつにつれ、首都はいよいよ混乱し、パニック状態になってきた。進撃してくるはずの連合軍の砲声は聞かれず、戦車の走行音もなく爆撃機も姿を見せなかった。ドイツからみれば、まさに《西部戦線異状なし》なのであった。英仏は何を待っているのだろうか、ポーランドの崩壊を待っているのか。英仏がポーランド軍の潰滅まで動かないのであれば、連合軍の戦いは容易ならぬものになるはずなのである。ポーランドのユダヤ人は、自分たちの救済がヒトラーのすみやかな敗北にある、と認識していた。とにかく東方への進撃をくいとめなければ話にならないのである。しかし、英仏は動かず、ポーランド軍は敗走を続けた。まっさきにルーマニア国境へ逃げたのが——自分の命惜しさのためである——勲章をいっぱいぶらさげたリツ・シミグウィ総司令官であった。政府与党がかかげる反ユダヤ政策の中心人物たるスクワトコフスキ首相、弁舌さわやかなユゼフ・ベック外相も、命あっての物種とばかり逃げてしまった。官庁は閉鎖されなかった。放棄されただけの話である。銀行は引出しを制限し、あるいは事前通告もなしに営業を停止した。略奪を恐れて店は次々に閉まるし、新聞も発行停止となった。

ドイツ空軍が連日空襲し、死の雨を降らせた。ポーランドの都市は、次々と陥落した。グルジオンズ、ビドゴシチ、カトビチェ、チエンストホバ、クラクフと……。警察軍も後退し、ばらばらになって消え去った。ワルシャワの街は人通りがたえ、ひっそりしていた。住民は、一週間、一カ月、いやどれくらい続くかわからない籠城の準備にかかった。ユダヤ人は、列車、車、馬車あるいは徒歩で、続々とワルシャワを脱出していった。あの大臣もこの将軍も首都から逃げ出したといううわさが飛びかい、難民の波は大きな流れとなり、北へ東へと向かった。ユダヤ人のワルシャワはショック状態にあった。

第3章　ワルシャワ脱出

脱出前夜

包囲された首都のなかで、私は別種の包囲攻撃を受けた。ヘハルーツ・ハミズラヒの事務所にパレスチナへの非合法移住《アリヤベット》に申し込んだ人々が、金を返してくれと押しかけたのである。アッシミ号が無事パレスチナへ到着したことから、移民希望の申し込み者が増えた。一九三九年九月一日には、数百名のパイオニアたちが汽車でワルシャワをたち、ルーマニアの港へ向かう予定だった。そこからチャーター船に乗るはずだったが、ワルシャワへ着いたとたんに戦争になり、乗車予定の列車はキャンセルされてしまった。パイオニアたちは、家にもどるのですぐ金を払いもどしてくれと言った。私は銀行から金を引き出した。しかし、理事会の決定にしたがって七〇パーセントの払いもどしをするつもりだった。ギリシア船のチャーターを含め輸送代に金を使っていたから、残る三〇パーセントはその補塡にするつもりだった。だが、皆の要求が続くので、わたしたちは全額払いもどしを決めた。

ワルシャワへ集まってきた多数の移民予定者は、ヘハルーツ・ハミズラヒ中央事務局のメンバーが首都を脱出して東へ逃げると聞いて、自分たちもそうすると言った。彼らもまた、遠回りの経路をたどって、ビルナへ落ちていくのである。

ポーランドの抵抗は、ドイツ軍の猛烈な攻撃にさらされて、もろくも崩れ去った。参謀本部は、予備役の動員ができず、予備役は全員ただちにワルシャワを出て、ブレストリトブスクで所属隊と合同せよ、とラジオで放送した。そこに新しい抵抗線が築かれているというのである。しかし、軍の輸送手段はまったくなく、兵隊たちは各自思い思いの方法で行かなければならなかった。さらに、別のラジオ放送で、ポーランド政府はドイツが非武装都市化の宣言をだすなら、ワルシャワを引き渡す用意があるというニュースも伝えられ、混乱にいっそう輪をかけることになった。反ナチ活動に関係していた市民は、ドイツの報復を恐れ、いずれにせよワルシャワを脱出せざるをえなくなった。

ワルシャワでは、一九三八年のズバシーニ事件に呼応して、反ナチ委員会が設置されていた。私は副委員長として活動していた。

私の友人でグルジオンズのラビをしていたアブラハム・ブロンベルグ師が、たまたまワルシャワの両親のところへきていて、運転手付きのトラックを一台手配すると約束してくれた。トラックの持ち主も脱出をはかっていたので、われわれが燃料を提供するという条件で、同乗を認めてくれたのであった。私は、苦心惨憺の末、多額の金を払って石油缶数本を手に入れ、家に帰るとトラックを待った。ところが、この運転手兼任の持ち主は、約束を破ってとうとう来なかった。軍が自動車を徴用中と聞いて、そちらへもっていったのである。列車の運行は止まっており、私たちには輸送手段がなかった。

からくも首都を脱出する

九月七日、木曜日、時を逸すれば脱出できなくなると判断した私は、徒歩でワルシャワを出ることに決めた。私たちは夕方脱出したのだが、当時すでに首都は包囲されており、脱出ルートはビスワ川にかかる橋を渡り、プラガへ向かう道しか残されていなかった。この最後の脱出路も、翌日には遮断されてしまった。

行動をともにする者一五名、ヘルハーツ・ハミズラヒ事務所のメンバー全員が含まれていた。しかし、橋を渡るとすぐ五名が脱落した。あれこれ個人的な理由からだった。残ったのは、同僚二人に私の家族とその友人だった。私の弟とその婚約者、姉夫婦、妹とその友人そして私たち夫婦である。

私の妻ナオミは、出発直前になって同行を決めた。彼女は身重でまもなく出産の予定だったが、腎臓に故障があって体調が思わしくなかった。このように危険かつ長期の逃避行に加われとはどうしても言えなかった。しかし、私がまさに別れの言葉を口にしようとしたとき、彼女は、あなたとならどこまでもいっしょに行きますと言った。静かだがきっぱりした表情だった。それは深い愛の言葉だった。私は生涯妻の気持ちを忘れない。ナオミは自分の両親にいそいで別れを告げ、バックに身のまわりのものを詰め込んだ。こうして私たちは騒然たるワルシャワをあとにした。

ドイツ軍の空襲

最初の夜、私たちは一五キロ歩き、九月八日未明にノウォミンスクにたどり着いた。町の通りは、ワルシャワとその付近から流れてきた難民であふれかえっていた。歩道どころか道の真んなかにも多数の人がすわりこみ、あるいは横になってドロのように眠りこけている。殷々たる砲声がたえまなく響き、空には閃光が走っていた。そのうちに空襲も始まり、地軸をゆるがして爆弾が炸裂するようになった。

しばらくすると数人の若者がやってきた。青年ミズラヒ運動の支部員たちで、私を確認すると全員を自宅へ案内してくれた。彼らは床に毛布をしき枕を用意した。私たちは正午までそこで休息した。通りにあふれる難民たちは、ドイツの急降下爆撃機を恐れて、白昼の行動を避けていた。道路上には、ワルシャワから脱出したポーランド軍部隊がやはり東へ向け敗走中で、そこを目がけて急降下爆撃機が異様な音を発して急降下し爆撃していた。

午後になって私たちは町を出た。そして、金曜日の深夜ノウォミンスクから一五キロほどのカルーシェンに着いた。そこで、青年ミズラヒの古手メンバーであるアグレストに会った。彼はポーランド民兵隊隊員として活動していた。自宅に温かく迎えられ、私たちは茶とチョーレント（ジャガイモ、豆、大麦、肉などをいっしょに煮込んだユダヤ料理）をごちそうになった。生きかえる思いであった。アグレストの話によると、ワルシャワはドイツ軍によって完全に包囲されてしまったと言う。私たちは間一髪のところで脱出したのである。

朝になって、私たちは引き返してくる難民を多く見るようになった。そのなかに、ゲルブランの姿があった。かつて私は彼の弁護士であった。ドイツ軍の爆撃がひどく、とてもではないが前へ進めない、それに路上には死体がいっぱいころがっていて歩けない、とゲルブランは言った。ドイツ軍は夜間攻撃も始めそうだった。逃げたところで、すぐに敵に追いつかれ捕まってしまう。さあ引き返そうとゲルブランは促した。私たちは礼を言ったが忠告にはしたがわなかった。

馬車とポーランド軍

安息日（土曜）の朝、義弟のモテイとその友だちが、近くの部落へ馬車を探しに出かけた。二人は一五〇〇ズローチという大金をはたき、立派な馬を一頭手に入れた。頑丈な馬車付きだった。遅くなって出発した私たちは、途中慄然とする光景を目にした。道路際の木立のあいだに、大人や子供の死体が散乱していたのだ。あたかもピクニック中を、ドイツの急降下爆撃機に爆撃されたかのようであった。

同僚のハイム・ソルニクは馬のさばきが上手だったが、時々義弟の友だちヤネクと交代した。夜間走りつづけた私たちは、朝になってシエドルツエの町に着いた。町全体が炎に包まれていた。驚いた馬は恐怖にかられ突然猛烈な勢いで走りだし、燃えさかる通りを突き抜けた。私たちは森に達しそこで間道に入った。そこにも多数の難民が群がっていた。わたしたちは木立の間に馬車をとめ、休むことにした。

ところがどうであろう。横になって休もうとしているところへ、三人のポーランド兵が近づいてきた。ひとりは軍曹である。馬車が欲しいと言う。困ってしまった。軍曹は酔っぱらっていた。酒臭い息を吐きかけながら、大声でお前たちはスパイだと怒鳴りつけた。軍曹は友人のエーリッヒにとくに敵意をみせ、彼をひざまずかせると、銃をつきつけながらさんざん毒づいた。姉のグルニヤと私は、軍曹に話しかけなだめようとした。私たちがナチの手から逃れてきた経緯を説明している時、義弟とその友だちは軍曹の後ろにまわり、いざという時には銃をひったくろうと身構えた。しかし、幸いなことに姉がどうにかなだめすかしたので、軍曹はおとなしくなった。

話しているうちに、軍曹のおめあては、馬と馬車にあることがわかってきた。ここから一〇キロほどのところに部隊が野営中で、上官用に欲しいというのである。銃を手にした酔っぱらいにはさからえない。私は要求に屈した。しかし、売買契約書にはこれこの通り馬の持ち主として私の名前が記載されている。これは私の馬ですから、ついてゆきますと言い張った。いっしょに乗ってゆく以外に、いまのところ手のうちようがなかった。皆には、森の道を通ってついてきてくれ、明るいうちは部隊が行動するはずはないから、追いつけるよと言った。いざ出発となった時、ハイム・ソルニクが馬車にとび乗った。酔っぱらいの兵隊たちを相手にひとりにしておくわけにはいかない、とソルニクは心配していた。兵隊たちは、私の耳元でときどき銃をぶっ放し、怒鳴りあい悪態をつきながら、ダラダラと馬車を走らせた。

野営していたのはポーランド空軍のある部隊だった。私は指揮官の前に進み出て、弁護士の身分証明書をみせた。それがきいたとみえ、彼は乱暴な扱いをしてすまなかったとわびた。しかし、馬と馬車は「戦闘行為に絶対に必要な資材」とかで、返してもらえなかった。君たち地方人は隊のあとから距離をおいてついてきてよろしい。そのうち馬は返すとのご託宣である。しかしすぐわかったのだが、彼は妻子用の車がこわれたので、かわりの輸送手段を探していたのである。

数時間後、皆が追いついてきた。私たちは部隊の野営地に近い森のはずれでしばらく休んだ。そのうち日が落ち、空軍部隊は動きだした。私たちは、あとからついていった。ところが、森を出たとたん爆音がした。ドイツ機の編隊である。頭上を乱舞していた敵機は、この部隊めがけて急降下してきた。わたしたちは道路ぎわの溝に伏せた。ポーランド兵たちは前方の森めざして走っている。そこへ爆弾がつぎつぎと落ちた。敵編隊が去って、私は深いため息をついた。やれやれである。すんでのところで爆弾をくらうところであった。わたしたちは馬と馬車はあきらめ、部隊とはずっと距離をおいて行動することに決めた。部隊がルフトバッフェ（ドイツ空軍）の攻撃目標になっていることがわかった。

「敬虔なる行為をなす者に悪は避けて通る」

その夜、私たちは森のなかを歩きつづけ、以後そのように行動し、数日してボリーニアの森林地帯に近づいた。助かったという気持ちだった。この地方は、ルック生まれの義弟になじみのところで、彼は間道や抜け道などを熟知していた。マロリータという小さな町の近くで、空き家になったユダヤ人の家があった。住人は逃げたのだ。なかに入ってみると、ページの抜けた祭日用の祈禱書が一冊あった。私は、新年が近いことを思い出し、ポケットに入れた。

次にポーランド軍に遭遇したのは、ロシュハシャナ（ユダヤ暦の新年、その年は九月一三日）の第一日であった。私たちは旅を中断し、非公式の祈りを捧げた。公式の祈りになるためには、ミンヤン（一三歳以上の男子一〇人）が必要だが、数がそろわなかった。新年のときに吹く雄羊の角笛ショファルはなく、祭日用の祈禱書のマフツォールももっていなかった。私が、朝の礼拝後の祈り（ムサーフ）を捧げていると、憲兵隊が近づいてきて、私に身分証明書の提示を求めた。しかし、私は祈りをつづけた。女たちが、私たちは難民で目下ユダヤ暦の新年の礼拝をやっているところだから、お祈りが終わるまで待ってくださいと懇願した。その時私の脳裏に、プロックのラビ・シャピラ師の悲劇がよぎった。ボルシェビキのポーランド侵攻時、シャピラ師はたまたまベランダで礼拝中を発見された。ポーランド人たちは、ベランダに出て変な身振りをしていたのは、敵に信号を送っていたのだ、スパイ行為だと責めたて、結局師は処刑されてしまったのである。幸いなことに、この憲兵隊は理性的に扱ってくれた。礼拝を終えると、私は身分証明書をみせた。ポーランド軍との合流を目的としたワルシャワ脱出行の話を聞くと、憲兵たちは姿勢を正して敬礼した。そして、道順や今後の行動法について教示してくれた。タルムードのなかに、「敬虔なる行為をなす者に悪は避けて通る」という格言がある。含蓄のあるこの言葉をしみじみ味わったことである。

途中、一匹の迷い犬がついてきた。純血種のブラッドハウンドで、私たち同様難民だった。犬は新しい主人を求めていたらしく、どこまでもついてくる。与えるべき食物は何もないから、頭をなでてやるのが関の山だった。しばらくすると、レックス（ワンちゃん）と呼ぶとこたえるようになった。

日没近くなって、ポーランド人入植者の農園が見えてきた。ボリーニア地方はもともとウクライナ人の多いところで、一九三〇年代ポーランド政府は退役軍人の入植を奨励して、ポーランド化を推進していた。このポーランド人農夫は、納屋で休んでもよいと言った。彼はしきりに犬の方に視線をやっている。そこで私たちは犬を置いてゆくことにした。農夫はお礼に牛乳をたくさんくれた。

翌朝、日がのぼってから私たちはふたたび道路に出た。あれほどうるさく飛び回っていたドイツ機はなかった。森の道を歩いていることもあって、安堵感があった。しかし、歩きづくめの疲労に加えて、激しい空腹が襲ってきた。ある村に来たとき、弟のシーレムと婚約者が「もうたくさんだ。ここまで来れば大丈夫だろう。危険が去るまでここに残る」と言いだした。説得にずいぶん時間がかかった。そうこうしているうと、今度は私がぬかるみにすべって足をけがしてしまった。歩くと激痛が走ったが、女たちが余計な心配をするといけないのでなにも言わず、歯をくいしばって耐えた。

空家が続いていた。脱走兵の略奪を恐れて、住人が逃げたのだ。ルツクへ向かう間道のかたわらにもそんな家があった。一軒の家に袋一杯の廿日大根《はつか》があった。これを齧ってどうにか空腹をしのぐことができた。が、その後がいけない。生大根と牛乳のくいあわせで腹の調子がおかしくなり、腹が激しく痛みだした。おかげで、お祈りのときテフィリン（朝の礼拝時、両腕にまく革紐）をつけることができなかった。定められた戒律を破ったのは、自分の半生のなかでこの日だけである。いつまでも胸が痛んだ。

ルツクへ

最初の計画では、ブレストリトブスクへ向かい、そこで軍に出頭して申告する予定だった。だが、状況は混沌としており、さらにそこに行っても動員責任者はいないというニュースが、いろいろ流れてきた。そこで私たちは方向を転換し、東南方向のルツクへ行くことに決めた。ルツクはルーマニア国境に向かう途中にあり、義弟の両親が住んでいた。

森の道は難民であふれていた。だれもが徒歩その他の手段で必死になってルツクをめざしていた。私たちは農夫にかなりまとまった金を払い、馬車で運んでもらうことにした。ところがこの農夫は半日でもうやめたと言いだし、私たちを付近の村におろしてしまった。ふたたび徒歩である。

ワルシャワを出て一〇日後、私たちはルツク近郊にたどりついた。そこで衝撃的なニュースを聞いた。ソ連赤軍がポーランドの東部国境を越え、こちらへ向け進撃中という。私たちは耳を疑った。私たちと行をともにしているひとりの共産党員は、その種の話はうそに決まっている、と一刀両断のもとに切りすてた。しかし、その後もポーランド侵攻のうわさがたえなかった。すると彼は論旨を変え、ナチ撃退でポーランドを支援するため軍を派遣したのである、と言いはじめた。翌日私たちがルツクに入ると、この共産党員は再度方向転換を行ない、第一次大戦後一九二〇年のソ連侵攻にともないポーランドが占領した地域がある。ソ連はそこを回復する権利を有する、と主張した。

ポーランド分割

ワルシャワからルツクまで一一日を要した。ほとんどが徒歩であった。疲労困憊してはいたが、食物がない、家がないという欠乏生活は、精神的苦悩に比べると、なんでもなかった。道中、難民の死体がいたるところにごろごろしていた。恐ろしい光景だった。そしてルツクにたどりついてみると、ドイツ軍が猛進撃を続け、数々の残虐行為を働いているというニュースである。この先を考えると身震いした。私たち家族は、義弟の両親であるオクス夫妻の家に世話になった。私は家のラジオにかじりついて、一日中ヨーロッパ諸国の放送を聞いた。ロシア語、ドイツ語、英語、フランス語等をダイヤルをまわしてはニュースに耳を傾けた。どれも暗い話ばかりだった。ポーランドに関するかぎり戦争は終わっていた。リッベントロップ・モロトフ協定は、結局四度目のポーランド分割をもたらした。

わが国は、ともに世界征服をもくろむ貪欲な二大強国に併合されてしまったのである。ポーランドのユダヤ人口は三五〇万人、当時世界最大のユダヤ人社会であった。それがいまや風前の灯、絶滅の危機にさらされているのだ。

しかし、私たちはいったいどうすればいいのだろうか。ダイヤルをまわしてニュースや解説を一日中聞いていると、それだけで疲れはてた。しかしまた、行動を起こさねばならないという気持ちもわいてきた。ぶらぶらしてはいられない。なりゆきにまかせてはいけない。そんな気持ちであった。

その年のヨムキプール（贖罪の日、九月二〇日）には、わたしたちはいままでにない真剣さで祈った。私たち難民だけでなくルツクのユダヤ人社会も、襲いかかる苦難からその民を救われるように神に祈りつづけた。

翌日、弟とその婚約者が私たちに一言ももらさぬまま結婚式をあげた。ルツクのラビ・ザルマン・ソロツキン師の立ち会いで挙式が行なわれた。彼らは結婚の決意を秘密にしていた。もらしてしまえば、私たちがパレスチナにいる両親へ連絡できるまで延期せよと言うにちがいない。そう考えて黙っていたのである。しかし私は、いまの若者はしっかりしていると信じていたから、すこしも心配していなかった。

カチンの森の大虐殺

ヨムキプールのすぐ後、私はルツクに設けられた支援委員会に関与するようになった。当地のシオニスト青年団体は、全力をあげて難民の救援活動に従事していた。なかでも、ポーランド軍将校の救出を最優先していた。ソ連軍に捕まり、近くの捕虜収容所に入れられていたのだ。ユダヤ人将校ももちろんたくさんいた。そこで私たちは、平服をこっそり収容所のなかに搬入した。ポーランド軍将校はそれを着用し、ソ連兵の目を盗んで脱走し、一般民のなかにまぎれ込むのである。

モシェ・クラインバウム博士も捕虜になっていた。そのニュースが伝わると、いち早く彼のもとに平服が届けられ、それを着込んだ博士はうまい具合に脱走し、その足で私をたずねてきた。その日から私たちは定期的に会合をかさね、活動計画を練った。

捕虜収容所に残されたポーランド軍将校は、その後スモレンスク近くのカチン収容所に移送された。一九四一年六月、ヒトラーの対ソ攻撃が始まったころ、この一万ほどのポーランド将校は森のなかで全員処刑されてしまった。ポーランド亡命政府は、この大虐殺はソ連の犯行と発表した。もっとも当のソ連は、ナチの行為と主張しつづけた。

私は、モーゼス・ショール教授夫妻がルツクに避難していると聞いていた。教授はアッシリア学の大家で、ワルシャワ・ユダヤ研究所の所長としても知られた学者であった。私のもっとも尊敬する、性格のまっすぐな人物で、トロマツカ通りにあるワルシャワ大シナゴーグ（ユダヤ教の会堂）では、名説教で会衆をうならせた。つとに知られた話である。しかし、《いま風の》学問の権威でありながら、教授はユダヤ教の改革派には属さぬ正統派であった。

私は教授のもとを訪れ、リボフまでいっしょに行かないかと誘った。教授はロブノで子供たちと合流する意図で、次の対応は合流後に考えるとして、私の提案を断った。数年後、私は教授一家の最期を知った。教授はロブノでソ連官憲に捕まり、《社会主義の敵》として各地の刑務所を転々としたあげく、四一年七月八日ウズベキスタンの収容所で政治犯として収容中死亡した。夫人も悲惨な最期をとげている。彼女はドイツに捕まり、あちこちまわされたあげく、最後にはフランスのビッニール強制収容所で抹殺された。

ショール教授と会ったのち、私たちの家族も二つにわかれてしまった。姉と妹と義弟は、ルツク残留を選び、弟と私はそれぞれ妻を連れて逃避行を続けることに決めた。ヘハルーツ・ハミズラヒ中央事務所のメンバーひとりが同行を申し出た。私たちはスコット（仮庵祭、九月二八日）が始まる日の夕方、リボフに着き、ミズラヒ運動の同志たちに世話になった。おかげで宿舎を確保でき、そこに落ちついてから、これからの行動をあれこれ思案した。

私は、ラビのエゼキエル・レビン博士をたずねた。レビン師はリボフのモダーンなシナゴーグを拠点に説教する著名な学者で、ミズラヒ運動の有力な支援者でもあった。師は沈痛な表情で私を迎えた。命惜しさにポーランドを脱出するつもりはない、むしろ当地に残り、逃げられぬ同胞と運命をともにする、と博士は言った。彼らはすでに《神の御手》のなかにあった。

次に訪れたのは、ラビのモシェ・ライヒ師であった。ミズラヒの東ガリチア支部長をつとめる学者である。私たちはルーマニア国境を越えられるか、ルーマニア経由でパレスチナへ行くことが可能か、を探るのである。一日たって、この《スパイ》は否定的な調査結果を手にもどってきた。

数日前、ポーランド軍総司令官のリツ・シミグウィ元帥が数個部隊の先頭に立ってルーマニアの国境を越え、そこで投降した。部隊将兵は政治亡命を認められたが、その後ルーマニアは国境を封鎖してしまい、蟻の入るすきまもないようになった。パトロール隊が巡察を強化して国境警備が厳しく、プロの密輸業者すらお手上げだという。ルーマニア経由の脱出ルートはもはや存在しないのである。

ビルナへ

スコットの期間（一週間続く）、私たちはひとつのうわさを耳にした。ソ連の報道機関が意図的に流したもので、ソ連がビルナをソ連占領下のポーランドから分離し、それをリトアニア政府へ渡すとする内容だった。ベルサイユ条約によると、この地区は、ビルナを歴史的首都とするリトアニアの一部になるはずであった。ところが、一九二一年にピウスツキ大統領の黙認する反乱が起き、ビルナに《独立》政権が樹立された。その後はおおっぴらにやればよく、手際よく段取りが進められ、ポーランドに有利な国民投票となった。リトアニア人はこの領土併合に反対で、隣国ポーランドと断交した。しかし一九三八年になって、ポーランドはリトアニアに圧力をかけ、この境界線を認めさせるとともに、国交回復を迫った。

いまやそのポーランドは独ソに敗北し、被占領国となった。占領国ソ連は《寛大にも》ビルナ地区をリトアニアへ返そうというのである。リトアニア人は、このトロイの贈り物がいかに危険な代物であるか認識できなかった。ソ連の本当のねらいは、返還で大きくなったリトアニアを、そっくりそのままいただこうということにあった。

ビルナがまもなくリトアニアに併合されるというニュースは、真実味があった。クラインバウム博士と私たちはすぐ決心し、ビルナへ向け出発した。この都市はリトアニア領となる。つまり中立国の一都市となるから、そこからだとパレスチナ行きが容易になるはずである。それには機を逸したらだ

ヘハルーツ・ハミズラヒの役員。左から2人目が筆者（1939年11月、ビルナ）。

めで、ソ連がまだ管理中に到達しなければならない。ここが一番肝心な点であった。リトアニアとソ連の間に新しい国境線が引かれると、ビルナへの道は閉ざされるにちがいないのである。

リボフからビルナまで満員列車でまる二日かかった。列車は頻繁に止まりなかなか前へ進まなかった。そんな状態のなかでありがたかったのは、各駅ごとに熱湯入りのタンクが用意してあったことである。おかげで温かい飲み物がつくれたし、体も暖まった。

ビルナに着くと、運動の同志たちが救いの手を差しのべてくれた。ヘハツール・ハミズラヒの役員イツハク・ラビノビッツは、私たちが駅から出てくるところを見つけ、すぐ二部屋手配してくれた。クラインバウム博士の友人たちも助けてくれた。ビルナはパニック状態にあった。食糧は退蔵され店にまったく出回らず、パン一切れすら入手できなかった。ラビノビッツが助けてくれなかったら、どうなっていただろうか。黒パン、塩、廿日大根そして一缶の食用油をいただいた。これで私たちはまる一週間生きることができた。少しずつかみしめて味わった。安息日には友人たちのところに招かれ食事をごちそうになった。

ビルナ流入は私たちが先鞭をつけた形となった。私たちが到着した直後から、毎日多数のユダヤ人難民が流れこんでくるようになった。ビルナ市は、ホームレスのポーランド系ユダヤ人が流れこむ巨大な収容地と化した。

第4章　リトアニアへ

ビルナへの難民流入

ソ連軍のポーランド侵攻から三週間たった一〇月一〇日、協定が結ばれて、ビルナ地区はリトアニアの支配下に入った。そのため、ポーランドからユダヤ人難民が、こちらへ大量に流れ込んできた。中立地帯に避難場所を求めたのだ。ここから、パレスチナや西側諸国へ脱出できるかもしれないのである。

一〇月二八日、赤軍がビルナ地区から撤退し、そこはリトアニアに統治されることとなった。九月一七日から一〇月二八日までの六週間、ソ連占領下のポーランドとビルナ地区の交通は自由であったので、鉄道その他の交通手段で、たくさんの難民がこの中立地帯へ流入した。一〇月末になると、ソ連・リトアニア国境の警備が次第に強化されてきた。しかしそれでも、四〇年一月中旬まで多くの人が越境できた。それ以降の越境はきわめてむずかしくなり、やがてリトアニア国境は完全に封鎖された。

この四カ月の間に、ビルナ地区はポーランドのユダヤ人難民を一万五〇〇〇人ほど吸収した。私はリトアニアにおける難民問題を調査し、一九四〇年三月パレスチナの諸団体に調査結果を送った。私の計算では難民数約一万一〇〇〇、そのうち九〇〇〇人がビルナ地区に集中し、残る二五〇〇人（スバルキからの離散民）は、リトアニア・ドイツ国境を越えたすぐのところにいた。同年四月、私はリトアニア在ポーランド難民パレスチナ委員会の責任者となったが、この組織のために実施された調査では、ビルナ地区に一万一九一人、スバルキ集団が一八〇〇人と、少し数字が低くなっている。この数字は、ビルナ地区の難民救援にあたったジョイント、スバルキ集団の面倒をみたエズラ委員会（在カウナス）のリストを集計したものである。しかし、どちらの救援組織にも登録しなかった難民が多数いたから、実数はもっと大きいと思われる。

この二つの難民集団が抱える問題は、性格上違いがあった。スバルキとその周辺の村から来た難民は、ほとんどがドイツ軍に追い出された人たちで、無人地帯で悲惨な体験をした後、リトアニア入りを許されたのである。リトアニアと東プロイセンにはさまれた地域に居住していたので、もちろん物理的な接触は不可能ではあったが、リトアニアの親類縁者とは前から連絡があった。つまり、自然にリトアニアの空気に慣れ、ここからどこかへさらに逃げるという気持ちではなかった。リトアニアのユダヤ人社会と運命をともにする人々であった。

これに対し、ポーランド西部からビルナ地区へ逃げてきたユダヤ人たちにとって、リトアニアは中継地にすぎなかった。兵役年齢の若者たち（入隊指示にしたがっていた）、社会事業家、反ナチ運動に従事していた活動家などが、この集団に含まれていた。大半の人は、英仏の支援を得てポーランド軍がナチ侵攻軍を撃退すると信じていた。空しい希望を抱きつつ、東の方へ流れていったのである。

彼らはひどい体験をした。輸送手段がないので徒歩である。ナチの電撃戦は恐ろしかった。戦車を先頭にした機械化部隊が障害物をけちらしながら迫ってくる。空にはドイツ機が乱舞し、路上の難民を爆撃した。とどめをさしたのがソ連軍の侵攻である。ポーランド東部国境を突如突破してきたので、難民たちはパニック状態で右往左往した。行くところがなく、多くの者が路上で逃げまどっていた。もどりはじめる人もあり、二方向の流れができていった。

前に指摘したように、ビルナへ向かった難民は、この中立地帯に一時避難した後、パレスチナや自由諸国へ移住することを願った。難民キャンプには二つの組織があった。ひとつは、各種のハクシャラ運動（パレスチナ開拓の訓練組織）に所属するハルツィーム（開拓運動者）の組織で、人数約二五〇〇人。もうひとつは、ユダヤ教神学校関係の組織であった。神学生、校長、教師など二〇〇〇名を超える人が参加し、ラビのハイム・オゼル・グロジンスキ師の率いるバド・ハエシボット神学校が指導していた。

難民は着のみ着のままの人がほとんどであった。逃げるのに精一杯だったのだ。私は、わずかの現金しかもっていなかった。ポーランドと外国の金を少しである。しかし、いまもって説明できないのだが、なぜか援助に頼る気がしなかった。私の家族は、このわずかの貯えでどうにか命をつないだ。後になってエルサレムのユダヤ機関執行部からすずめの涙ほどの手当をもらった。

スバルキ集団はエズラ委員会の救援をうけた。リトアニアのユダヤ人社会から集めた慈善金で、運営されていたのだ。一方ビルナ地区では、救援はスープなどの無料配給をやる共同キッチンの形をとり、ポアレイ・シオン（一九〇三年に創設された社会主義政党）、ゼネラルシオニストAおよびB、ミズラヒ、アグダット・イスラエル、ブントなどの各種組織が運営した。金はおもにジョイントからきた。当時ポーランドのジョイント活動は、アメリカ系ユダヤ人のモーゼス・W・ベッケルマンが指揮していた。次席はシュロモ・タラシャンスキだった。ベッケルマンは、首都でジョイントの救援活動を組織すべくワルシャワへもどったが、そこで抹殺された。

ドイツの侵攻前、ポーランドには数千人のハルツィームがいた。パレスチナへの移住を目的に農業訓練を受けていたパイオニアたちである。イギリス委任統治政府がユダヤ人の移住を制限したので、入国許可の割当てが少なく、パイオニアたちは自分の番が来るまで、数年間待たなければならなかった。ポーランドには、ハクシャラ農場が数百カ所あり、長い間家族と別れて暮らしているパイオニアたちは、短時間で召集をかけることができた。ちょっとしたほのめかしだけで、皆が動き出すのだった。ヘハルーツとヘハルーツ・ハミズラヒの中央事務所役員がワルシャワを脱出してビルナへ向かったと聞くと、パイオニアたちはわれ先にそちらへ移動しはじめた。リトアニア国境に近いポーランド東部は農業地帯でもあることから、かなり多くのキブツ（集団農場）ができていた。農場をビルナ地区へ移すにあたっては、ヘハルーツに関係する運動に特別の指示がだされた。一九三九年九月末には、トーラ・バアボダの幹部会も所属運動に同種の指示をしている。

ユダヤ教神学校の施設も、大半は東ポーランドにあった。そこから彼らは集団でビルナ地区へ避難した。ビルナは、バド・ハエシボット神学院の院長ラビ・ハイム・オゼル・グロジンスキ師の郷里であったから、タルムード研究生たちは、ここに群がった。パイオニアたちは、ビルナ周辺の訓練センターにすぐ落ちついた。神学生たちは、シナゴーグや研修所に居を定めたが、リトアニア当局の要請でほかの地域へ分散した。このようにして、トーラ（旧約聖書のモーセ五書――「出エジプト記」、「レビ記」、「民数記」、「申命記」、「ヨシュア記」。広義にはユダヤ教の教え全体）研究は、リトアニアのユダヤ人全体に、大きな影響を及ぼした。神学校とキブツに対する資金援助は、それぞれの中央組織を通して行なわれた。

訓練センターの設立

カウナスを首都とするリトアニアとビルナ地区の旧国境は、二カ月半ほどぴったりと閉鎖された。ビルナがリトアニアに合併された後、数週間はカウナス入りは不可能だった。われわれはこの期間を利用して組織の再建にあたり、ドイツとソ連の占領地からビルナへ流入した人々の保護に努めた。

当時われわれの最大関心事は、訓練センターの設立と難民救済だった。ヘハルーツ・ハミズラヒの訓練センターは七カ所、カリノボにあるキブツ・ホセアは六〇万㎡あり、オルト（一九世紀ロシアにつくられた職業訓練組織）の支援を得て、三つのグループが訓練を受けていた。ビルナにはキブツ・オバディアとキブツ・ゲウラの二カ所があった。ビルナには、宗教ゼミナリーをひとつ設けた。ここは、ユダヤ機関の青少年教育訓練組織ユース・アリヤの支援を受けて、運営された。

ユダヤ人の越境支援

もうひとつの活動が、ユダヤ人の越境支援であった。ビルナに到着してまもなく、われわれは占領

ポーランドからビルナへ逃げてきた、ヘハルーツ・ハミズラヒの青年たち（1939年12月、ビルナ）。

地にいる同胞との連絡の道をさぐった。郵便と電信は停止状態にあった。ビルナ地区がリトアニアに併合された後、回復したのである。方途をさぐりあぐねていると、難民のひとりが、ワルシャワへ連絡に行ってもよいと申し出てきた。名をカルマン・ハイム・ヘイシュリクといい一風変わった作家ジャーナリストだった。クラインバウム博士、私その他の幹部が相談のうえ、いくらかの金と連絡リストを渡した。彼は任務を果たし無事にビルナへもどってきた。その結果、クラインバウム夫人を初め数名の人がリトアニアへ脱出した。ヘイシュリクは同じ目的で再度ワルシャワへ向かったが、消息を断ってしまった。しかし私が日本に滞在中一通の電報が届いた。ヘイシュリクからだった。私がリトアニアを脱出した後、もどったらしい。彼は日本の通過ビザを求めていた。

この実験結果から、われわれへハルーツ・ハミズラヒは、今後組織の者を送ることに決めた。ほかのパイオニア運動も同じような決定を下した。しかし、それは困難で危険な仕事だった。特に冬期の非合法越境は命にかかわるほど危なかった。密使はほとんどがソ連の占領地へ向かった。ドイツの占領地潜入はもっと危険で、志願者によるものとし、通常ペアを組んで行動した。連絡員は厚手の衣服、ブーツ、金、連絡先および暗号コードを与えられて出発した。ソ連の占領下にあったビアリストクには、われわれの連絡事務所がつくられた。

連絡員は占領下にあるポーランド各地に潜入し、同胞にビルナへの脱出を促した。ビアリストク事務所は、越境の手配をした人々と連絡をとった。ここが、ユダヤ人難民の脱出を担当する機関だった。

この方法で何名の人をビルナへ脱出させたのか、私にはわからない。しかしわれわれの密使たちは、遠隔地との連絡にも成功している。ガリチア地方のドロホブイチに住むラビのダビッド・アビグドル師はその例である。師から届いた手紙を覚えているが、世帯持ちであるので危険な旅へはでられない、ほかの信仰篤いユダヤ人たちと組んで、ペンキ屋を始めた、安息日の掟を破らないでどうにか生計の道をたてられる、と書いてあった。これは、ソ連ではたいしたことなのである。われわれが接触した人々で、同じような気持ちの返事をくれた人がたくさんいた。失敗まちがいなしの危険きわまる旅に出るのは、気が重いのである。

ビルナの冬

ビルナの冬はとても厳しかった。沈欝な日が続いた。身も凍る寒さに加え、食物もない。栄養不良の体にむちうって、一文無しの難民の世話をしなければならなかった。ドイツの占領地からは毎日暗いニュースばかり届いた。このように状況は絶望的だったが、われわれは希望をすてたわけではない。信仰が力を与え、われわれは気をとり直して活動を続けた。

二年後、流浪の末にたどり着いたニューヨークで、私はラグバオメール祭にユダヤ教団体のブネイ・アキバに招かれ、次のような話をした。

ドイツの爆撃機に追われながら、私たちは昼夜をわかたず痛い足をひきずってポーランドの山道を歩きつづけました。足は棒のようで何日も食物を口にしていません。次になにが起こるかわからず、絶望感に襲われ暗い気持ちでした。そのとき、暗闇のなかで誰かが歌を口ずさみはじめました。《足がゆらぐと思ったとき、神よ、あなたはいつくしみでささえてくださった》と。そうです。詩編九四の一八の言葉でした。

私たちはビルナにたどり着き、一時しのぎのキブツに落ちつきました。ある日、夕べの祈りの後、数十名の男女が寒い部屋に集まっていました。皆腹をすかしています。ストーブを囲んで、そこいらから拾ってきた木端をたいて暖まっていますと、そのストーブが突然爆発し、こなごなになったのです。幸い火事にもならずに済みました。そのとき誰かが歌いはじめたのです。《悩みと苦しみのさなかで、あなたはわたしの喜びとなってくださる》と（同一九）。

この詩編の言葉は、哀調を帯びたメロディーではありますが信仰にみちあふれ、落ちこみそうになる私たちの心を、ふるいたたせてくれました……

独ソ同胞との連絡

独ソ両占領地にいる同胞との連絡は、私がリトアニアを出る一九四〇年九月まで保たれた。密使派遣、越境、食料品小包発送などいろいろな手段を使った。次に紹介するのは私が保管していた書簡の一部で、この苦しい時期の様子がしのばれるので、紹介しよう。例のアビグドル師にパレスチナ移住許可書が待っている、と知らせたときの返事で、ユダヤ暦五七〇〇年エルル月一二日（一九四〇年九月一五日）付となっている。

親愛なるゾラフ

八月五日付の貴信、今日受けとりました。ありがとう。これまでのところ、モスクワのイギリス領事館からはなんとも言ってきません。いったいどうしたらよいのか、途方に暮れています。当局はソ連の旅券に変えよと圧力をかけています。その通りにすると、今度は出国許可をもらえなくなるでしょう……いったいどうしたらよいのか。アドバイスを電報で願います……

ミズラヒの指導者として知られるラビのイサーク・ニッセンバウム師とサラ夫人が、九月二四日付でワルシャワから寄こした手紙も、「食料小包、八月に受けとりました。お礼の言葉もありません。

もし可能なら、今後もぜひぜひお願いします……ご家族の皆様に良き新年のおとずれがありますように」という内容で、苦境のほどがしのばれた（ユダヤ暦の新年は九月～一〇月ごろ）。同じく九月二四日付で、ワルシャワの南の町レムベルトフから来たエヘズケル・ラパポートとハンナ・ガイヤーの手紙は、「ジョイントの仕事があったので、冬は何とかしのげたが、いまは失業中で口に入れるものがまったくない」という主旨の内容だった。

最初のころの手紙やノートはカウナスで失い、また、書きものはトラブルのもとになるので、全部あとに残して日本へ脱出した。引用した手紙は、日本滞在中同志が追送してくれたものである。エルサレムのモシェ・シャピラ（当時ハポエル・ハミズラヒ――一九二二年にパレスチナで創設された宗教パイオニア労働運動――の指導者）宛に送った一九四〇年二月一八日付の私の手紙は、いまも残っている。「われわれは、《あちら》に残留中の同胞を、一番心配している。絶望的な状況である。毎日、苦境を訴える手紙が続々舞いこんでくる。昨日（安息日）だけでも、身の毛のよだつようなおそるべき葉書を一四通も受けとった。一通は私の義父からだが……みんな同じ文面だ、《助けて下さい》と悲痛な叫びをあげている……」とある。

脱出禁止・国境封鎖

ドイツの占領地からの脱出はいよいよ困難となり、危険も大きかったので、ほとんどはソ連地区からの脱出である。ドイツ当局は、占領後ただちに布告をだし、ユダヤ人が居住地から離れることを禁じた。一九三九年一一月二四日、ビアラ・ポドルスクのゲシュタポは、許可なく町を離れるユダヤ人は厳罰に処す、と告示した。同年一二月一一日、ゲシュタポはさらに次のような制限令をだした。

　一九四〇年一月一日より、占領下ポーランドの総督府域に居住するすべてのユダヤ人は、ドイツ地方行政局発行の許可書なしで、居住区内から移動することを禁じる。

一九四〇年二月六日、ユダヤ人は鉄道利用を禁じられた。国境へ向かう者は、覚悟して出発しなければならなかった。ドイツの警官と兵隊は、難民がソ連領へ越境するのに目をつぶってくれるときもあったが、ユダヤ人とみると、いやがらせをやり、発砲した。ソ連地区を出ることもしだいにむずかしくなってきた。ソ連兵に捕まるとシベリア送りになるので、ユダヤ人はふるえあがった。加えて、その年は異常に厳しい冬で、越境がいちだんとむずかしくなった。凍傷になって、ビルナにたどり着くとすぐ手術を受けなければならない人が続出した。

　リトアニアへの非合法入国は、次第に減少した。道中が危険なばかりではない。一九四〇年の中ごろ、《事態が落ちついてきた》といううわさが広がったためである。当時、ナチドイツの「ユダヤ人問題の最終解決」はまだはっきりわかっておらず、ソ連の占領地に住むユダヤ人は、共産党支配下でユダヤ人としての存在が許されるだろうと、いまなお一縷《る》の望みにすがりついていた。

　ポーランド・リトアニア国境は一九四〇年三月までに完全に封鎖され、越境はもはや不可能となった。

第5章　リトアニアのポーランド系難民

相反する状況判断

ビルナのポーランド難民社会では、指導者の間に相反する二つの立場がみられた。多数派は、リトアニアに長期滞在が可能であるから、きちんとした文化施設のある難民吸収センターを整備すべし、との意見である。この派の指導者たちは、シオニスト左右両派の代表が出席するいろいろな会合や会議にでて、協議した。

私を含む少数派は、ビルナが噴火寸前の火山の状態にあると考えていた。われわれの見解では、小さなリトアニア共和国など、野獣のごとき軍隊と強大な空軍力を誇る二つの軍事大国の圧力にさらされ、ひとたまりもなく崩壊する。現にこの二カ国はサーベルをがちゃつかせ、いまにも飛びかかろうとしているのである。リトアニアのユダヤ人社会の命運が尽きているのであれば、ポーランドから逃げてきた難民に生き残るチャンスなどあるだろうか。われわれはこの前提にたって、最初から難民の救出、移住を中心政策として推進した。

ビルナでは激論が続いた。ワルシャワのブント指導者であったB・シェフナーは、シオニストを痛烈に批判攻撃した。ある会議の席で彼は、大衆はシオニストよりもブント指導者にもっと信をおくべきである、と述べた。論点をはっきりさせるため、彼は医療手当の必要な人間を例にひいた。患者は、自分の相談する医者の能力を、前もって調べるものだという。しかし列車に乗るとき、機関士の能力をいちいち調べるか、と言い返されると、彼は、医者は他人の病気を治し、機関士は乗客と同じリスクを背負っていると反論した。要するに、シオニストの指導者がいち早くパレスチナへ移住するのに対し、ブント指導者はユダヤ人社会とともに現地にふみとどまる道を選んだ、と皮肉っているのである。

しかしながら、数週間もしないうちにシェフナーを初めブント指導者たちは、ひっそりと現地を離れ、アメリカへ向かった。アメリカの労働運動がワシントンに働きかけたおかげで、《大衆とともにある》ブント指導者たちは、入国許可を認められたのである。

リトアニアは戦争が終わるまでユダヤ人の避難地になりうると考えたのは、なにもブントの連中だけではない。シオニスト指導者の多くが、アグダット・イスラエルのスポークスマンたちが、神学校の校長たちが、リトアニアの中立は尊重され、ユダヤ人難民と戦争の嵐が吹きやむまで当地に避難できる、という甘い夢にひたった。現実的な対処法がほかにないことも災いして、この空しい希望と幻想にますますしがみついたと思われる。

《世界でもっとも落ちついた平和の小島》

狂ったようにパレスチナ移住許可を求める声に対し、あるシオニストがどう反応したか、記録が残っているので参考のため紹介しよう。「ポーランドのユダヤ人社会の代表的指導者（イツハク・グリュンバウムである）から一通の電報が届いた。それは、リトアニアのシオニスト関係者に現地にとどまれと呼びかけ、……常識からみても論理的に考えても、リトアニアは、怒涛さかまく狂気の世界にあって静かな島でありつづけるだろう、としていた」のである。戦後、ホロコースト記念館ヤド・バセムのインタビューをうけたモシェ・スネー（クラインバウム）博士は、「エレツ・イスラエルのユダヤ機関関係者は、リトアニアの（ユダヤ人難民の）状況を、特に危機状態にあるとは考えていなかった……。われわれは、当地は比較的安全であるとの説明を受けた」と述べている。

リトアニアは難民救済基地と考えた者、あるいは反独闘争やポーランド解放の基地になると信じた者すらいた。この派の考えによると、英仏が攻撃を強めれば、戦線が拡大しいたるところで戦いが展開するはずであった。

当時ビルナには、シオニスト修正主義やその青年運動ベィタルの指導者も、何名か滞在中であった。メナヘム・ベギン、イスラエル・シェイブ（エルダッド）、ナタン・エリン・フリードマン、ヨハンナ・バーダー博士らが含まれる。うわさによると、彼らは、ビルナへ逃げてきたポーランド軍将校たちとひそかに会合をかさね、占領地での武力活動を計画しているという話であった。

アグダット・イスラエルの指導部も混迷状態にあった。ワルシャワ・ユダヤ人協会長のヤコブ・トロケンハイムは、ポーランド上院議員であり、ポーランドのアグダットを代表する指導者のひとりだった。一九三九年九月六日、彼は息子といっしょにワルシャワを脱出、ビアリストクにたどり着いた。数週間当地にとどまり、次にどうするかと考えていると、ライブ・ミンツベルグが追求してきた。彼は下院《セイム》の議員でルージのアグダット・イスラエル指導者である。この二人のところへ、ロンドンにいるアグダットの政治担当者から、イギリス内務省の言葉を伝えてきた。内務省はリトアニアを《世界でもっとも落ちついた平和の小島》と考えているという。二人はさっそくビルナへやってきた。戦争中はここが安全な避難地になると確信して。

ビルナそしてカウナスに移った後も、私は同志たちと状況判断を続けた。モシェ・クラインバウム博士は、スイスの週刊誌ディ・ベルトを私に支給してくれた。われわれは毎日顔を合わせ、意見を交換し戦況判断をした。前途は暗く崩壊の日が近いとして、彼は一刻も猶予せずリトアニアを出るべし、と主張した。

リトアニアとビルナ地区の国境は、一九三九年一二月まで撤去されなかった。しかし開放後も当初は、ビルナからカウナスへ行くには特別の許可を必要とした。郵便と電信が回復したのは一〇月三〇日である。

一一月第二週、ラトビアのミズラヒ指導者ラビ・モルデハイ・ヌーロック師がリガからやってきた。外部世界から激励と支援のためかけつけた最初のユダヤ人指導者だった。リトアニア当局とかけあってくれたおかげで、パレスチナ委員会のメンバーである数人の難民シオニスト指導者に、カウナス居住が認められた。こうしてクラインバウム博士、ラファエル・シャファァそして私は、ビルナからこちらへ移ることができた。一九三九年一一月中旬から、リトアニアの首都は私の仮の住まい、臨時の活動拠点となった。政府官庁、大使館、領事館そして航空会社が、ここカウナスに集中していた。

リトアニアとラトビアのユダヤ人社会

リトアニアとラトビアは、歴史的には大リトアニア（イーデッシュ語でリータ）と称せられ、そのユダヤ人社会は活気にあふれ、立派な文化伝統をもっていた。一八世紀にはビルナのガオン（エリヤフ・ベンソロモン、近代ユダヤの宗教、精神世界を代表する人物）を送りだし、一九世紀後半にはカウナスからラビ・イサク・エルハナン・スペクトル師を生んだ。ユダヤ教ではアグノットといって、夫の死亡が確認されないと妻は再婚できないが、スペクトル師はこれを改定しようとした聖職者として知られる。現代になると、ユダヤ学の最高峰といわれるドビンスクのラビ、メイル・シムハとやはりラビのヨセフ・ロジンを輩出した。この四大聖賢は、権威あるタルムード研究と知的リーダーシップの伝統が生みだしたのである。リトアニアのユダヤ人社会は、ほかの分野でも特異な貢献をしている。モーゼス・メンデルスゾーンのドイツ・ユダヤ合理主義とは違うハスカラ（ユダヤ啓蒙運動）発祥の地であり、近代ヘブライ文学もまずここで開花し、一九世紀後半正統派ユダヤ教から生まれた倫理運動ムサールも、リトアニアに起源をもっている。

リトアニアとラトビアのユダヤ人社会は、彼らの学問と業績に誇りをもっていた。荒涼たる離散《ガルート》のなかで、このリータだけが、わずかながらユダヤの主権を維持していた。第一次大戦後しばらく、彼らは民族上文化上の自治を享受した。ラトビアではユダヤ人の政府顧問が、リトアニアにはユダヤ関係相が、それぞれ任命された。この自治は少しずつ風化していったものの、一九四〇年まで少しは残っていた。ラビのモルデハイ・ヌーロック師はラトビア議会で少数民族ブロックの代表として活動し、一九二六年には大統領から組閣命令をうけた。私は、このニュースを聞いてポーランドのユダヤ人青年たちが喜びにわいたのを、いまでもはっきり覚えている。東ヨーロッパのユダヤ人社会に尊厳を与え、われわれの自尊心をおおいに高めたのだった。これからもわかるように、あの遠い昔のころユダヤ人たちは、影のような自治であっても、目を輝かして追い求めていたのである。

カウナスはわれわれユダヤ人にはコブノといった方が通りがよいが、気持ちのよい静かな小都会だった。そこには活気にみちたユダヤ人社会があった。キリスト教徒はカウナスといえば大学を連想したが、ユダヤ人のコブノはタルミディとハカミム（ユダヤ教の学者と学生）の家であった。われわれにとってそこは、有名なスロバドカ神学校（既婚者用はコレリム）の所在地であり、ヘブライ学校、ヤブネ教育機関などが軒をつらねるところであった。立派な公共組織もいろいろあった。シオニストや非シオニスト組織の本部、アグダット・イスラエルその他の団体も活動していた。指導格のラビ・シャピラ師は、デバル・アブラハムの著者として広く知られる。レスポンザ、すなわちユダヤの宗教法に関する問答集である。

もちろん、私が一番接触したのは、ミズラヒとヘハルーツ・ハミズラヒの最高指導部の人たちだった。運営上の理由からわれわれは組織の一体化をはかり、ポーランド系難民の指導部とビルナおよびカウナスの指導部を統一した。

第6章　救援委員会

ユダヤ機関の代表となる

ビルナへ流入した難民第一波のなかに、ワルシャワのパレスチナ委員会の責任者がまじっていた。つまり三役のうちの二人で、副委員長のモシェ・クラインバウム博士（ゼネラルシオニスト）、同じく副委員長の作家（ミズラヒ、ヘハルーツ・ハミズラヒ）だった、その後ラファエル・シャファ、S・ローゼンベルグが加わった。ポアレイ・シオン代表のアブラハム・ビアロポルスキの協力も得た。

ビルナの郵便が回復すると、われわれはすぐエルサレムのユダヤ機関執行部に電報をうち、新しく難民委員会を設置したので、イギリス領事館およびリトアニア政府と交渉する必要上ユダヤ機関代表の資格を認めてもらいたい、と要請した。われわれの要請は許可され、交渉権を認められた。

イギリス委任統治政府からは、一一月二〇日付で正式の許可がきた。さして重要なものではないものの、この書類は、開けゴマの魔術的効力をもち、おかげで政府官庁、イギリス領事館、外国公館と交渉できるようになった。われわれがユダヤ国家の代表として行動していれば、どれだけたくさんのユダヤ人を救出できたことだろう、とよく考えたものである。

難民委員会は、ケストチス通り一六番地にあるカウナス・パレスチナ委員会本部に、開設された。われわれは、本部役員のツビ・ブリク（バラク）から温かく迎えられた。後年エルサレムで産業開発委員会の最高責任者になった人物である。いろいろなパイオニア組織間の調整をはかる連絡委員会が、ビルナにつくられた。委員長にヘハルーツのアブラハム・ゲベルバーを迎え、ゼネラルシオニストからマズヤ、そして私や私の代理がメンバーだった。同じように機能しはじめたユース・アリヤ委員会は、ベルナルド・ゲルバード、ツビ・ブリクと私の三人で構成されていた。この各種委員会は、横の連絡をうまくとって献身的に活動したので、摩擦はほとんどなかった。

難民委員会は、ユダヤ機関執行部、特に移住局《アリヤ》と密接な連絡をとった。われわれは、ワルシャワのパレスチナ委員会に割り当てられた移民許可数をこちらへ移してもらい、さらに増加を要請した。中立国や交戦国を通ってエレツ・イスラエルへ到達するには旅券やビザが必要なので、その取得にも努力した。移民許可の配分も委員会の役割だったし、移住希望者の圧倒的大多数は文無しだったから、その資金集めもやらねばならなかった。陸、海および空路を使った輸送手続はたいへん面倒だが、これも委員会がやった。パイオニアを訓練センターに集め、ユース・アリヤの候補者に職業訓練を施し、訓練費をまかなうための金集めも仕事のひとつだった。

《有力者》の出国

クラインバウム博士とシャファがパレスチナ行きの決心を固めたので、責任は私の肩にかかってきた。二人は、一九四〇年一月初めに決行したが、うまくいかなかった。リトアニアが、ドイツの要求に応じて、兵役年齢（一八―五〇）のポーランド難民の出国を禁じたので、二人はラトビア国境で追い返された。そこでクラインバウムは、老けてみえるように髭を生やしはじめた。一方、無国籍者に発給された旅券をもっていれば、出国できることがわかった。しかし、当初リトアニア当局は、実際にはポーランド国民である難民に、この証明書（安導券――戦時に通行の安全を保障する通行券――）を出さなかった。そのうちにわれわれは、現金払いでこの種の旅券を入手できるようになった。弁護士のドブ・アルキンが仲介してくれたのである。アルキンの知りあいのひとりが、一件につき九〇〇リタという多額の金で支給した。この旅券が、腐敗役人の発給した本物なのか、それとも巧みにつくりあげたにせ物だったのか、いまもってわからない。いずれにせよ、国境警備隊に通用するだけの効果はもっていた。クラインバウムをはじめとするシオニスト関係者が、ラトビアへ出られたのは、この証明書のおかげである。彼らはスウェーデン、オランダ、イギリスまたはフランスへ至り、そこからパレスチナを目指した。一九四〇年三月初めになると、リトアニア当局も、

筆者一家に発行された安導券。

この種の旅券を発給するようになった。ナチとソ連の占領でポーランド国籍が無意味になったことを認識したに違いない。

クラインバウムそして特にシャファが突然出国したことは、当地のシオニスト関係者の間で反感をよんだ。指導者が自分の地位と任務を放棄できるものか、いつだったらそれが正当化されるのか。これは昔からある議論ではある。アブラハム・ビアロポルスキは怒り心頭に発して、一九四〇年一月八日付でユダヤ機関移住局長エリアフ・ドブキン宛痛烈な手紙を送った。しかし、数週間もしないうちに、今度は当のビアロポルスキがパレスチナへ向かったのである。四人のうち三人までが、一九四〇年にエレツ・イスラエルへ到着したのだった。

カウナスにとどまる

私は、当分ここにとどまる決意であった。数百名のパイオニア、そしてわれわれについてビルナへ来た同志たちを、見捨てるわけにいかなかったのだ。彼らは、私といっしょにリトアニアを出てパレスチナへ向かうと、漠然と意識しながら行動をともにしていた。シオニスト役員として受ける権利のある移民許可は、兄のシーレムへ譲った。兄はトーラ・バアボダ運動の活動家として知られ、ポーランド議会のユダヤ議員団事務局長でもあった。私が譲らなければ、兄はずいぶん長い間待っていなければならなかったであろう。

しかし、要するに移住と救出の仕事を引きついでくれる人がいなかったので、残ったのである。クラインバウム博士は、私がまだカウナスの城を守っているという認識があったので、比較的軽い気持ちで出国できた。ラファエル・シャファは、エルサレムのユダヤ機関移住局宛報告のなかで、私の役割は大変だといった主旨のことを書いている。数年前エレツ・イスラエルへ移住した私の両親からは、一刻も早くこの危険地区を出るよう数えきれないほどたくさんの手紙や電報がきた。でも私は、狂ったようなアピールを無視せざるをえなかった。

カウナスにおける生活環境は日一日と悪化していった。私たち夫婦は、最初マイロニス通りで一部屋借りていたのだが、長男が生まれたので（四〇年二月）、ほかへ移らざるをえなくなった。赤ん坊の泣き声がうるさくて眠れない、と家主が文句を言ったのである。次に移ったところでも、家の主婦が炊事用具の持ち込みを禁じ、おおいに苦労した。

山のような仕事をかかえる

ユダヤ人《有力者》が次々に逃げ出すので、難民社会の空気はいちだんと沈み、指導者に対する反感も強くなった。当時ドブキンとともに移住局を率いていたモシェ・シャピラは、一九四〇年三月七日付の私宛の手紙で、われわれの苦境につき次のように書いている。

私は、自分の任務をすて真っ先にイスラエルへ移住するシオニスト役員に対し、一般の人がどんな気持ちを抱いているか、よくわかる。しかしながら、各人はそれぞれ自分の良心の命ずるままに行動しているのであるから、われわれとしてはそれをとめることができない。このような状況下では、こちらから、代わりの人物を派遣するのが一番いい解決法だろう。戦乱が広がらず、リトアニアへまだ渡れるのなら、適当な人物を選んでビルナへ送る。

難民委員会のスタッフが頻繁に変わったので、アブラハム・ゲベルバーは（ビルナのヘハルーツ指導者のひとりだった）、エリアフ・ドブキン宛に「当地のシオニスト組織は少なくとも六カ月間委員会の任務につける人物を任命し、移住の機会を後まわしにするよう、規則をつくってほしい」と要請した。

しかしそれでも、性急な批判は避けるべきである。ここに偶然の機会があるとする。それによってほかの誰かを助けられるかもしれない。しかし、それはあくまでも偶然の機会であり成功もおぼつかない。それに自分の命を賭けるのである。その人にどんな事情があるかもわからない。

この点に関連して、ラビのイサーク・ニッセンバウム師から届いた手紙を紹介しよう。彼は、宗教上のよき教師でありシオニズムの師であったが、その手紙には、私が東へ向け逃げたとき、ワルシャワの同志のなかには私が皆を見捨てたと思って当惑した者がいた、しかし私が救出活動に従事していると聞いて、考えを改めたと書いてあった。

難民委員会のスタッフ移動が激しいため、ついには私が唯一の専従者になってしまった。難民社会も、委員会イコール私と考えた。救援活動の行なわれているカウナスに滞在したばかりに、全責任を負う破目になったのである。前に触れたように、事務管理、資金集め、輸送手配、ナチおよびソ連占領地区からのユダヤ人救出など、山のような仕事を引き受けたのであった。

第7章　任務はパレスチナ移住

厳しい移住制限のなかで

一九三九年四月から、パレスチナ委任統治政府移民局は、白書にしたがってユダヤ人の移民を厳しく制限し、半年単位で許可数をユダヤ機関移住局へ認めた。移住局は、それをいろいろな国へ割り当てるのである。

イギリス当局は、《非合法》移民を捕まえると、その人数分を、許可数から差し引いた。そのため、一九三九年一〇月から翌年三月までは一人分の許可さえおりなかった。このようにしてイギリス委任統治政府は、まだユダヤ人の救出が可能であった大戦初期に、パレスチナの門戸を閉ざしたのである。

一九三九年一〇月末、ビルナに到着するとすぐ、われわれはエルサレムのユダヤ機関へ何度も緊急要請をだした。しかし、思わしい結果は得られず、全部で九〇人分の許可しか受けとらなかった。ドイツ空軍機のワルシャワ爆撃でパレスチナ委員会事務所が被爆したとき、焼失した許可書の数と同じである。

ユダヤ機関が、ほかの国への割当て数で未使用分をこちらへ少しまわしてくれたほか、一九四〇年三月末までに使用されなかった許可書の有効期限の一カ月延期があったので、少しは増えた。一通の許可書を有効に使用するため、われわれは偽装結婚を工夫し、それに《子供》をつけた。そうすると一通で家族《全体》をカバーできるのである。

われわれは、資産家の移住が優先されるのに着目した。この方法は面倒な手続きを必要とした。申請者は一〇〇〇パレスチナポンドを供託する必要があり、本物の《資本家》と認められるまで、いろいろな調査を経なければならなかった。これでいくらか許可を得た。

学生用には、エルサレムのヘブライ大学に助けを求めた。しかしこの戦術はまったく成功しなかった。大学が学費支払いと保証を要求したからである。

われわれは、ラビや教師の移住許可もいくらか取得した。パレスチナの教育機関や宗教組織で働くポストがあると、有利なので、これも利用したわけだ。あれやこれやで、われわれは三〇三通の許可書を入手した。そのうち二四四通が一九四〇年四月初めまでに使われ、残りもすぐになくなった。この三〇〇通で例の偽装結婚方式を使い五〇〇人ほどの難民がパレスチナへ行けた。ヘハルーツ・ハミズラヒ集団のなかで、ただひとりだけ、《妻》の帯同を拒否した人がいた。本当の婚約者はドイツ占領地にいて出国できなかったので、代わりの人を連れていくのは、婚約者に対する裏切り行為と考えたのだ。いろいろ説得し、いやなら許可書をほかの人へまわすとおどかしてもみたが、だめだった。結局私は本人の気持ちを尊重して、ひとりで行かせた。しかしわれわれは、移住者に《妻》と《子供》をつけて、極力割当て数を水増しするようにした。

数年後、友人宅でひとりの老婦人と会った。彼女はラビ・アブラハム・イサーク・ブロンベルグの娘だと自己紹介した。私は一瞬ぎょっとした。故ブロンベルグ師には子供がいなかったはずなのである。最初の奥さんとの間には二人の子供があったが、三人はホロコーストで死んでいる。でも私はすぐに、ブロンベルグ師の苦心を思いだした。若い女性を《妻》にするような年齢ではないので、三人を《娘》に仕立て、パレスチナへ連れてきたのである。

困難をきわめる選別

われわれの救出作戦には、さまざまな困難がつきまとった。移民許可書、旅券、通過ビザ、輸送手段そして金と、苦労はつきなかった。なかでも厄介な問題が、パレスチナ移住許可書の配分であった。わらにもすがる思いで申請する者が何千何万人といるのに対し、許可書は大海の一滴にも等しかった。どの人も権利があり、ひとりを選ぶことは、五人いや一〇人の人間をはねることを意味した。つらくていやな仕事である。幸いにして、まず大枠はエルサレムのユダヤ機関移住局が決めた。つまりパイオニア、団体職員、作家……などのカテゴリーごとに配分するのである。団体別の配分方式もあり、ときにはエルサレムが特定の人を指定してくる場合もあった。残る許可書を、地域の事情や基準にしたがって、われわれのような地域の担当者が決めた。われわれの委員会は、全員一致か多数決による方式をとったが、いつも大激論になった。私は委員長として極力コンセンサスに基づくように努めた。しかしそれでも外部からの文句がたえなかった。

状況悪化で移住要求は高まり、われわれは多大の圧力にさらされた。しかし、許可書には限りがある。そのため嫉妬が渦をまいた。リトアニアには二〇〇〇をくだらぬパイオニアがおり、二五〇〇人近い神学校生やラビがいた。神学校関係者宛の許可書が届いたとき、ハショメル・ハツァイルの関係者の間に反感を呼んだ。この組織のスポークスマンは次のように発言している。組織の空気を反映した内容である。

リトアニアへは移住許可がほとんどまわってこない。届いたのは大半が宗教関係者向けである……われわれパイオニアは最低で、パレスチナへ向かう機会はまずない。祈禱文をぶつぶつ唱えるもみあげの長い連中なら、誰でも許可書を入手できる。だが、われわれはだめなのだ。

しかし、この発言には正当な根拠がない。移住許可書は、全員一致の決定で難民委員会が配分した。情実のはいりこむすきはない。団体の指導者や職員への配分が、もっとも複雑で厄介だった。申請者は許可書の数の何倍何十倍もおり、承認された選抜基準があるわけでもなかった。指導者や作家、ジャーナリスト用に初めて五〇通分の許可がきたとき、配分会議に参加したクラインバウム博士は、次の三つを基準にすべしとした。

(1)家族問題
(2)団体の仕事における先任順位
(3)本人の有する社会的責任の大きさならびにドイツまたはソ連の占領によって受ける本人の危険度

しかし、厳重な規則が委員会によって確立されたわけではなく、それぞれの申請を個々に検討し、全員一致方式で決めた。それでも、差別があるとの文句がたえず、唯一の専任役員である私が、すべての苦情に対応しなければならなかった。

作家の自尊心

ある作家の場合は、実にいやな思いをした。作家用の割当てとして五通の許可書をもらったのだが、三人は問題なく決まった。しかし残る二通に申請者は三人いた。ひとりは感覚の鋭いイーデッシュ語作家兼ジャーナリストのモシェ・ブリネム・ジャストマンで、作品にはユダヤの情熱がたぎっていた。宗教系シオニストとして、ポーランドのユダヤ人社会に多大の影響を及ぼした人物である。次のエヘスケル・モシェ・ノイマンも献身的なシオニストであり、繊細な文章は特に思索的な読者によく読まれた。もうひとりのザスマン・セガロビッチも、イーデッシュ文学者のひとりで、左派系に属し、非シオニズムの立場にたつ人であった。委員会は、前二者の採用を決めた。その翌日、セガロビッチが私の事務所にどなり込んできた。血相を変え、こぶしをテーブルにがんがんたたきつけながら、やり方がフェアじゃない、侮辱されたと叫んだ。

彼の話を聞いていると、許可書をもらえなかったことより、ほかの二人と比べ軽くみられたことに怒っているらしいことが、わかった。自尊心を傷つけられ方が、物理的安全よりもはるかに苦痛な場合があるのだ。第二次大戦後、セガロビッチは、「炎の道」と題する本をだし、そのなかでビルナ・カウナス時代の気持ちを、次のように書いた。

そのころ、アメリカのビザが一束届いた。インテリ向けの割当てである（米国労働総同盟を通してブントのメンバーに発給されたアメリカの入国許可）。私は、小物かもしれないが自分もインテリのひとりかなと考えていた。しかしビザはほかの人に与えられた……ビルナではソ連とドイツのはさみうちにあい、進退きわまった状態にあった。しかし私の資格は、ある種のＶＩＰ連中のそれに達しなかった。まず、イギリスに銀行口座をもつ資本家がおり（資本家は移住資格ありとされた）……次に組織活動家がいた。この種の恵まれた人々は出国できたが……私は彼らと張り合うだけの力をもっていなかった。

本人は、幸いにも某方面からの特別の配慮でパレスチナ移住許可書を入手できた、と書いている。その通りである。セガロビッチ氏をエレツ・イスラエルの岸辺まで送り届けたのは、われわれの委員会だった。

実際のところ、救出は選別的にならざるをえない。全員を救えるのなら、緊急手段をとるまでもない。うまくいって部分的な成功しか望めない状況のとき、救出作戦には多大の勇気と公正さ、そして臨機応変の決断力を必要とする。関与することを避けて傍観するのと、どんなに小さな救出にも必ずつきまとう技術上の困難や倫理問題を直視して実行するのと、どちらの道が望ましいであろうか。優先順位を決める者は、自分を最前列におくべきではない。これだけが唯一の条件である。そしてどの場合にも、倫理的宗教的基準をあてはめて行動しなければならない。選別的救出は、それ自体異議を唱える筋合のものではない。選別にあたって誠実ならざる基準をとれば、そのときにこそ抗議すべきである。

第8章　旅券そして脱出

ドイツの圧力

渡航および移住手続は、すべて難民委員会の責任で、カウナスのパレスチナ委員会と連絡をとりつつ行なわれた。ジョイントとＨＩＡＳも力を貸してくれた。われわれのおもな仕事は、トランジットの可能な国が認める旅券や旅行証明を取得することであった。規則が頻繁に変わるので、旅券取得はよけい困難となった。ドイツはリトアニアに圧力をかけ、兵役年齢のポーランド難民が中立国を経由して連合国側へ脱出するのをやめさせた。その難民が連合軍に加わるのを恐れたのだ。特に、ポーランド亡命政府寄りの者が逃げたら困るのだった。第二次大戦が勃発し、ナチ・ソ連がポーランドを占領してまもなく、リトアニアおよびその周辺諸国は、ポーランド旅券を認めなくなった。われわれは東奔西走してリトアニア政府当局とかけあい、苦心惨胆のすえに無国籍者に対する安導券を発行してもらった。

当時の状況がどんなであったか、次の事件からおわかりいただけるだろう。偽造旅券は九〇〇リタ

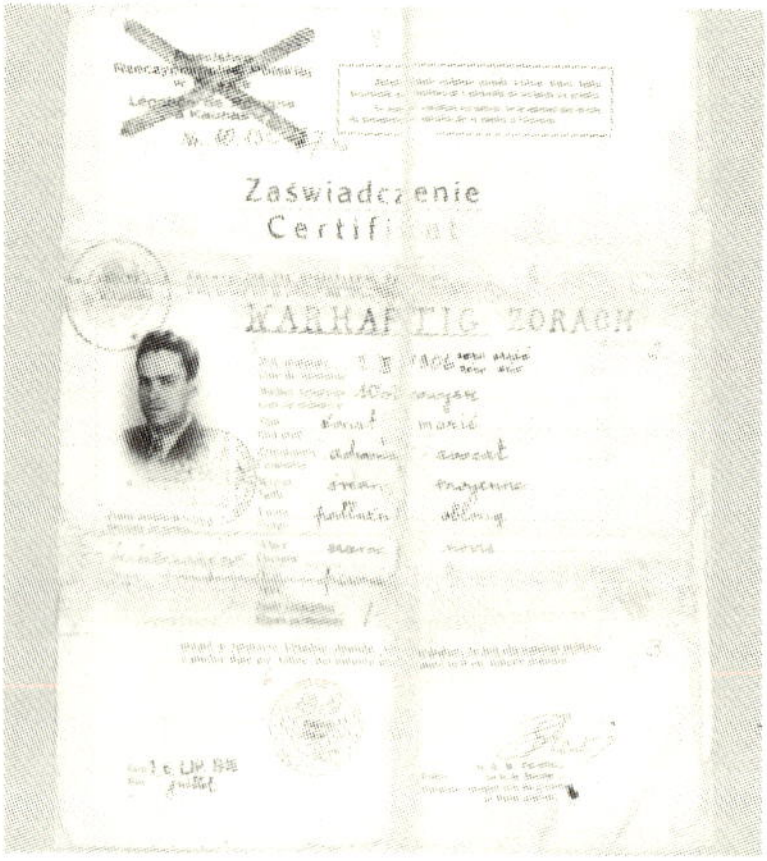

カウナスのポーランド領事館が発行した、1940年７月16日付旅行証明書。

であったが、ジョイントは難民ひとりにつき一日一・二リタを支給していた（後に週一三リタになった）。この種の《旅券》は、高くて手がでない。リトアニア政府が発行してくれるようになった安導券は三五〇リタだった。値のはる代用品は不要である。そこで私は、ヤコブ・ビアロポルスキとアルター・クラルマンという二人のシオニスト関係者のため注文していた偽造旅券を、キャンセルした（二人の兄弟はその少し前このにせ物を支給されていた）。すると、この二人は血相を変えて私の事務所にどなりこんできたのである。激しい口論となった。別種の（本物）証明書がすぐ手に入る、乏しい資金を浪費するわけにはいかないといくら説明しても、二人は納得しなかった。結局私は、高価なにせ物を注文し直さねばならなかった。兄弟間の嫉妬、人間がもつ性格の弱点をかいまみる思いがした。

財政難のなかで

われわれの財政は非常に深刻な状態にあった。移住者ひとりにつき航空券または船賃が二〇〇ドル以上もした。当時としては莫大な金であった。金のほとんどは、カウナスのジョイント事務所とエルサレムのユダヤ機関がだした。しかし、その金を手に入れるのは至難のわざで、あちこちかけずりまわり、手紙や電報で切々と訴えるなど、多大の努力を要した。一番気にかかったのは、キブツ訓練センターの予算である。数十のハクシャラがリトアニア全土に散在し、二三〇〇名のパイオニアが貧困にあえいでいた。仕事はほとんどなく、あっても超低賃金だった。どのハクシャラも非常に厳しい状況にあったが、ユダヤ機関からくる金は実状を反映せず、なんの足しにもならなかった。

われわれの活動費は、ユダヤ機関の予算規準にあわず、パイオニア組織はそれぞれ海外に資金援助を求めなければならなかった。

脱出ルート

一番急を要する問題が、パレスチナへ向かう途中経由する諸国の通過ビザを取得することであった。証明書を手にした難民数百名がわずかの荷物をまとめて、出発の合図を待っていた。リトアニア政府は難民を極力国外へ出したいので、そのスピードアップに熱心であり、難民委員会にいろいろ協力した。脱出ルートは三つ考えられた。第一は、リガ（ラトビア）またはタリン（エストニア）→ストックホルム→マルモ→コペンハーゲン→アムステルダム→フランス→パレスチナ、第二は、ソ連→トルコ→シリア→パレスチナ、第三のルートがドイツ→イタリア→パレスチナであった。

どのルートにもいろいろ問題があった。スウェーデンは中立を主張し、兵役年齢のポーランド国民に通過の便宜を与えようとしなかった。そのため男性難民には、無国籍用の特別証明書（ナンセン旅券と称す）を支給しなければならなかった。これは多額の金を要した。さらに、海上交通の危険があり、戦時中とて民間機に座席を確保するのはまず無理だった。思いがけなかったのが、フランス経由のむずかしさで、クラインバウム博士だけの通過ビザを取得するため、ナフム・ゴールドマン博士がかけずりまわったすえに、やっと確保したのだった。パリ所在のＨＩＣＥＭ（一九二七年にＨＩＡＳなどを中心につくられた移民協会）がいろいろ奔走した結果、あと六〇通の通過ビザが得られた。しかしその後フランス当局は、パレスチナを目指す難民には全員通過ビザを認めるようになった。

ラファエル・シャファーを含む二〇名ほどの小さな難民集団に対しては、ユダヤ機関がロンドンで通過ビザをとってくれた。しかし一九四〇年三月にユダヤ機関から連絡があり、この手配は今回限りであり、もっと安価な方式を考えないと、次からの《予定》はたいへんむずかしくなると通告を受けた。

小さな好意を求めて

リトアニア政府はソ連にかけあったが無駄だった。ソ連国境は閉鎖されたままで、故郷へもどる少数のパレスチナ居住者が、通過できるだけであった。カウナスのインツーリスト事務所もわれわれのために努力してくれたが、成功しなかった。そこでわれわれは、ドイツ―イタリアルートの可能性をさぐった。私は、一九四〇年一月二二日付で、ユダヤ機関移住局に次のように連絡した。

現在の状況のもとでは、北方ルート（スカンジナビア・フランス）は、少数の選ばれた者以外には、無理である。エレツ・イスラエルへのルートは、ドイツ経由以外にない。移住希望者のほとんど全員は安導券を支給された無国籍者であり、この点を考慮しつつ、目下このルートを開拓すべく努力中である。われわれは、リトアニア政府、イタリア領事館およびアドリアチカ海運に働きかけ、返事を待っているところである。ロシア経由の道は依然として閉ざされており、当局からの回答は得られていない。

皮肉なことに、われわれの努力がみのり、ドイツ経由の道が開けた。リトアニア政府が、集団ビザを使った一〇〇人の通過に関して、肯定的な回答を得たのである。条件がいくつかあった。リトアニア当局は、申請者の政治的姿勢を保証しなければならなかったが、カウナスのドイツ領事館が受けとるリストは、承認のためベルリンへ回送されることはない。移民は封印車両に乗り、ドイツとリトアニア兵に護衛され、カウナスから一路イタリア国境へ向かうのである。この案はユダヤ機関移住局の許可を必要とした。しかし、許可はこなかった。結局この計画は実行されなかった。苛酷なトランジット条件だったし、ドイツ領へ入ったとたんに難民が列車から放り出されて逮捕される、という恐れがあったからである。移住希望者自身、この案にはあまり関心を示さなかった。

毎日毎日われわれは東西諸国に小さな好意を求めた。聖書には、「どうか、あなたの領土を通過させて下さい。……あなたの領土を通過するまで、右にも左にも曲ることなく、『王の道』を通ってゆきます」（民数記二〇章一七節）という言葉がある。われわれは聖書の言葉をくり返した。しかし相手は聞く耳をもたなかった。

しかしながら、われわれはいろいろな障害をのりこえて、一九三九年一〇月から一九四〇年三月までを期間とする移住許可を、全部消化することができた。

第9章　占領地における救出活動

ドイツ地区の難民

リトアニアはヨーロッパの中心にあって、ソ連およびドイツの占領地と境界を接しながら、中立を保っていた。さらに、ビルナ地区が併合され、そこへポーランド系のユダヤ人指導者が流入したので、リトアニアはポーランド系ユダヤ難民の救援センターとなった。しかし、国境の向こうにいる困窮下の同胞に支援の手をさしのべようとしても、なにせ貧しい無国籍の難民社会である。やれることはたかが知れていた。われわれは自分たちの力がわかっていたし、その限界を心得ていた。したがって、エレツ・イスラエルとアメリカに住む同胞が頼りであった。私は、一九三九年一〇月末ユダヤ機関執行部宛の覚書で、次のように指摘した。

ドイツ地域の状況についてはごぞんじと思う。じつに耐えらない。……各地のユダヤ人社会が次々に破壊されている。シエドルツエ、ビシュクフ、カルーシェンなどの諸都市は激しい空襲で大きな被害をこうむった。このような町や村から、特に国境に近い地域では、荷物をまとめるいとまもなく、ユダヤ人たちが追い出されている。プルトゥスク、ヤロスラフ、リザンスクなどである……ワルシャワでは、ゲシュタポがシオニスト組織を調べており、逮捕、迫害のおそれがある。……すでにユダヤ人ジャーナリスト数名が、反ナチ宣伝の科《とが》で逮捕された。この調査は、戦争がユダヤ人によってひき起こされたとする中傷キャンペーンの一環である。……シオニスト指導者は特にゲシュタポが目をつけてたびたび調査しており、迫害の恐れが一番強い。彼らは一刻も早く脱出して、エレツ・イスラエルへ向かいたいと願っている……。

われわれのポーランドシオニズム運動の活動を制限し、シオニスト活動家や難民をビルナからエレツ・イスラエルへ移送する努力を怠るとすれば、許しがたい。私の考えでは、ビルナは、ドイツおよびソ連の占領地にいるシオニスト活動家、ラビおよびパイオニアの救出基地になるべきである……ドイツ地区のシオニスト指導者が最悪の状態にあることは疑問の余地がなく、リトアニアに併合されたこの狭いビルナ回廊よりする救出以外に、有効な手だてはない……。

目下ビルナ地区に集中しているシオニスト指導者とパイオニア向けの移住許可割当てを消化してしまえば、それでおしまいになる恐れがある。ドイツ領のユダヤ人との接触は終わり、救援の道も閉ざされるだろう。シオニスト執行部特にアリヤ関係部局は、組織的活動を継続すべく手をうつべきである。資金、移住許可書の支給も必要である。

戦争が勃発して数カ月の間は、つまり三九年一一月から翌年三月まで、限られた人数ながら、主としてワルシャワ難民の救出が可能だった。ワルシャワのパレスチナ委員会は、アドリアチカ海運を通して移民のパレスチナ輸送を何年もやってきた。当時この海運会社はまだ機能しており、状況が許すかぎり事業を継続する意志であった。ユダヤ機関の移住局長ハイム・バルラスは、当時ジュネーブに居住し、この海運会社と連絡をとっていた。移住許可書をもつ人のリストを提出すると、同社はトリエステ経由の通過ビザを取得してくれるのである。そこから移民は同社の船に乗ってパレスチナへ向かった。

ソ連地区の難民

もちろん、ソ連占領下の同胞も気がかりだった。彼らのおかれている状況は、日増しに悪化していた。ソ連当局はユダヤ人に二者択一をせまった。ソ連の市民権をとるか。ウラルを越えたシベリア送りの道をとるかである。ソ連当局は、ソ連の市民権をもたない国境周辺の住民を追放しており、ドイツ占領地からの難民がことに危ない状況にあった。ワルシャワなりルージあるいはクラクフなり、自分の家へもどるか、それともシベリアの収容所へ追放される苦しみを味わうか、どっちかにせよというのである。

特に厄介な問題が、家族がソ連領にとり残されたラビや指導者だった。なかには移住許可書をもっている人がいたが、家族の問題で脱出を拒否した。四〇年四月、われわれは家族再結合計画を実施した。ソ連から家族を連れだそうというわけで、われわれはリトアニア政府にかけあい、リトアニアはパレスチナへの中継点にするだけであるから、五〇家族の引きとりを許可願いたいと要請した。

シャピラは、六月二九日の電報で、移住許可の配分をうけたソ連地区在住のラビのリストを送ってきた。ソ連地区の難民に対するパレスチナ移住許可は六〇通、うち二五通がラビ用であった。しかしその時点で、ソ連はリトアニアを占領していたので、カウナスの領事館は閉鎖されつつあった。やむをえない。われわれは、モスクワのイギリス領事館にパレスチナビザを申請した。しかしイギリス当局は発給を拒否した。

イギリス領事館のビザ発給拒否

カウナスのイギリス領事館の知り合いを通してモスクワのイギリス領事館に問い合わせてもらったところ、ソ連当局からすべての領事館に通達のいったことが判明した。「リトアニア、エストニアおよびラトビアはソ連領であるから、住民はソ連国民となり、その所持する旅券は無効である。無国籍者用の安導券も同じ」という内容であった。さらにイギリス領事館は、ソ連からの移住には特に関与したくなかった。ソ連当局が出国をひどくうさんくさい目でみたからである。この件は、私が横浜にたどり着いた後の四〇年一一月一七日に、ユダヤ機関移住局へ報告した。

ほかの領事館は、われわれのたびかさなる嘆願と各方面からの働きかけに答え、態度を変えてくれた。日本、トルコ、イランそしてイラクの領事館までが、カウナスのイギリス領事館のだした移住許可確認書やキュラソビザ（後述）の所持者に対して、通過ビザを発給してくれた。おかげでリトアニアにいる難民は大助かりだったが、ソ連地区の例の六〇名はそうはいかなかった。カウナスのイギリス領事館からは、確認書が送られることはなく、われわれがカウナスから打電した確認は、トランジット諸国の領事館には権威がなかった。モスクワのイギリス領事館は、われわれの嘆願を頑としてきかなかった。ソ連の住民に対しては、原則としてパレスチナ入国ビザは発給されない、の一点張りであった。前に紹介したラビのアビグドル師は、六〇名のひとりで、「モスクワのイギリス領事館からはなんともいってこないし、どうしたらよいかわからない。ソ連の旅券をとるよう強制されており、もしそれをとると今度は出国できなくなる」という主旨の手紙を、四〇年九月一二日付で寄こした。

イギリスの《疑心》の犠牲に

モスクワのイギリス領事館は、ソ連領内の申請者に、パレスチナ移住許可の確認書を出すことも拒否した。イギリス人は、ソ連からパレスチナやイギリスあるいはイギリス植民地への移住を、白い目で見た。ソ連に居住する者は、その人物がいかなる環境におかれているかにはかかわりなく、全員共産主義のばい菌を持っているか、ソ連のスパイ、と考えていたのだろう。エルサレムのユダヤ機関も再三イギリス委任統治政府に嘆願した。それに対し同政府は、四〇年一二月一二日付で、次のような最終回答を寄こした。

> ラトビアおよびリトアニア居住者を含むソ連邦内の人間に対するパレスチナ移住許可の件に関し……熟慮検討の結果政府は、現状においては、申請者の身元確認と経歴調査のできる場合にしか証明書を認めない、との結論に達し、その旨通知する。
>
> ソ連の占領地を含むソ連領内の状況からみると、大英帝国の出先機関が必要な調査ができるとの見通しはほとんどない。

この回答文には、イスタンブールのイギリス出先機関も所定の身元確認ができない、とつけ加えてあった。その後トルコのイギリス大使館は、ソ連を脱出した難民に対する態度を変えた。難民はビミグロ収容所に収容され、カウナスのイギリス領事館がだした身元確認をもとに、入国ビザを支給された。しかしながら、モスクワ駐在のイギリス人たちはまったく態度を変えなかった。

カウナスのイギリス領事館の確認書をベースにトルコの通過ビザを発給されたリトアニアの難民と、トルコへたどり着いた者は、審査権がトルコ当局へ委譲されたので、助かった。しかし、例の六〇名は別で、まもなく独ソ戦が始まりほとんど全員死んでしまった。イギリスの《疑心》の犠牲になったのである。

二人の巨人にはさまれて

それよりもっと厄介な事態が発生しつつあった。ナチドイツが暴れ狂っていたのである。ポーランドのドイツ占領地からは、血も凍るような蛮行、迫害のニュースが、もれてきた。ソ連地区は混乱と恐怖が支配していた。ソ連当局は、ユダヤ人の宗教および教育機関と団体組織をすべて解体した。ドイツ占領地から逃げてきた難民は、前の居住地へもどるかシベリア送りかのいずれかを選ばなければならなかった。われわれリトアニアの難民社会は進退きわまり、二人の巨人にはさまれ、酔っぱらいのごとくよろけながら、将来を心配して暮した。

私は非常な苦境にあった。難民委員会の同僚たちはパレスチナへたってしまい、代わりの者も新しい仕事に慣れていなかった。ビアロポルスキの代わりに来たエリエゼル・シュパケビッツはビルナで救援活動をしており、クラインバラムの代わりに来たゼネラルシオニストのメンバーは、移住活動に経験がないうえ、ゼネラルシオニストAの利害問題に汲々としていた。つまり、パイオニア、ラビ、神学生など数千人の命が、私の肩にかかったのである。皆が私を難民委員会と同一視し、命を救う力を授かっているかのように考えた。私はひとりで苦悶した。

パイオニアたちは、三九年一二月以来政府の命令でリトアニア各地に分散中であったが、日々の作業と教育文化活動で、将来に対する不安が多少はまぎれるだろう。同じく全土に分散中の神学生たちは、タルムードという底なしの《海》に自分の悲しみを沈めることができるだろう。そのほかの難民は主としてビルナに集中し、文化活動や団体行事で不安を払おうとした。カウナス居住を選んだ難民は少なかったが、この小さな集団のなかで多少金に余裕のある者は、ロスマリン・レストランに集まり、そうでない者はモニカ・カフェにたむろした。安息日にはアレキサンダー・レストランという大衆食堂に集まって、薬味のきいたチョーレントを食べるのだった。

私は、毎日毎日パレスチナ委員会とイギリス領事館をはじめとする外国公館の間をかけずりまわった、無数の手紙を書き、電話をかけまくり、電報も次々にうって嘆願し要請した。しかし、悲鳴に近いわれわれの叫びはほとんど無視された。

現実にはまったく進展のないまま、われわれのおかれている状況は、日増しに悪化していった。移住証明がなければ通過ビザは得られず、通過ビザがなければ移住割当てはなしで、われわれはこの悪循環をたち切ることができなかった。

移住割当てを獲得する

しかし、われわれが圧力をかけつづけた結果、ユダヤ機関はいやいやながらも、移住割当てをだしてくれた。パイオニア、組織活動家、神学生のほか、女性訓練センター用に八〇通あった。九歳から一七歳を対象としたユース・アリヤの許可書一五〇通も、カウナスのイギリス領事館を経由して受けとった。これは目新しい現象であった。

もともとこのユース・アリヤ許可書は、創設者のヘンリエッタ・ショルド女史が確保した分で、ドイツ出身のユダヤ人児童のためのものだった。しかし、一九三七年にポーランドのパイオニア組織代表がショルド女史とウィーンで会談し、ユース・アリヤ活動にポーランドも加えてほしいと要求した。私もその会談に参加したが、ポーランドの青少年を犠牲にしてドイツのユダヤ人子弟が優遇されるのは承知できない、と発言した。実は一九三三年に、ユダヤ機関政治局長ハイム・アーロゾロフ博士との会談で、同じことを言った経緯がある。そのとき博士は、ポーランドに比べドイツの破局が近く、早急に手をうつ必要がある、と反論した。われわれにとって幸いだったのは、ショルド女史が特に努力して、比較的多くのユース・アリヤ移住許可書を、われわれの方へまわしてくれたのだった。

冷淡なイギリス領事

このようにして、カウナスのイギリス領事館には数百通の移住許可書がたまった。われわれは、移住予定者の所持する安導券にパレスチナのビザを押してほしいと頼んだ。しかしイギリス領事は、ビザを使用できるという証拠がないかぎり発給するなとの訓令をうけているとして、拒否した。われわれは、馬の前に車をつけるようなことはしないでほしいと嘆願した。入国ビザがなければ、どこの国も通過ビザを発給しないからである。イギリス領事は別の理由をもちだした。たとえソ連がオデッサまでの通行を許しても、その先はどうする。オデッサからイスタンブールへは海路しかない。難民船サルバドル号がどうなったか、まさか知らぬわけではあるまいと領事は言った（ユダヤ人難民多数を乗せたまま黒海で沈没したのだった）。大英帝国政府は、数百いやおそらくは数千の難民の命を、こんなことで《危険》にさらすわけにはいかないのである云々。イギリス領事の《懸念》（ありがたい《心づかい》というべきか）は、われわれの琴線に触れ、おかげですっかり暗い気分になった……。

それで落胆するわけにはいかず、私は領事館の誰彼にわたりをつけ、説得を続けた。カウナスのイギリス公館長は、マクペアソン臨時大使で、マナーは立派だし人あたりもよいが、なかなか冷淡で、反ユダヤ観の持ち主と考えられていた。リトアニアのユダヤ人は大半が共産主義の傾向あり、とロンドンの本省へ連絡したといわれる。ゲント総領事はポーランド人女性と結婚、われわれとの会談ではポーランド語を得意気にあやつった。論争してもあまり不愉快にはならなかったが、彼もまた難民の苦境など知ったことではないようであった。三番目は総務担当の領事で、ロムという名のユダヤ人だった。ユダヤという身分が自分の昇進のさまたげにならぬよう、一番気づかっていた。

われわれはどこに行っても石の壁にぶちあたったが、それでも動きをやめず、事態の打解に向けて努力を続けた。将来どうなるのか全然わからなかったが、われわれを救うのは奇跡のみ、と感じていた。

第10章　旅行文書偽造作戦

ソ連軍の進駐

帝制時代のように《母なるロシア》のふところに抱かれる、いわゆるバルト諸国の併合は、二つの段階で進められた。四〇年六月一五日の朝、われわれは轟音で目を覚ました。大地を震動させてソ連の戦車隊がカウナスのメインストリートを走っていた。報道によると、その前日ソ連当局が、親ソ的要素、共産党シンパを導入する必要あり、とリトアニア政府に迫ったという。ソ連の戦車をバックにして、リトアニアに革命が起こり、共産政権が樹立された。その政権下で総選挙が実施された。共産政権は九八～九九％の支持率を得た。この政権は数週間機能しただけだった。四〇年八月三日、独立国家リトアニアの共産政権は、その《自由》意志を行使して、ソ連への編入を求めた。予想通りこの要請は認められ、こうして独立国家としてのリトアニアは消滅し、ソ連の一部となった。

ソ連軍の進駐とそれに続く政権交代は、あっという間のできごとだったが、おかげで難民は、東ポーランドのソ連占領地にいるユダヤ人難民と同じ立場に追いこまれた。ソ連の市民権をとり、ドイツ占領下の《故郷》へもどるか、さもなければシベリア送りである。リトアニア政府は、厄介な難民問題からのがれるため、国外移送に熱心で、われわれをいろいろ支援した。

ユダヤ人組織の解体

四〇年七月一日の政令で、ユダヤ人組織はすべて解体された。捜査と逮捕を恐れて、自らの手で閉鎖したのもある。これが混乱にいっそう輪をかけた。リトアニアのパレスチナ委員会はただちに閉鎖され、三カ月後にはＨＩＡＳの事務所も閉まった。閉まる前も開店休業の状態だった。さらに指導者たちは、リトアニア脱出の可能性はないとあきらめ、身を隠してしまった。まもなくシオニスト指導者の逮捕が始まったから、彼らの危惧は的中したわけである。ユダヤ人社会は呆然自失の状態に陥った。

幸いなことに、リトアニアのユダヤ人の状況は、いくつかの点でリボフやビアリストクの場合と違っていた。われわれは難民社会として組織され、救援委員会を通して海外から支援金を受けていた。難民委員会もあり、パレスチナ移住を含む国外脱出に、努力中であった。前述のように政府は厄介払いの建前から、われわれの仕事を助けてくれた――主として旅券と旅行証明の発給の面で。しかしその政府はもはや存在しない。私は四〇年一一月一七日のユダヤ機関宛報告で、われわれ難民委員会が難民全体の脱出の責任を負っている旨知らせた。

私の率いる難民委員会は、閉鎖するどころか逆に活動を強化した。スタッフを数人抱えていたが、事務所はもてない。そこでアパート、ホテル、公園などを使ったほか、まだ機能中のリトアニア難民高等弁務官室を借用した。共産政権はいよいよ本性をあらわにしてかぎまわりはじめたので、われわれは暗号名を定期的に変え、嫌疑がかからないようにした。

ヘブライ語学校は《再編成》されて、共産党の宣伝手段になった。教師は追放され、代わって《公認》の指導官が登場した。新聞も手入れをうけ、著名なジャーナリストたちが追放された。私は首輪が締まっていくのを感じた。いろいろな証拠から、われわれの活動が監視されているのがわかった。《協議は野外だけで》というラビ・アキバ（紀元二世紀）の忠告にしたがい、われわれは路上や公園で会議を開いた。私は、公園のベンチに陣取りイズベスチア紙をひざの上に広げる。その横に二、三人の同志がすわり、やはり新聞に読みふける風をして、情報を交換したり計画を練ったりした。散歩も仕事のうちだった。秘書のイシ・グラウデンツをしたがえ、あるいはローゼンベルグといっしょに歩きまわりながら打ち合わせをしたり指示をだしたりした。

私は、ソ連の密偵たちが移住の責任者をつきとめようとしている、という報告をうけた。調査をうけた者は、移住活動の組織など存在しない、各人それぞれにやっているのだ、と答えることにしてあった。旅券を私のアパートに保管するのもやめた。私が逮捕されたら有力な証拠として使われるし、ほかの人にも迷惑がかかるからだった。旅券その他の証明書類は、まだ機能している外国の領事館の廊下で、手渡された。これは、信用のおける人を介してやった。ラビのイツハク・エーデルシュタイン師は、当時の模様を次のように日記に書いている。

私は、友人のゾラフ・バルハフティクと相談するため、コブノ（カウナス）行きを決意した。当時彼は、難民の救出とパレスチナ移住の仕事に没頭していた。いつも緊急の用事で奔走し、さながら携帯式のエレツ・イスラエル事務所が、コブノの通りを歩きまわっているようだった。

コブノに着くと、私はリトアニアのシオニスト組織が共産党に解体されたことを知った。バルハフティク氏は、シオニスト組織の親玉としてソ連からねらわれていた。シオニストは《イギリス帝国主義》の手先とみなされていたのである。バルハフティク氏は、危険をおかして、移住関係の仕事を続けた。イギリス領事館は、バルハフティク氏とＨＩＡＳ所長のロゾフスキ氏を介して、ビザの発給を認めてくれた。公式には、領事館は閉鎖されていたのである。翌日バルハフティク氏に会いにゆくと、氏はたくさんの難民に囲まれていた。私から直接旅券を受けとろうとしなかった。……後日氏はその理由に触れ、いつもＧＰＵ（ソ連の秘密警察）につけまわされており、旅券の受け渡しを見られたくなかったのだ、と説明した。

共産国家とユダヤ人社会

抜け道はないかといろいろやってみたが、身動きできない感じがした。われわれはソ連が閉鎖社会であると考えるようになった。ドアの開く可能性はまったくないように思われ、われわれは共産リトアニアすなわちソ連邦居住を真剣に考慮しはじめた。理論上からみて共産制度が特に問題になるとは思えなかった。仲間のなかには、経済的平等をうたう共産主義理論とトーラの教えに類似点がある、と指摘する者もいた。ソ連の集団農場は、エレツ・イスラエルのキブツにいくつかの点で似ていた。しかし、共産政権下でユダヤ教の伝統が守れるのか、われわれの伝統的価値観をはたして次の世代が継承できるのかどうか。われわれはこの点が非常に心配であった。

共産国家でわれわれの願望が実現可能なのか。われわれは、可能だという根拠をさがし求めた。ミンスクにユダヤ人のコルホーズがあり、そこではユダヤ教が守られているとか、ミンスクではユダヤ人の子供が、今日は安息日だからというので、店にはいるのを拒否したなど、いろいろうわさがあった。ヘハルーツ・ハミズラヒ中央委の会議で、確認のため急拠ミンスクに特使を派遣することが決まった。

入国ビザの獲得

だが、やはり本来の目的はエレツ・イスラエルへの入国ビザ取得であり、それが無理ならほかの国へ脱出することであった。私はつね日ごろ難民に、個々人が最大限の努力をして旅券やビザを取得せよ、と助言していた。当面通過ビザの取得ができなくても、入国ビザすなわち行先国のビザがついた旅券をもっている人は、ソ連を脱出できるチャンスがあるからだ。

西側諸国に親戚があり多額の金をもっている人は、パラグアイやウルグアイなどのラテンアメリカ諸国の旅券と市民権を取得しようとした。それには、相当の金が必要であったし、特別のコネもなければならなかった。一年に及ぶリトアニア滞在中、この方法で問題を解決できた人は、数十人にすぎない。それにはブントのメンバーが含まれる。アメリカの労働運動から、政治難民として支援してもらったのである。しかしながら、圧倒的大多数の難民は閉じこめられたままであり、エレツ・イスラエル行きがかなわぬまでも、どこかの国へ脱出できぬかと、日夜あがいていた。リトアニアには、七～八〇〇通のパレスチナ移住許可書がきていた。パイオニア、シオニスト活動家、ラビ、神学生、資本家および大学生が対象である。それには、婦人労働者訓練センターの女性三〇人分、ユース・アリヤの子供一五〇人分が含まれる。だがイギリス領事館は、前にも述べたように、道中の危険を理由に入国ビザをだしてくれなかった。シオニスト紙デイ・イーデッシュ・シュティメの編集長ルーベン・ルービンシュタイン、リトアニアのポアレイ・シオン幹部ライブ・ガーフィンケルなど、カウナスのユダヤ人社会の有力者を総動員して、われわれはイギリス公館へ働きかけた。

イギリス領事館の閉鎖

そうしているうちに、ソ連当局はカウナスの外国公館の閉鎖を命じた。四〇年八月二四日が当初の期限だったが、九月四日に延長された。その日をもって、カウナスにあるすべての領事館は機能を停止するのである。リトアニアはソ連邦の一部になったので、今後いっさいの事務は在モスクワ領事館が行なうという。

イギリス領事館の閉鎖ニュースはまさに電撃のようで、われわれは恐怖心をつのらせた。イギリス領事館が、われわれの許可書もろとも消えるのではないか、と考えたのだ。モスクワのイギリス領事館は、パレスチナビザの発給はしないと宣言していた。そこでわれわれはカウナスの領事館に最後の圧力をかけた。しかし無駄であった。

瀬戸際のビザ発行

ところが、ある朝私がイズベスチアを読んでいると――いつも行間の意味を読むことにつとめていたが——小さな記事が目についた。トルコのエルズルムとソ連の国境の町を結ぶハイウェーが開通したというニュースだった。私は新聞をつかむと、イギリス領事館へ走った。この衝撃的なニュースを手に、説得するつもりだった。ソ連からトルコへ陸路で行けますから、黒海を航行してオデッサからイスタンブールへ難民を輸送する必要はありません。私は意気揚々として言った。ソ連から陸路トルコへ向かい、あとは鉄道でイスタンブールへ行き、そこからやはり陸路でパレスチナをめざすのである。臨時大使は領事以下のスタッフを呼び、一緒に世界地図で調べた。臨時大使は顔をあげ、私を見ると微笑した。私の計画のばかばかしさに気づいたにちがいない。しかし彼の良心は、この任期切れ直前になってよみがえったのである。難民は、彼がとった政策の結果苦境に陥った。それが、いまやメンツを失わずに、立場を変えることができる。ビザを発給しよう、と臨時大使は言った。

しかし、公館閉鎖まで四日しかない。普通、ビザは一日二〇から三〇通しか発給しなかった。本人出頭のうえ領事が面接するし、証明書のタイプ、旅券の性格などもいちいち調べるから、時間がかかる。関係書類がモスクワに移されたらどうなるか、私はよくわかっていたので、滞貨一掃のため手伝いをだしましょう、と提案した。臨時大使が同意したので、私は秘書のイシ・グラウデンツを送った。バーナード・ゲルバードとほかに女性二名も志願し、てきぱきと仕事をかたづけた。このようにして、二〇〇通の旅券に領事のサイン入りで、ビザが発給された。しかし、旅券はまだたくさん残っていた。そこで私は、「申請者誰それのパレスチナ入国ビザを認めたことを証明する」といった主旨の確認書をいただけないだろうか、と願いでた。臨時大使が館名のついたレターヘッド〔便せん〕をくれたので、それにわれわれでタイプし、臨時大使がサインした。

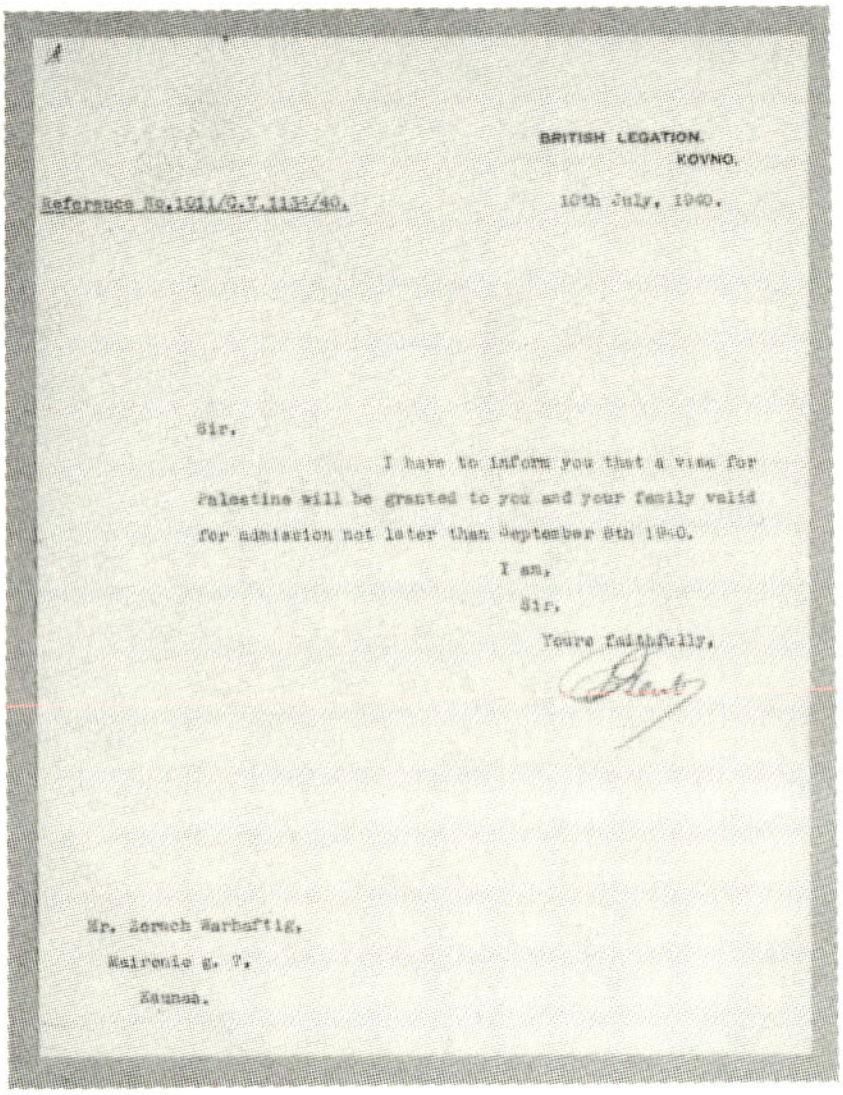
BRITISH LEGATION.
KOVNO.

Reference No.1011/C.Y.1134/40.　　10th July, 1940.

Sir,

I have to inform you that a visa for Palestine will be granted to you and your family valid for admission not later than September 8th 1940.

I am,
Sir,
Yours faithfully,

Mr. Zerach Warhaftig,
Maironio g. 7,
Kaunas.

イギリス領事館からのパレスチナ移住許可通知。筆者たちは、これをモデルに同種の文書を多数偽造した。

もう時間がなかった。日曜は休館だし、館員も引越の準備をする時間が必要だった。そこでわれわれは、例の館名入りレターヘッドを勝手ながらわれわれの所持品のなかに加え、利用させていただくことにした。領事のサインをまねることすらやった。ゲント氏よ、われわれの無礼を許されよ！

こうして、短時間のうちに七〇〇から八〇〇通の旅券が処理され、所持者にもどされた。後でわかったのであるが、旅券に記入されたビザと例の確認書に大差はなかった。ソ連の国境を越えると、イスタンブールや東京、神戸あるいはテヘランのイギリス領事館で、パレスチナの入国ビザがもらえたのである。

偽造作戦

旅券処理は八〇〇通にとどまらなかった。パレスチナ移住許可書はもっと届くはずであったが、なにせイギリス領事館が閉鎖されるので、意味がない。そこで、われわれが失敬した例のレターヘッドを最大限利用した。しかしそれも尽きてしまった。しょうがないので、偽造することにした。この偽造作戦に関与した者のひとりが、当時リトアニアのキブツ訓練センターにいたヤコブ・マンデルバウムである。彼は次のように回想している。

バルハフティク博士に呼ばれた。行ってみると、彼はいきなり重大任務についてくれと言った。旅券に押すイギリス領事館のゴム印づくりである。
私はめんくらったが、すぐ了承した。しかし、ゴム印づくりは私の専門ではない、と念を押しておいた。銀細工と旋盤の訓練はうけているが、ゴム印をつくったことは一度もない。でも事情が事情だからと考えた。バルハフティク博士は、ビルナのパイオニア運動にはプロの技術をもった人がいない。信用もできないからとはっきり言った。私は、移住第一陣のなかに加えてもらえるのならという条件で、引き受けた。この仕事が宗教上の義務みたいに思えたから、金はいっさい要求しなかった。博士は条件をのむと約束した。

この後に、各種の（にせ）証明書や印鑑づくりのくわしい技術的な話が続くわけだが、完成後は、もちろん使用した。

ソ連の通過ビザ（難民は《出国ビザ》と称した）を取得するのに必要な証明書生産班のなかに、リトアニアのヘハルーツ・ハミズラヒの幹部、アブラハム・ラフォブスキがいた。この人は、マシヤ・ムッセルが準備した木型からゴム印を作る技術にすぐれていた。私は《ポーランド総領事》のあだ名をつけられた。カウナス近郊のキブツ訓練センターから来たナフム・ベン・アリエが回想録でその由来を説明している。

われわれはリトアニアにまる一年滞在した……その年、コブノ（カウナス）にあるエレツ・イスラエル事務所が、大々的な活動をやった。その代表格がバルハフティク博士だった。この人たちは、ありとあらゆる手を使って、パレスチナ移住許可書、入国ビザ、通過ビザの取得に努めた。……いざというときになると、われわれ独自の《領事館》ができて、旅券、ビザその他なんでもござれ、いろいろな証明書類を《発給》した。

《バルラス事件》

リトアニアで進退きわまったわれわれは、物理的に抹殺されかかっていた。われわれは安全地帯へ脱出したかった。書類でそれが可能になるなら、書類取得にあらゆる手段を使ってもよい、いや権利があると思ったのである。はっきり言っておくが、この偽造作戦に関与した人たちは、無報酬で参加した。生死に関わる問題であるから、倫理上なんら異論はない。トーラによると、すべてに優先して考慮さるべき問題である。しかしながら、パレスチナで救出活動に関与していたひとびとは、全員が全員われわれの行動に賛成したわけではない。

イスラエル・シェイブ（エルダド）は、回想録のなかで、ビルナ・オデッサ経由でトルコに到着した数十人のベィタルメンバーについて書いている。皆は、カウナスのイギリス領事館が発給したと称する確認書を使って脱出したのだが、実はその書類は《手作り》だった。脱出者は、ユダヤ機関のバルラス局長から、きわめて敵意にみちた扱いを受けた。局長は、「イギリスの文書で旅行するな」という警告電報を、ビルナへ打っていた。この偽造書類が通用するかどうか試した二人の難民も、電報を送ってきたという。失敗した、ソ連へ送還されるという内容だったということで、移住希望者のなかには、これですっかりおじけづいて、パレスチナ移住計画を放棄した人がいた。この人たちは、ソ連へ逃げ帰った後チェコ陸軍に入隊したり、あるいはほかの脱出法を探したりした。しかし大多数の人は、この警告を無視し、目的地に到着した。トルコに着いてわかったのであるが、先の電報類はバルラスがそそのかしたものだった。彼は偽造文書の使用に反対で、偽造品はお粗末な代物だから、一目でイギリス領事館にわかってしまう、と考えたのだった。

この《バルラス事件》について、シェイブ博士は、ビルナ難民の実情を知らぬとしてバルラスを強く非難した。難民が脱出できなかったら、強制収容所に放りこまれて抹殺されていたであろう。バルラスは、ここのところが読めなかったのである。

ハイム・バルラスは、その後も偽造証明書による移住に反対した。彼は気をもみ、ついにはパニック状態になった。四〇年一二月二七日、彼はユダヤ機関宛「モスクワおよびオデッサにおいては、不法かつあまりにも《性急》にことが運ばれている。《在カウナスイギリス領事館発給証明書》によるトランジットをまつ者は……オデッサへ送還される恐れがある」と報告した。四一年一月七日にも、「カウナスからの報告から判断して、本件に関し彼らはエルサレムからの正しい指示をうけていないことがわかる」と、ユダヤ機関へ文句を言った。

偽造書類は《有効》

幸いなことに、難民はこの報告を無視した。ユダヤ機関も、この偽造手段による救出作戦に反対しなかった。続々と難民が到着したが、トルコ政府は途中で阻止することはしなかったし、イギリス領事館はこの《確認書》に基づいてビザを発給し、そのうちエルサレムのイギリス委任統治政府がその処置を認めた。この《手作り》証明書の携帯者は全員エレツ・イスラエルに着いた。

四一年四月一四日、ユダヤ機関移住局主催の会議で、バルラスは「カウナスとの対応に苦慮している」と再度文句を言った。「あちらから届く報告は信用できない。最初、許可書をもつ移住者として四五〇名のリストを受けとった。さらに名前が追加されたので、委任統治政府には六〇〇名と報告した。しかし実際には一一〇〇名が到着した」。もちろん、この移住は、固定した計画にしたがって進められたのではない。これが杓子定規の連中をまごつかせたのだった。

これに関わった組織が、ソ連の秘密警察NKVDやインツーリストを含め、証明書の性格にまったく気づかなかったとは思えない。彼らもまた、難民が直面する危機状況を理解したにちがいなく、証明書の《美的》欠陥に目をつぶってくれたのだった、日本に到着してから、私は東京、横浜あるいは神戸の外国領事館に何度も足を運び、エルサレムのユダヤ機関アリヤ局在日代表の肩書で交渉した。やはり、在カウナス・イギリス領事館《発給》と称するわれわれの手作り証明書で、入国ビザを取得しようというのだが、彼らも目をつぶっていると感じることがよくあった。あるとき、東京のイギリス総領事に呼ばれた。総領事は、この種の証明書をあと何通もっているかとたずねた。私は度を越したらいけないと思ったので、控え目に五〇通と答えた。そのときはっきり感じたのであるが、彼はわかっていても証明書の真偽を問うようなことはせず、人道的立場から、難民の救出に手を貸したいようであった。

エルサレム当局の無理解

しかし、エルサレムのユース・アリヤ局長ヘンリエッタ・ショルド女史は、本件を別の目でみていた。苦心惨胆のすえ、われわれはリトアニアのユース・アリヤ用として一五二名分の移住許可を確保した。一四から一七歳までの青少年が対象だったが、その後一四歳までの児童用として六〇人分の追加をもらった。四一年一月一五日、リトアニアのユース・アリヤ代表ローゼンバウム氏が、エルサレムのユース・アリヤ部長ハンス・ベイト氏に、一五〇通は各運動への割当て率にしたがって配分した、と報告した。しかし、児童用の六〇人分は、二〜三〇人分しか配分されなかった。われわれは、年齢条件にしたがわなかったので、苦境にたたされた。年齢に合う子供たちがいなかったのである。両親を失った子供はリトアニアへ越境せず、両親がいても、全員が全員子供を手放してひとりで移住させることに同意したわけではない。われわれは苦心して手に入れた許可を無駄にしたくなかったので、年齢を《調整》して、輸送グループに加えたのだった。

このグループがエレツ・イスラエルに到着すると、ヘンリエッタ・ショルドはすぐこのばらついた年齢構成に気づいた。彼女の対応は迅速かつ辛らつだった。五月二九日、ユダヤ機関のモシェ・シェルトク政治局長宛に、女史は次のような書簡を送った。

数カ月前、ユース・アリヤの第一陣が到着した際、このグループがわれわれの指示した年齢条件に合致しない事実を報告しました。結局、一五二名のリトアニアグループは、一五歳から二五歳で構成されていました。したがって、われわれは次の結論を引きださざるをえません。

(1)われわれは、今後ユダヤ機関海外代表に、ユース・アリヤ候補者の承認権を与えない……

(2)われわれは責任上、付帯状況をイギリス委任統治政府に説明せねばならない……

私は、シェルトク氏がどう対応したのか知らない。二人がイギリス高等弁務官のもとを訪れて、事情を説明したのかどうかもわからない。この事件は、はからずも、難民の直面する危機を全然理解していないことを明らかにした。しかしながら、この手配の責任を有するわれわれは、やましさなどまったく感じなかった。抹殺の危険にさらされる難民を救出し、閉ざされた民族の郷土のとびらをこじあけることが、われわれの至上命令であった。

第11章　キュラソ《ビザ》と杉原領事

キュラソ《ビザ》

リトアニアのポーランド難民救出劇では、キュラソ・ビザと称するものが、特異な役割を果たしている。前に指摘したように、難民委員会は、極力脱出先の範囲を広げるのに苦心した。四〇年六月二三日付のトーラ・バアボダ運動宛の手紙で、私はアメリカとアルゼンチンの入国ビザも申請中と書いたが、実際には、どこの行先でもいいから、とにかくビザの取得が先決であった。

ポーランドとリトアニアには、ミル、テルズなどユダヤ人世界に知られる神学校がいくつもあり、西側世界から多くのユダヤ人神学生が集まっていた。そのなかにオランダから来たグループがあったが、大戦勃発でリトアニアから出られなくなった。スカンジナビア経由のルートは封鎖され、そのうちにオランダ自体もドイツ軍に占領されてしまい、学生たちは行きどころを失い、難民化した。

ある朝、二人の神学生が私を訪れてきた。テルズ神学校に留学中のナタン・ガトビルトとレオ・スターンハイムといい、オランダ国籍のユダヤ人だった。私に相談があるという。どこか遠くのオランダ植民地へ避難したいと考え、オランダ領事に話をしたところ、行ける可能性のあるところは、カリブ諸島のキュラソとスリナムしかない、という返事であった。そこへはビザなしで行けるのである。入国ビザの発給は、現地の総督の権限だった。領事はリガ所在の大使と協議のうえ、必要書類をそろえると約束したのだった。二人の話を聴いている時、私にひらめくものがあった。私は旅券にビザの形で記入してもらえとアドバイスした。入国ビザが不要なら、そのまま現地へ行き、そこで入国のスタンプを押してもらえば済む。しかし、旅券に記入するという点がミソなのである。領事は同意し、現地総督の干渉が及ばぬよう手配したうえに、フランス語で次のように書いてくれた。

オランダ領事館は、スリナム、キュラソを初めとする南米のオランダ領への入国はビザを必要としない旨、ここに確認する。

タイプした書類には、領事館のスタンプが押され、領事のサインがあった。後にこれをスタンプにつくり、通常のビザらしく見せる工夫がなされたのである。ナタン・ガトビルトを介して、ポーランド難民にも同じような書類をいただけないかと相談したところ、前向きの返事をもらったので、私はただちに作戦を開始した。

日本ルート

それは、四〇年七月のことで、それまで私はソ連当局と通過ビザ——実際は出国ビザ——の取得交

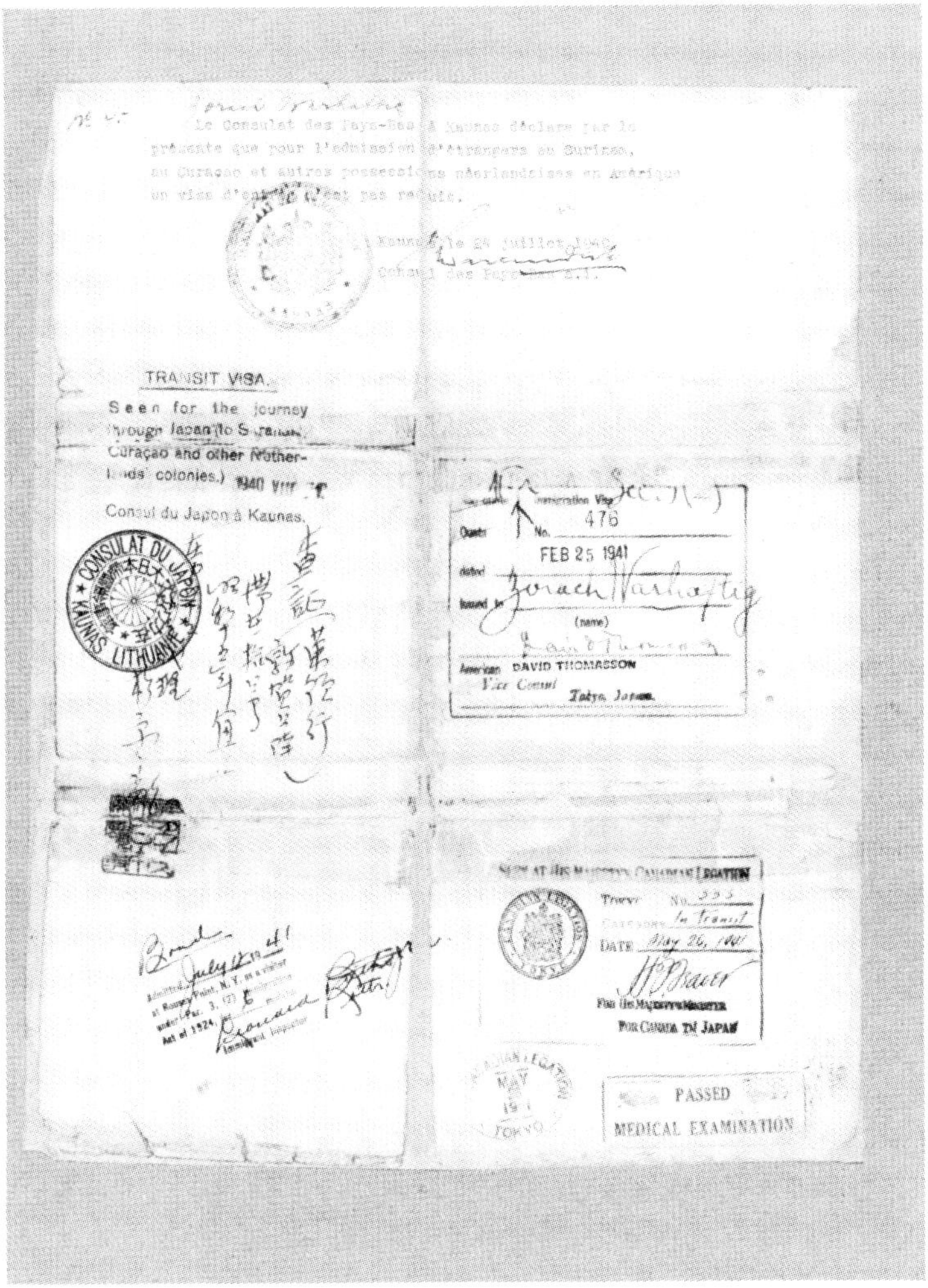
Le Consulat des Pays-Bas à Kaunas déclare par la présente que pour l'admission d'étrangers au Surinam, au Curaçao et autres possessions néerlandaises en Amérique un visa d'entrée n'est pas requis.

Kaunas, le 24 juillet 1940

Consul des Pays-Bas a.i.

TRANSIT VISA.

Seen for the journey through Japan (to Surinam, Curaçao and other Netherlands' colonies.)

Consul du Japon à Kaunas.

CONSULAT DU JAPON KAUNAS LITHUANIE

Immigration Visa No. 476

FEB 25 1941

Zorach Warhaftig

(name)

American DAVID THOMASSON

Vice Consul

Tokyo, Japan

Admitted at Rouses Point, N. Y. as a visitor under Par. 3, Act of 1924,

Immigrant Inspector

His Majesty's Canadian Legation

Tokyo

Category In Transit

DATE May 26, 1941

For His Majesty's Minister for Canada in Japan

PASSED MEDICAL EXAMINATION

オランダ領事館の発行したキュラソビザ(上)をベースに、杉原領事は日本の通過ビザ（中）を発行した。（下）はカナダ行きの証明書。

渉で、おおわらわの状態だった。トルコへの脱出ルートは閉鎖された。トルコ政府はビザの発給を拒否するようになったのだ。イスタンブールで交渉中のバルラスからは何の連絡もない。パレスチナへの道は、どこもふさがれていた。ヨーロッパは戦火のさなかにあり、北方ルートはドイツ占領軍で封鎖され、南方ルートはトルコの拒否で閉ざされた。日本を経由して大まわりでパレスチナへ向かう手がありはする。しかし、トルコが拒否するほどだから、日本の通過ビザをとるのはまず不可能と考えられた。行先がはっきりしないのだから、通過ビザをだしてくれるわけがない。八方ふさがりの状態にあるとき、神学生がたずねてきたのである。キュラソは、固い壁を破る手段となり、これで日本の通過ビザを取得できるかもしれないのだ。リトアニアから西インド諸島への最短ルートは、ソ連、日本、太平洋、パナマ運河の経由だ、と主張できる。われわれは地図をこと細かく記憶した。頭にたたきこんだおかげで、ルートのことならなんでもござれの専門家となり、各国の大使や領事に、複雑きわまりないルートを説明したのである。ルートのないところには、われわれがルートを開設した。当面は紙の上のルートにすぎなかったが。

私は、難民に対してこの架空の証明書を猛烈に宣伝した。その結果、数千の難民がこの幻のビザを申請した。後になってこれが彼らの救済手段になるのである。十数年たって、私はアントワープから一通の手紙をうけとった。ガトビルトからだった。「キュラソビザなる奇策を考えだされたのは、まさにあなたでした。あなたが原動力となって行動されたおかげで、数千人の命が救われました」と書いてあった。

無から有を生む魔術のように見えるかもしれないが、カウナスへ流れてきた数千の難民を納得させるには、声を枯らして説得しなければならなかった。法的には何の有効性もない《証明》をもらうため、数時間いや数日間も列に並び、しかもジョイントが支給している一週間分の生活保護費を払わなければならないのである。多くの人が、ばかばかしいと冷笑し、一顧だにしなかった。たしかに、このオランダビザなるものは、本来の価値がほとんどない代物で、こけおどしの紙きれにすぎなかった。

戦後、私が政府閣僚として仕事をしていたころ、オランダのカスチル大使がたずねてこられた。そのときわかったのだが、大戦中キュラソとスリナムの総督をしていたのが、じつは大使だったのである。例のキュラソビザの話をして、こんな《ビザ》を手にしたユダヤ人難民が押しよせてきたらどうしました、上陸を認めましたかとたずねたところ、そんなことはしません、と即座に答がかえってきた。アメリカとキューバの両政府がセントルイス号を拒否したように、難民の乗る船を沖へ追いやったでしょう、と大使は言った。(セントルイス号はユダヤ人難民九三七名を乗せ、三九年五月ハンブルクを出港キューバへ向かったが、キューバ上陸を拒否されアメリカへ転針したものの、そこでも寄港を許されず、ヨーロッパへもどった。難民は受け入れを認めた四カ国へ散ったが、結局六七〇名ほどが強制収容所で抹殺された)。

わずかな希望を求めて

当時でも私はこの《ビザ》には幻想を抱いていなかったから、難民にでたらめな約束はしなかった。絶対大丈夫という表現は避け、現在のような状況下では、少しでも可能性のありそうなものは試してみても損はない、これで日本の通過ビザがとれるかもしれないではないか、と説得したのであった。しかし首をかしげる人が多く、そんな空気を反映した例が、次に紹介するラファエル・ミンツの回想である。ちなみにミンツは後にハポエル・ハミズラヒの事務局長になった人である。

ある時期コブノ（カウナス）では、日本の通過ビザがあまり苦労せず取得できた……。当時、それは冗談扱いをされていた。最終目的地の入国ビザがなく、出国許可もなければ渡航費もないのに、そんな《通過》ビザをもらってもしょうがないではないか。しかし、コブノではひとりだけ別の考えをしている男がいた。ハベル（親愛なる）・バルハフティクである。彼は、キュラソの《ビザ》をもらいそれで日本のビザを申請せよ、行先がわからなくても気にするな、それは後の問題だと言った。彼の執拗な説得に負けて、否応のない雰囲気になって皆列に並んだ。それも一日ではない何日も並ぶのである。こうして、われわれは日本の《通過》ビザの取得者になった……。私自身も、オランダと日本のビザ申請でビルナからコブノへやってきた……。数百人が並んでいた……。私はまるまる三日も並ぶなど夢にも考えていなかった。第一金がない。私はあきらめて、ハベル・バルハフティクのところへ別れのあいさつに行った。彼は私の顔をみるなり、日本のビザはとったかとたずねた。とらなかった。三日間も並ばねばならず私には無理だと答えると、ハベル・バルハフティクはおこりだし、手続きが済むまで列から離れてはいかんと言った。二日後私は、日本のビザを手にビルナへもどった。このビザのおかげで、私はソ連を出国しエレッツ・イスラエルへ到達することができたのである。

トイレットペーパーにすぎない

ルブリン神学校のラビ・ピンハス・ヒルシュプルング師も、この二種のビザの有効性に頭をかしげたひとりである。そこで高名の先達ハイム・オゼル・グロジンスキ師に相談したところ、老師は全然話を信用せず、ユダヤ教宗教法の用語を使って「シェブ・バアルタアセフ（行動をとらぬこと）が望ましい……天が移住を前もって定めておられるのなら、ビルナからも脱出できるはず」と答えたとか。ヒルシュプルング師は、大半の難民はこの二つのビザの価値に懐疑的で、アシェル・ヨツエル（トイレットペーパー）の一種としか思っていなかった、と書いている。

一九四一年の初めエレツ・イスラエルにたどり着いたイスラエル・シェイブ博士も、懐疑派のひとりだった。到着後すぐ体験記を発表している。

突如としてビザが生まれた。この悲喜劇をどう書いたらいいのだろう。われわれは、ふらふらとビルナとコブノ（カウナス）を行ったり来たりしたあげく、煩悶中のユダヤ人に行き会った。なにゆえ煩悶なさる、ユダヤの師よ、とわれわれは問うた。なぜって、昔の家へどうしてももどりたいので。どういう意味です、どの家ですか？　それがその、よりによってキュラソなんです。……なるほど、オランダ領事が、南米の保護領たる岩だらけの島へ行くにはビザを必要としない、と言っていた。これを一種の証明にして日本のビザがとれるそうだ、とユダヤ人たちがささやきあっていた。その日本ビザで、今度は出国許可をもらうのである。

ビザを求めて日本領事館の前に並ぶユダヤ人難民（1940年8月、カウナス）。

シェイブが書いたように、キュラソとスリナムの《ビザ》を手にしたわれわれは、わずか二リタの金で日本の通過ビザを入手できたのである。

この取得作戦は七月二三日から八月末まで、つまり、ソ連当局の命令でカウナス所在の領事館が閉鎖されるまで続いた。一〇〇〇人を優に超える人が、あるいはこれで助かるかもしれないと一縷《る》の望みを託しながら、辛抱して列についた。

《諸国民のなかの正義の人》

これほど多くの難民を救ってくれたオランダと日本の領事は誰だったのか。そして、彼らがそのような行動をとった動機はなんであったのか。この問題については、いろいろな角度から研究され、ずいぶんたってから、エルサレムのヤド・バセム（国立のホロコースト記念館）は二人の領事に《諸国民のなかの正義の人》の称号を与えるべきである、との提案がなされた。

当時カウナスのオランダ領事はヤン・ツバルテンディクだった。もともとフィリップス社のリトアニア代表であったが、四〇年七月に名誉領事に任命されたのである。前任者のチルマンズ博士は、親ナチ者として駐バルト大使に罷免され、その後を襲ったのだった。神学生が相談したのはこのツバルテンディク領事だった。領事が、リガにいる大使のB・デ・デッカー博士に報告して協議した結果、大使はフランス語で証明をだす権限を領事に与えた。入国は現地総督の同意を条件とする旨のただし書きがつくはずだが、それを省くように指示したのもリガの大使館だった。入国ビザのようにみせかけるには、まさにこの点が一番肝心なのである。

ツバルテンディク氏は、この指示にしたがい、称賛に値いする速度と能率で、処理していった。領事館スタッフは実に熱心に働いた。申請はひとつとして却下されなかった。領事によると、全部で一二〇〇～一四〇〇通をだしたそうである。

日本領事の杉原千畝氏。ユダヤ人の間では「センポ・スギハラ」と呼ばれていた(1940年、カウナス)。

日本領事杉原千畝氏

当時カウナスの日本領事は、杉原千畝《ちうね》氏であった。一九三九年末に領事代理として任命された。それまでリトアニアには日本の出先機関はなかったが、モロトフ・リッベントロップ協定の調印で、日本は日独伊三国防共協定の成立に備え（四〇年九月二七日に調印された）、独ソ関係を監視しようとした。

杉原氏は、キュラソ、パレスチナその他どんな行先に対しても、そしてどの申請書にも通過ビザを発給してくれた。手数料を二リタとるだけであった。彼は一六〇〇通だしたと述べている。

イギリス領事館に続いて、八月末にはオランダと日本の領事館も強制閉鎖となった。ビザを得ようとして得られぬ難民が、まだたくさん残っていた。この一見無価値の証明を取得するなどばからしいと考えた人は、もっとたくさんいた。だが、その彼らもやがてビザ取得に必死になるのである。なかにはモスクワへ行って、各国の領事館に申請する人もあった。ストックホルムなどスカンジナビアの団体職員に手紙や電報を送って、ビザ取得の協力を求める人もいた。

旅行証明書をもたないでモスクワへ行くのは、たいへん危険だった。モスクワまで行けた人はごくわずかで、ビザ取得に成功した人になるとさらに少ない。四〇年一〇月から四一年五月にかけて難民委員会が日本の政府当局や企業と交渉し、さらに数百名が助かった件については、後章に譲る。ストックホルムに助力を求めたのは、ほとんどがラビと神学生で、カウナスで生まれた機会を見逃した人々である。彼らはラビのシュロモ・ウォルブ師とエットリンガー氏の助力を得た。四〇年一〇月中ごろ、リトアニアのシムハ・ジヒト氏がウォルブ師に、次のように苦衷《くちゅう》を訴えている。

……ごぞんじのように、（ミル）神学生のほぼ全員が、キュラソ島の《ビザ》を所得しています。閉鎖の前に領事がすべての申請書に書いてくれたものです。しかしそれは本物のビザではありません。領事によると、この島へはビザなしで行けるのです。この書類は、旅券所持者はこの島へ行けるとたんに言っているにすぎません。この紙きれをもとにして通過ビザを日本の領事館から取得しようということだったのですが……特に日本のビザを取得した人は脱出できる可能性が十分あります。しかし弟のアブラハムが怠慢で申請せず、いまやこれがわれわれの大きな悩みとなりました……どうか、貴国所在の日本領事館から通過ビザをとっていただくよう、お骨折り願います。オランダの領事館があれば、なお良いのですが……しかしなくても……キュラソ行きを前提に、日本領事館から取得していただければと思います。行先はビザなしで行けるところですから。ここではたくさんの人が、キュラソ入国ビザがなくても、日本の通過ビザをもらっています……

当時の状況を鋭く指摘した手紙と思うが、一点だけ判断のまちがいがある。オランダ領への入国は無制限だから、日本領事が通過ビザを発給するには目的地のビザを必要としない、とするくだりである。法的なフィクションの意味がよくわかっていないのだ。キュラソ入島にビザが必要なしというくだりを、本人がキュラソ行きを目的とし、かつまたキュラソ入島を認めたかのように表現するのが、肝心な点なのである。口頭で言ったところで行先の証明にはならず、行先不明者に領事館が通過ビザを出すはずがない。

ウォルブ師への要請は四一年一月末まで続いた。つまり、ストックホルムのオランダ領事A・M・デ・ヨング氏の方へ申請が押し寄せたのだ。ウォルブ師は東奔西走して金を集め、送られてきた申請のとりつぎに努力した。デ・ヨング氏は四〇〇通をだしたと述べている。だが全部が全部使われたわけではない。なかにはラトビアへ送られたものがあり、それは、ソ連当局がおもにポーランド難民の出国しか認めなかったので、無駄になった。カウナスとストックホルムのオランダ領事館は横の連絡がなかったから、申請者のひとりがカウナスで出された証明を写真にとって、デ・ヨングに送った。領事はこれをモデルにしてストックホルム版をだしたのである。

領事たちの顕彰

領事たちを正義の人として顕彰するかどうか、ヤド・バセムで検討されたときは、自分の行動で自己の生命を危険にさらしたわけではない、という判断がくだされている。しかしながら、彼らの人道的行為は、ヤド・バセムの「諸国民のなかの正義の人」委員会で正しく認められた。六八年三月のことである。デ・ヨング氏の死去時には、エルサレム・ポスト紙が七七年七月一五日付紙面で、追悼記事を掲載した。ツバルテンディク氏に関しては、まだ決定されていない。

私は、六九年にヤド・バセムから意見をきいてきた際に、地位を失う可能性はあったが生命を危険にさらしてはいない、と自分の見解を述べた。二人の領事は実際は名誉領事であり、オランダがドイツの占領下にあったころ、《ビザ》を発行したのである。つまり、二人はオランダの亡命政府を代表していたわけで、それだけに、難民の苦境に身のつまされる思いがしたのであろう。二人が、通常いうところの組織の規律に服する状況にあったのではない。二人はそれぞれがボスであった。その動機が金もうけにあったわけではない。カウナスの難民にとって、その《ビザ》はかなり高価だった——ジョイントからの一週間分の生活保護費と同額——手数料は一一リタ余だったが、それで領事館の所得が増えたわけではなかろう。当時、独力で公館を維持しなければならなかったはずだから、その手数料は維持費の足しにしかならない。

戦後再会した杉原氏と筆者(当時宗教大臣)(1969年12月、エルサレム)。

杉原氏との感動の再会

カウナス在日本領事杉原氏についても、正義の人の認定書がだされた。一九六九年、杉原千畝氏はヤド・バセムの表彰式に出席のためイスラエルを訪れた(当時、子息のひとりがヘブライ大学に在学中であった)。われわれは長時間当時の思い出を語り合った。杉原氏は、この《ビザ》が架空のものであることを重々承知していたが、自分の行動が非合法でないのなら難民を助けよう、と考えたということであった。杉原氏は広い心の持ち主であった。ナチドイツを白い目で見ており、日独間の同盟協定に反対していた。杉原氏は、四〇年八月末に領事館を閉鎖せざるをえなかったのは、じつに残念であったと言った。彼は廉直高潔の士であった。私は強い感動をおぼえた。

二人のオランダ領事、オランダ大使そして日本領事のタイムリーな行動によって数千の難民の命が救われた。四名の名前は、救われた者の心に永遠に刻まれたのである。

第12章　苦心の通過ビザ

トルコの通過ビザ

目的地のビザが、難民の苦境に対する究極の解決になったわけではない。本物、にせ物のいかんを問わず、その種のビザを数千の難民が取得した。約一〇〇〇人の難民が、パレスチナの入国ビザかイギリス領事の確認書をもっていた。キュラソ／スリナムの《ビザ》と日本の通過ビザの組み合わせをもっている者が約一五〇〇人、パレスチナとキュラソ《ビザ》をあわせもつ者が数十人いた。しかし、この種の証明をもつ人たちは、閉じこめられたままだった。パレスチナ行きの難民はトルコの通過ビザをもたず、キュラソ《ビザ》の所持者と同じく、ソ連の許可をもらっていなかった。オデッサなりウラジオストクなりに到達するには、ソ連の通過ビザが必要であり、難民たちが言ったように、《出国許可》がなかったのである。

トルコの通過ビザ取得は、エルサレムのユダヤ機関がおもに担当し、その代表である移住局長のハイム・バルラスが交渉の任にあたった。交渉は数カ月続いたが、結果は思わしくなかった。春そして夏が過ぎても、なしのつぶてであった。われわれは、ラビ・モルデハイ・ヌーロック師やHIASの職員などリガとタリンの友人たちに助けられて、独自に努力した。その結果、エストニアの首都タリン所在のトルコ領事館が、六〇〇人分の通過ビザ発給に同意した。申請者のリストを提出するほか、保証金として一人あたり一〇パレスチナポンドをイスタンブールの口座に供託するのが、条件であった。パレスチナ移住者はトルコを通過するだけとし、供託金は旅行途次の生活費の保障となるのである。四〇年八月一〇日、この旨ユダヤ機関に打電すると、八月一二日に了承した旨の返電があった。電文には、タリンのトルコ領事館へは、私かラザル・シュパケビッツまたはB・トムケビッチのいずれか、あるいはその代理人がリストを届けるものとし、六〇〇名にはユース・アリヤのカテゴリーに入る者一五〇名、子供五七名を含め、全般の指揮はバルラスがとる、と指定してあった。

八月二二日のユダヤ機関移住局会議では、移住局のJ・バハル書記が、「タリンのトルコ領事館は、イスタンブールのオットマン銀行が、トルコからパレスチナまでの移送費の支払いを保証することを条件に、ビザを発給する用意あり」と報告した。

バルラスとの確執

そこでユダヤ機関は六〇〇〇パレスチナポンドを準備した。しかし残念なことに、ユダヤ機関のトルコ駐在代表バルラスは、このとりきめにまったく満足せず、八月二六日付でユダヤ機関に、次のような書簡を送った。

……ゼラフ（ゾラフ・バルハフティクである）の準備したリストにもとづく……コブノ（カウナス）在移住者一人頭一〇ポンドの保証に関し……銀行は、六〇〇名の移住者を扱えず、電報の指示通りに本件を処理することはできない……。タリンの領事館は、コブノからのわれわれの報告と違って、ビザの発給を約束したようにはみえない。領事は、イスタンブールから移送経費の保証がきたら、アンカラの当局に本件を相談してみようくらいに考えているだけで、具体的に話がまとまっているのではないようだ。おかげで私はたいへん迷惑している……。

バルラスはバハル宛にも電報を送り、リトアニア向けの許可割当てが多すぎる、と文句を言った。それと同時に彼は、ユダヤ機関執行部の指示にしたがったオットマン銀行との取りきめは不可能とし、一〇月一九日再び次のように執行部に言ってきた。

コブノ（カウナス）の四〇〇名に関し（バルラスは、イギリス領事館が閉鎖前に数百名分の確認書を出したことに気づかず、ほかにも《手づくり》証明書のあるものも知らない）……オットマン銀行の保証問題がここ数カ月交渉対象となっている。移住者各人が一〇ポンドを受けとるのは論外である。モスクワの領事館が誰の推薦で許可をだしたか確めようがないからである……リトアニアはいったいどうなっているのか。集団の仕事を表だって扱える者が一人もいない。ひどいものだ。

各人一〇ポンド云々は、何のことだかよくわからないが、それより二週間ほど前の一〇月六日に開かれた移住局会議で、バハルが「オットマン銀行に入金した六〇〇〇ポンドを自分の口座に移してくれ、との要請電報がバルラスからきた」と発言している。つまりバルラスは、金が《貧困にうちのめされた》移住者の手に渡るのではないか、と心配していたのである。

ユダヤ機関がバルラスのつくったリストを基準にすると決めるまで、本件はもたついた。結局、一〇月二八日に、《ゼラフリスト》の代わりに《バルラスリスト》を認める旨、ユダヤ機関が打電して、バルラスは本腰を入れはじめたが、時すでに遅く、タリンの領事館は閉鎖されていた。

代わりの南下ルートが検討された。ひとつはイランへ向かう案で、小さな移住者集団がモスクワのイラン領事館で通過ビザを取得した。イラン政府は結局八〇名までのビザを認めた。あと一二〇通のビザ申請がだされたが、その場で拒否された。

一方私はリトアニア脱出に成功し、日本にたどり着いた。到着後私は、危険をおかしても実行の価値ありとして、ユダヤ機関にモスクワ↓ウラジオストク↓日本↓バスラ経由の脱出を進言した。イラクのバスラから陸路鉄道やバスを使って、パレスチナへ向かうのである。四〇年一一月一七日付で横浜からエルサレムへ送った覚書のなかで、私は支出にそれほどの違いはないと説明した。当時リトアニアには、本物やにせ物のパレスチナ移住証明書をもった難民が、一〇〇〇名ほど残っていた。女子供から成人男子まで、さまざまな構成だったが、私の計算では、リトアニアから日本経由でパレスチナへ行く経費は二〇〇ドルで、オデッサ↓イスタンブール経由と比べわずか二倍であった。

シベリア送りの恐怖

移住がこれ以上延期されると、たいへん危険であった。難民のシベリア送りがすでに始まっており、難民は不安におそわれた。加えて、証明書がいつ無効になるかわからなかった。それでもユダヤ機関は、費用がかかり過ぎるとして、私の提案を却下した。彼らは、このような大旅行に伴う危険も恐れた。たしかに、われわれが日本からパレスチナへ向けて送りだしたグループのなかには、通過ビザの取得で問題が生じたり、輸送手段がないため途中で立ち往生するものがあった。日本を出てから、インド、南アフリカ、エジプトなどで立ち往生し、パレスチナへ到達するまで六カ月から九カ月も足どめをくった難民が何人もいた。

一九四〇年一二月末になって、かすかながら一条の光が暗闇のなかにさしはじめた。モスクワのトルコ領事館が通過ビザを発給しはじめたのである。一二月二六日に、カウナスから第一陣二三八名がオデッサ経由でイスタンブールに到着した。それにはパレスチナ在住のユダヤ人二五名が含まれていた。三六名は、カウナスのイギリス領事館がだした確認書を利用していた。トルコの領事館は、数百の難民に事務所をとり囲まれ、その圧力と嘆願についに根負けしたのである。バルラスによると、モスクワのトルコ領事館は、アンカラからビザ発給の指示をうけたという。四一年一月一〇日、確認書を手にした第二陣四〇〇名が、イスタンブールに着いた。カウナスの後続グループは、船の便を待ってオデッサからイスタンブールへやってきた。

トルコ政府は各地にいるユダヤ人難民の窮状に理解を示し、四一年一月三〇日の閣僚会議で、パレスチナをめざす難民に通過ビザを出すよう、各地の領事館に指示した。目的地の入国ビザとトルコから先まで行ける旅行切符をもつ者であれば、ビザがもらえるのである。各地の領事館は、迫害に苦しむ難民にビザを出すようになった。リトアニアにいるユダヤ人難民に関しては、ほとんどの者が、その前に通過ビザを発給されていたから、これは事後の指示となった。キュラソ・日本の通過ビザの所持者の場合、いくつかの領事館は本省の許可を受ける前に、通過ビザを出している。

ついに通過ビザが入手できるようになったのである。しかし、多くの難民にとって、それは遅すぎた。ビザがなかったばかりにソ連当局に逮捕され、シベリアへ追放される者が続出した。たとえば、後に首相になったメナヘム・ベギンや彼の友人たちはその憂《う》き目にあった。エレツ・イスラエルの入国ビザや確認書をもちながら、通過ビザがなかったばかりに、虜囚の身になったのである。ベギンは、四〇年一〇月末秘密警察のNKVDに逮捕された。彼が釈放されたのは、一九四一年六月に始まったドイツのソ連侵攻後、ソ連とポーランド亡命政府の間で協定がかわされてからである。四一年六月三〇日に調印され、シコルスキ・スターリン協定と称されるが、これによってポーランド国籍者は釈放され、ポーランド人部隊が編成された。

難民がリトアニアに残っていれば、ドイツ軍の侵攻で、皆殺しにされていただろう。その意味からすれば、シベリア追放は、多くの難民の命を救ったともいえる。しかし、それと同時にシベリア送りは多大の犠牲を伴った。一九四一年の中ごろ、難民に指示がきた。リトアニアからソ連の中心域に移送するので、全員登録せよという。多くの者が登録した。四一年六月一四日、独ソ戦の始まる七日前の金曜日（夕方から安息日となる）、リトアニア全域で大規模な逮捕が始まった。捕まった者は、シベリアのステップ地帯、北極圏に近いアルハンベリスクやコミ地区、クラスノヤルスク地区などの労働キャンプに送られた。この追放作戦で、たとえばラディンの神学校生徒のうち六〇名がシベリア送りとなり、生き残ったのは三〇名であった。苛酷な強制労働、飢餓そして病気で半数が死んだのである。シベリア送りが迎えた典型的な最期であった。

日本通過ビザ（上）とソ連の出国許可(下)。

第13章　ソ連の《出国許可》

難関のソ連通過ビザ

苦心のかいあって、われわれは、日本、トルコ、イラン（数十通）の通過ビザを取得した。しかし肝心の《出国許可》がおりなかった。ソ連邦を通りぬけるための通過ビザである。

マイチェット出身の難民でカウナス近郊のキブツ訓練センターにいたナフム・ベンアリエが書いたように、「旅券を得たあと、ビザや入国許可そして通過ビザ取得の問題を次々と克服し、われわれは最後の難関に出会った。すなわちソ連の通過ビザ取得問題」がそれだった。

他国への移住に対し、ソ連当局は昔から否定的態度をとってきた。その国境は固く閉ざされてきた。第二次大戦の勃発する二、三年前であったが、三人の神学生――ダビッド・ソロモン、アブラハム・シャドミ、シャウル・イスラエルでいずれもラビである――と話をする機会があった。彼らは許可なくソ連邦を横断し、ポーランドへ非合法越境を敢行したのである。当時私はワルシャワのパレスチナ委員会副議長で、その職責において三人のパレスチナ移住を手配中だった。三人とは何度も会って話をした結果、私は、ソ連の出国許可を得るのはまず不可能、非合法越境は危険すぎて無理との結論に達した。ソ連に一歩足を踏み入れたが最後、永久に出られないというのが一般の印象であった。共産主義者は、他国移住を《社会主義のパラダイス》に対する裏切りとみなし、いわゆる《ソビエト研究家》は、当局がユダヤ人の出国を認めると、現状に不満なほかの少数民族が同じく申請に殺到し、収拾がつかなくなると主張する。

リトアニアがソ連に併合され、われわれは不意をつかれた思いであった。リトアニアのユダヤ人とりわけポーランド難民の間に絶望感が漂った。ソ連の占領したポーランド東部から脱出してきたユダヤ人たちは、「死刑をまぬがれたが、今度は終身刑をうけた」と言っていた。われわれはいまこその意味がわかったのである。

苦難のなかにも希望をもって

しかし私は若く、生来の楽天家であった。神の救済を信じ、人間の人間たる由縁は臨機応変の才にある、と思っていた。私は、自分が絶望の淵に沈むことなど許せなかったから、四〇年六月一五日にソ連軍がリトアニアを占領すると、すぐ同志と共に脱出計画をたてはじめた。同志もそうだったが、私は、ユダヤ人の移住に対するソ連当局の態度がすぐ硬化する、と考えた。特にパレスチナへの脱出をはかるユダヤ人難民に対してはそうであろうし、ユダヤ人問題全体に対するソ連官憲の態度も警戒を要する。ソ連がなぜ厳しくて固い態度をとるのかわからない。政治的現実を合理的に分析した結果なのか、われわれのような被圧迫民族の苦悩は石の心すら溶かすという直観にもとづくのか、私には判断がつきかねる。三九年一一月、私はユダヤ機関執行部に次の覚書を送った。

イスラエル移住に対するソ連の態度は変わらず、依然として否定的である。エレツ・イスラエルの住民やビザ所持者すらソ連出国は問題である。リボフでは、パレスチナ旅券を有しルーマニアの通過ビザをもつ人々が、出国の申請をしたところ、本件はキエフ扱いという回答であった。しかしキエフからはなしのつぶてである……。

シオニストの間では、ソ連の反シオニズムは、現在の切迫した状況に由来するというよりは、伝統的な態度と慣習に深い関わりがある、とする見方がなされている。シオニズム問題特にパレスチナ移住者の出国問題に関し、シオニスト執行部はただちにソ連政府と正式に交渉を開始する要あり、と認む。交渉はすでに始まり、ベングリオンもモスクワ入りをしたなどとするうわさが流れている背景には、右のような願望があると考えられる。

正式の交渉を始める

リトアニアへ流入したポーランド難民の通過ビザ取得をめぐって、ソ連当局と交渉を始めたのは、まだリトアニアがスミタナ政権下の独立国だったころからである。リトアニア政府は、ソ連が難民の出国を前向きに考えていると明言した。しかし、それはまったくの空証文で、ドアは固く閉じたままであった。四〇年六月一七日、ソビエト・リトアニア共和国が成立、私はその機にソ連当局と正式に交渉する決意を固めた。交渉の仲介役を探したところ、医者として名の通ったエルハナン・エルケス博士を紹介された。博士は古株のシオニストで、カウナスのソ連代表ポジニアコフの主治医であった。ソ連代表は、リトアニアを《ソビエト一族》に編入する準備を進めているところで、エルケス博士に接触してソ連代表への紹介を依頼すると、博士は同僚のラシュケス博士を引き合わせてくれた。通訳として行動するのである。ラシュケス博士は、まず私をピウス・グロバツキ副首相のところへ連れていった。グロバツキはポーランドのビルナ出身で、一九二一年にジェリゴフスキ将軍が蜂起したとき（ポーランドのビルナ併合に終わった）、ソ連へ逃げた共産党員であった。グロバツキは、四〇年六月中旬の赤軍進出時リトアニアへ連れもどされたようで、ソ連邦への編入推進役としてリトアニア人民政府に、送りこまれたのである。実に迅速な併合であった。

当時、リトアニア政府首班は、ウスツス・パラツキスだった。グロバツキはナンバー2に任命されたのである。パラツキスとは、一九五九年にワルシャワで再会した。世界議会連合会議がそこで開催され、私はクネセット（イスラエル国会）議員団の一員として出席した。パラツキスは、ソ連邦最高会議の派遣した代表団の団長であった。

グロバツキは背の高いやせ型の人で、われわれとはロシア語で話をした。私はロシア語はあまり得意ではないので、ラシュケス博士に通訳を頼んだ。しかし話をしているうちに、思わずポーランド語の決まり文句を使ったところ、彼が理解したようにみえたので、私はポーランド語で会話を続けてよいかとたずねた。彼はいいと言った。喜んでいる風すらある。私はポーランド語で話し、彼はロシア語で返事をしたが、母国語を耳にするのが楽しいようであった。

私の主張は単純明快であった。ナチの侵攻によって、ビルナ地区に数千の難民が流入した。なかにはパレスチナの入国ビザをもっている人がいる。彼らは、リトアニア語やロシア語に不慣れであるため、職につこうにもつけない状態にある。

「この外国人をなぜここにとどめておくのです。私たちが求めているのは、貴国の通過許可だけなのです」と私は主張した。

副首相はモスクワに照会すると約束し、回答がきたら、もう一度顔をみせてくれと言った。私がそのとおりにすると、ソ連経由を希望する難民のリストを提出せよとのことであった。これがもとで難民集団に波紋を生じた。わなだという人がいたのだ。このリストをもとに、当局はシベリアの労働キャンプ送りを開始するだろう。どんなことがあってもロシア人に名前を教えてはいけない、と彼らは言った。しかし、ほかに手段がないから危険をおかす必要がある、という意見もあった。状況が状況なので、正式に住民投票はできず世論調査も無理である。時間は貴重である。グロバツキのもとへリストなしで行くわけにはいかない。難民委員会とヘハルーツ連絡会議の幹部達の協議にかけ、いちかばちかやってみることに決まった。リスト記載者の事前承諾もなしである。私は、自分と家族の名前を真っ先に書いたリストを提出した。パイオニアと神学生約七〇〇名に、ロシア語で簡単な覚書が書き加えられた。私は恐れおののきながら、回答を待った。了解も得ないで、いわば私が勝手につくったため皆に迷惑をかけるかもしれないのだ。責任の重さをひしひしと感じた。

出国許可がおりる

ある朝、ドアをたたく音がした。通訳をやってくれたラシュケス博士だった。エルケス博士からの伝言で、モスクワからポジニアコフのところへ前向きの返事がきたという。私はすぐさま総理府へ走った。ソ連当局は難民に出国許可（通過ビザ）を出す用意あり、との回答であった。私は安堵のため息をついた。重くのしかかっていた不安が吹っ飛ぶ思いであった。

われわれは、イギリス領事館経由でユダヤ機関に連絡した。領事館は、八月九日付でパレスチナ委任統治政府移民局に打電している。電文には「ソ連のトランジットは一定期間」とあったので、われわれは許可期間は短いのかと疑った。

われわれは、この重大ニュースをすみやかに知らせるため、イギリス領事館の助けを借りたのだ。この同じ電報でわれわれは、三人分をイギリス領事の裁量に任せてほしいと要請した。領事は何名かのユダヤ人の友人たちから圧力をかけられていた。そこでわれわれ難民委員会は領事を助けることにした。借りを返したというところである。

最初の出国許可は、四〇年七月末にだされた。神戸の難民委員会がだした報告には、七月に難民第一陣がリトアニアから到達した、と書かれている。当時の雰囲気がどんなであったか、ラビのイツハク・エーデルシュタイン師が次のように回想している。

たくさんの難民が申請を躊躇した。ソ連占領下のポーランドから近親者たちが手紙をよこし、ソ連には申請書や願書を絶対渡してはいけない、出国許可も求めるなと警告したのである。ドイツ占領地からソ連占領地へ逃げてきたポーランドのユダヤ難民は、ソ連当局からビルナ行きを希望する者は申し出よと言われた。行きたいと返事した者はシベリアへ追放されたのである。そのようなわけで、申請には非常に神経質になっていた。シベリア送りになるという不安があった……加えて、安導券取得申請は、出国許可要請と同じであり、それが難民全体に災厄をもたらすと考える難民があり、その人たちからもよけいなことをするなと圧力がかかった。このような躊躇、不安そして脅迫を克服するには、たいへんな精神力を要した。

出国許可が出はじめた後でも、まだ躊躇する人々がいた。ミル神学校の事務長でラビのヨセフ・エプシュタイン師が、その理由を説明する。

皆が安心すると思いきや、逆に混乱がひどくなった。ビザは入手し、最大の難関をこれから乗りこえるのだ。つまり出国申請をだすのであるが……当時神学校の空気は恐ろしく沈滞していた。出国申請はＮＫＶＤへ手渡されるという。審査過程でＮＫＶＤが申請者の《アラ》を探しださないとだれが言える。一番慎重だったのが神学校の責任者たちだった。ミル神学校の学生は出国申請を決めたというニュースが伝わると、ほかの神学校はあわてふためいた。これで神学校の学生会員に災厄がふりかかってくる、神学校の存在そのものがあやうくなると考えたのである。

エルケス博士の活躍

騒然たる空気をしずめてＮＫＶＤへ申請をだすよう説得するには、多大の努力を必要とした。そのかいあって、しばらくするとＮＫＶＤの事務所には、難民の長い列ができるようになった。ゼネラル

シオニスト所属であったヨシュア・ハノッホ・ブラムが戦後ヤド・バセムで証言したところによると、

だれも危険だと考えたが、難民委員会は数回ソ連当局に申請した。委員長のゾラフ・バルハフティク氏は、いまでは真相を明らかにしてもよいと思うが、実は秘密の方法を何種類か試みた。われわれは、エルケス博士からかなりの助力を得た……。著名人でソ連代表の主治医でもあった……。彼のすすめで、モスクワへ嘆願書が送られた。やがて、どこかの国のビザをもっている者には出国許可を認める、との回答がきた。神学生のためには、ラビのヘルツォーグ師（第五代大統領の父）が……、ロンドンのソ連大使を説得したといわれる。この方面からの介入も効果があったのである。

エルケス博士の活動については前に触れた。四一年六月末、カウナスがドイツ軍に占領された後、エルケス博士は、カウナスゲットーのユーデンラートの責任者に任命された（ユーデンラートは、ナチが任命したユダヤ人自治会。ナチの意志を執行する組織として使われた）。当初エルケス博士は拒否したが、ほかのユダヤ人指導者たちから懇請されて、難局を一手に引き受けたのである。カウナスのラビ・ヤコブ・モーゼス・シュムクラー師が、ユダヤ人社会を代表して「もっとも骨の折れる仕事でありますす。しかし同時に、それは名誉でありミツバ（慈善行為）であり、拒否なさってはいけません。われわれを導き、守って下さい。われわれとともにいて下さい。われわれも、偉大なる救済の日がくるまで、あなたとともにあります」と嘆願したのであった。

一九四一年四月二日、横浜の私のところへ一通の電報がまいこんだ。エルケス博士からで、ロンドン、アメリカそしてハイファの近親者に連絡してほしいとあった。私は喜んでそうした。エルケス博士がエレツ・イスラエルでわれわれと再会する日はついにこなかった。四四年一〇月一七日、ドイツのランズベルク強制収容所で抹殺されたのである。カウナスゲットーの生き残りはいまでも愛惜の念を失わず、博士の思い出を語りあっている。

ヘルツォーグ師の奔走

ヘルツォーグ師が難民神学生の救出に奔走しはじめたのは、四〇年の一月からである。特に神学生のために入国許可をとりつけようと、ロンドン行きを計画したのであるが、ユダヤ機関執行部はあれやこれやの理由で、師の行動に反対した。結局執行部は原則として認めることになるが、神学生の入国許可がユダヤ人の移住割当てとは別枠になること、パレスチナ到着後の神学生の生活費を工面すること、を条件にした。しかしそれでもユダヤ機関は師の出発を遅らせようとしたのであった。

ヘルツォーグ師は、ロンドンでイギリス当局のほかソ連のマイスキー大使とも会談した。師は、いろいろな国のビザをもつ神学生の出国が許可されるよう、大使の力添えを願いたいと言った。しかし、マイスキー大使がヘルツォーグ師に回答を伝えたのは四〇年の八月二八日であった。パレスチナビザ所有者にオデッサ経由の通過ビザを認めるという内容だったが、その時点ですでにカウナス・ウラジオストクルートが開けていた。

オデッサルートは、四〇年一二月末まで閉鎖されたままであった。モスクワのトルコ領事館がイスタンブール経由の通過ビザを発給するようになったのは、年末になってからである。ヘルツォーグ師の活動にどれほどの価値があるのか不明だが、われわれの努力にいくばくかの支えになったのかもしれない。

われわれの交渉は二段階で進められた。四〇年三~四月の第一段階は、外国籍をもち目的国への途次にある者に対する通過ビザの交渉、であった。六~七月の第二段階が、ソ連邦リトアニアに残留する無国籍者の出国交渉である。第二段階が、ソ連の鎖国政策の転換点となるのである。

通過ビザは、ソ連内務省付属の秘密警察NKVDによって発給された。四〇年一一月一七日付で横浜からユダヤ機関へ送った覚書で、私は次のように説明している。

この方策の実施には、いうにいわれぬ困難がつきまとっていたが、結局次の手続きがとられた。まず難民各人が難民担当の人民委員《コミッサル》に申請書を提出し、出国許可を求める。人民委員はそれをNKVDにまわす。本人が本当に難民かどうかを確認するため審査が行なわれ、確認されると人民委員が、無国籍として認定したうえ安導券を発給する。申請者はそれを手に、今度はソ連領事館に申請する。再度審査のうえソ連邦の通行を認める通過ビザがだされる。リトアニアが併合されたので領事館は閉鎖され、難民担当人民委員のもとで活動する特別局が開設された。元からリトアニアに居住するユダヤ人は同じような手続きを踏むが、人民委員ではなく、内務省へ申請をだす……。

われわれの経験からいえば、難民に対しては出国許可が認められるが、リトアニア系ユダヤ人についてはそうではない。

ビルナの状況

ビルナには、カウナスのリトアニア・パレスチナ委員会と連携するパレスチナ委員会があった。その書記長をしていたヨセフ・フリートランダーは、四一年一月一一日に出国したが、二月二一日付でユダヤ機関移住局のモシェ・シャピラ局長宛に報告をだし、ビルナの状況を説明した。

一九四〇年中ごろ成立した民主政権は、六月二八日付で指示をだし、シオニスト組織の活動停止を命じた。しかし、コブノ（カウナス）同様ビルナのHICEM事務所は、その後数カ月活動を続け、ポーランド難民委員会と連絡をとりあった。リトアニアのパレスチナ委員会は閉鎖されたが、難民委員会はひそかに活動を続けたのである。

安導券の発給手数料は、七〜八月ごろは三五〇リタであったが、その後割引きされるようになり、五〇〜一〇〇リタとなった。申請者はNKVDに呼びだされて審査をうけるのだが、気味の悪いものだった。安導券の発給は八月末まで続けられたが、その後は発給停止となり、いくら要請しても方針は変えられなかった。一〇月から一一月にかけて、多数の人が通過ビザを受けた。当時ソ連側の責任者はスコブランという人だったが、申請者に質問票と経歴書をまとめるよう要求した。何かむずかしいことが生じると、スコブランはインツーリストのツカッチ所長の方へまわした。当時インツーリストが、われわれの難民委員会とNKVDのビザ局の仲介機能を果たしていた。政府は難民の出国を認める方針ではあったが、役人どもは難民いじめを自分の任務と心得て、いろいろないやがらせをやった。

一二月三一日、政府はビルナの難民および居住者に関し二つの指示をだした。そのひとつには、リトアニアにいるポーランド難民は、全員一九四一年一月二五日までに警察へ登録し、ソビエト・リトアニアの市民権の取得希望を表明すべし、とあった。つまり、その日をもって出国許可はおりなくなるというわけだった……

通過ビザは、われわれの用意したリストにのっていなくても、申請者には発給された。詳しく調査されるケースもあったが、一般的にいって事務処理は迅速だった。申請者はＮＫＶＤに呼びだされ、スコブラン、シュロスベルグほかの部員から、一～二時間審査された。前述のように、前からのバルト諸国居住者にはビザは発給されなかった。日本経由のキュラソ／スリナムビザ、パレスチナビザなどの最終目的地のビザがあり、南下ルートの場合はトルコまたはイランの通過ビザがついていると、ソ連の通過ビザが与えられた。なかには、トルコの通過ビザがなくても発給されるケースがあった。それはそれで、その後でモスクワのトルコ領事館から通過ビザがとれた。イギリス領事館がだしてくれた例の確認書も有効だった。以上の方法により、モスクワ、イスタンブールまたは東京で、トルコか日本の通過ビザをとることができた。

私は、一九四〇年九月二〇日に自分の通過ビザを受けとった。リトアニア・ロシア国境の町ゴドレイでソ連邦へ入るビザで、一〇月一日に入境し、ウラジオストク経由で一五日以内に出国しなければならなかった。私の家族ビザには、一一四五九二―三の番号が押されていた。一日後に取得した旅券の番号は、一一四六二四だった。つまりカウナスでは、ビルナ同様一日数十通のビザが発給されていたことになる。

ソ連の追求

特定の申請者を当局が調べているようだった。その情報がときどきあって私はまごついた。たとえばグロドノ神学校の学生二人が私に知らせたところによると、審査は一〜二時間かかったらしいが、移住組織の責任者は誰かと執拗に質問されたという。当局は、旅券、ビザの取得や旅行費用の金集めをやっている組織の中心人物を、つきとめようとしていた。学生たちは知らぬふりをして、各自それぞれの意志でやっていると答えたが、当局はその答に納得しなかったようだ。二人は、当局が私をつけまわしていると、警告に来てくれたのだった。ほかの人たちからも同じような注意をうけた。メナヘム・ベギンは、審査時の模様を次のように述べている。

彼らは、エレツ・イスラエルビザの取得責任者はだれか、とくり返したずねた。リトアニア革命（ソ連との併合）の前後、われわれの運動メンバーのため中心になって推進する者がいるだろうと……。この取得活動は、私が逮捕されないかぎり合法的であった。しかし、投獄されれば、それは犯罪になる。ソ連邦から逃走を企て、他人にもそれを教唆する行為というわけである……。

私は審査官たちに対して、取得は自分の責任でやった、カウナスのパレスチナ委員会は、ここがソ連のもとに入った後もしばらくは機能しており、そこを通過してビザ保証を得たと答えた。

ソ連がじりじりと私を追いつめているのが感じられたし、私もそれなりの注意はした。しかし恐怖のあまり活動を中止したわけではない。

例の神学生のひとりによると、NKVDが、スパイになれ、出国許可は返事次第だと言ったらしい。その神学生は、なりたくないと拒否したという。でも私には、それが無条件の断わり方だったとは思えない。われわれは、一九五〇年代の初め、偶然テルアビブで再会した。彼はそこに落ちつき、大きなダイヤモンド取引業者になっていた。立ち話程度で別れたが、それから数年して、彼は事務所に侵入した者に殺されたという記事が新聞にでた。事務所は少しも荒らされず、殺人犯は逃走して捕まらなかった。私はカウナスでの会話を思いだし、これが《商品》を配達しなかった者に対する《ケリ》のつけ方かな、と思ったりした。当時政府の法律顧問をしていたハイム・コーヘンにカウナス時代の話をしたところ、早速調査してくれた。私の疑惑は根拠なしという返事であった。

費用集めの困難

ソ連の出国許可をもつ難民の旅行は、ソ連の《旅行代理店》インツーリストによって、手配された。カウナス事務所長は、ツカッチという名のユダヤ人で、たいへん協力的だった。しかし本部からの指示で、費用はすべて外貨で支払わねばならなかった。ウラジオストク経由の費用はパレスチナまで二〇〇ドル、オデッサ経由は一〇〇ドルだった。金集めには本当に苦労した。ジョイントもこれに深くかかわり、そのためベッケルマン会長がしばらくカウナスに滞在した。

難民は、宝石などを売って外貨を工面した。われわれは、外貨だての口座をもつユダヤ人からも、ローンを得た。彼らは金を海外へ移そうと苦慮していたので、それを借りたのだ。一石二鳥だった。ジョイントから補助金をもらえず困窮している難民に資金援助ができた。われわれはジョイントが閉鎖された後も、この面での活動を続けた。このローンには利子をつけなかったが、おかげで貸主の金は失われなかったのである。じつに面倒な仕事だった。われわれがリトアニアを脱出した後、借りた金を返せるようになるまで、ずいぶん時間を要した。しかしそれでも資金集めができて、ローンは全部返済した。

ユダヤ機関は、これが苦境下にある人々の財産を守る機会である、と認識していた。しかしそれでも、機関を代表して金集めをする権限は認めなかった。一九四〇年八月、機関執行部は、パレスチナのユダヤ紙に次のような告示を掲載した。

ユダヤ機関執行部は、機関財務局長または財務局長が書面で任命を認めた全権委任者の署名がなければ、機関の名においてなされた公約には、いっさい責任を負わない……

私は、リトアニア脱出までその告示がでたことを知らなかった。いずれにせよ、われわれの財務活動について承認を得ようにも、ユダヤ機関執行部とは連絡のしようがなかった。金の取り扱いは、われわれの一存で秘密裡に行なった。それは非合法行為だった。ほかに選択の余地がなかったのである。関係者が金を貸すかどうかは、すべてわれわれの説得力と個人的信用にかかっていた。

たとえばカントール氏の場合がある。彼はビザをもち、パレスチナへ移住すべく待機中であったが、われわれに二八〇〇ドルを貸してくれた。ソ連からはもちだせない金である。ソ連から出た後パレスチナまでの旅行費にあてるため、イスタンブールでその金が必要だった。難民委員会は、その活動のため外貨がどうしても入り用だったので、彼からその金を借り、イスタンブールのユダヤ機関代表ハイム・バルラスが返却するという主旨の借用書をだした。つまり、バルラスが「イスタンブールからエレツ・イスラエルまでの鉄道切符四枚をカントール氏に支給する」という条件であった。金額にして七〇パレスチナポンド、これで清算するのである。しかし、カントールが四一年初めイスタンブールに着いてみると、バルラスは、自分のあずかり知らぬこととして、清算しなかった。カントール氏はどうにかしてエレツ・イスラエルまでたどり着き、その後アメリカへ移住した。私が日本からアメリカへ着くと、すぐカントールがやってきて、金を払ってくれと要求した。われわれは、ユダヤ機関のエリエゼル・カプラン財務局長へ連絡し、やむをえない特殊事情のあったことを説明した。いろいろあったが結局われわれは、世界ユダヤ人会議から一〇〇ドル、ユダヤ機関から一八〇ドルをもらい、これでカントールに対する約束を果たすことができた。

これはほんの一例にすぎない。似たようなケースがほかにたくさんあった。比較的小さな金額ではあったが、それから生じる問題はかなりのものがあり、はなはだしい心痛を伴った。

第14章　ラビとユダヤ教神学校

占領地区からの脱出

ポーランド難民救済パレスチナ委員会（通称難民委員会）の活動をみるにあたり、ラビとユダヤ教神学校について特に一章をもうける必要がある。ビルナ地区へ流入した難民のなかには、五〇名ほどのラビが含まれていた。なかには家族連れの人もあった。ラビのほとんどは、自分の率いる神学校もろともビルナ方面へ流れてきたのである。小さな町から来たラビが数人いた。ドイツ占領地のユダヤ人社会は潰滅し、四散してしまった（たとえばプルトゥスク、プルシュクフなど）。ソ連占領地のユダヤ人社会は、たとえばブリスク、クリンキなど悲惨な環境におかれ、耐えられなくなって逃げ出すところが多かった。一般的にいって、ユダヤ人社会のラビは住民といっしょで、運命をともにした。ビルナ地区へ来たラビは、やむにやまれぬ特別の事情があった。

神学校で教育する機能を失ったラビは、エレツ・イスラエル行きを希望した。ビルナでは数人のラビが集まり、ポーランドの難民ラビ向け炊出所が設けられた（食物の戒律にしたがって調理する必要がある）。ラビたちは、移住許可証明と旅行費を手に入れようと、エレツ・イスラエルのいろいろな団体に援助を求めた。そのエレツ・イスラエルでは、チーフラビのイサーク・ヘルツォーグ師とユダヤ機関執行部のモシェ・シャピラが中心となって、救出活動を調整した。エルサレムのアグダット・イスラエル（正統派ユダヤ人の世界組織）と協調して、移住有資格者リストがつくられた。イギリスでは、ラビのハイム・モルデハイ・ブロノット師のもとで、ポーランド難民ラビ救出委員会が設立された。師は戦争勃発時ロンドンに来ており、そのまま現地にとどまって活動を始めたのである。アメリカには、やはり救出委員会が、正統派ラビ連合によって設けられた。この委員会は発足当時、難民がリトアニアで再開した神学校に援助していたが、後にはソビエト・リトアニアからの救出活動を中心とするようになった。

難民のなかで一番大きくしかも統制のとれた集団は、神学校であった。全部で二三の神学校が、校長、教師、学生もろとも、ドイツおよびソ連の占領地から脱出し、ビルナへ流れてきたのである。人数にして二三三六名だった。脱出に成功した背景には、次の理由がある。

(1)国境に近かったこと。脱出できた神学校は、ポーランドの東部地域にかたまっていた。

(2)トーラ研究の意欲が強く、ソ連の支配下では、神学校は解体必至であり、神学生も四散する恐れが十分あった。

(3)規律があり、集団としての統制がとれていた。

ロシュ神学校長の命令一下、学生たちは越境に向けただちに行動を開始した。さらに、ビルナは、ユダヤ世界に名高い神学校バアド・ハエシボットの本拠地であり、これまた有名なラビのハイム・オゼル・グロジンスキ師が学長であった。

《不死身の島》？

これら神学校はすべてビルナに逃れ、市内のシナゴーグに落ちついた。一九三九年一二月九日、リトアニア政府は「戦時難民収容法」を制定し、T・アレクナが難民担当委員長に任命された。さらに四〇年一月に、難民分散令がだされ、それにもとづき、神学校はリトアニア各地の小都市へ移動分散した。

学生と教職員はすぐ落ちつき、日常の学校生活にもどった。戦争の影は教室に及ばず、静かで熱のこもった学習風景がみられた。ひどい生活環境で、食料と水は厳しく制限され、乏しい配給で生きていかねばならず、寒気も猛烈であった。しかし、学習の情熱が、このような問題を克服した。そこは、肉体的欲望や物的欠乏とは関係のない学びの世界であった。騒々しい外部のニュースに少しも動じず、タルムードとその注解の研究にますます没頭していく雰囲気であった。

実にすがすがしい神学校風景で、心が洗われるようであった。学生たちは困難をものともせず学習にいそしんでいた。その姿をみて、私の心に子供のころの思い出がよみがえってきた。現実は暗くて厳しかった。私は、次々に起きる問題に緊張をしいられながら、大使館や領事館あるいは政府官庁をかけずりまわる生活をしていた。私はこの灰色の世界からどんなに逃避したかったことだろう。リトアニアの一年は、ゲマラを手もとにおかない時代だった。タルムードの一部を構成するゲマラは、紀元三～六世紀ごろ、アモライムと称される学者たちの、ユダヤ教口承法に関する討議、定義、伝統などをまとめたものだが、これまで弁護士としての多忙な生活のなかでも、常に机において、目を通していたのである。私は、ひどい生活環境をものともせず学習にいそしむ神学生を尊敬した。うらやましい気持ちでもあった。

アメリカの正統派ラビ連合によって、ポアレイ・シオン運動の活動家シュムエル・シュミット博士が、シンシナティからビルナへ派遣された。神学校の状況視察のためだったが、その研鑽生活に心をうたれ、次のように報告している。

ここでは、将来のため宝のような精神的創造が生みだされている。そのいきいきとした波動は、深いユダヤ的情念をもった人にしかわからない。正統なユダヤ教のため汗を流している人々にとって、本当に貴重な財産であり、力づけられるものがある……。今度の戦争で潰滅的打撃をうけつつあるユダヤ世界のなかにあって、ここの神学校は、まさに不死身の島である。

見解の相違

しかし、この島は本当に不死身なのであろうか。私は、中立国リトアニアが生き残るとは考えておらず、神学校とその学生の将来を危惧していた。私は、なんとか自分の判断を伝えようとした。状況の重大性をわかってもらい、いますぐ行動する必要のあることを、認識してほしかったのだ。私は、ハイム・オゼル・グロジンスキ師をたずねた。

ハイム・オゼル師は、次のように答えた。

(1)あわてる必要はない。戦争中だから、どこへ行っても危険である。リトアニアは動乱にまきこまれないだろう。
(2)戦争はすぐ終わるだろうから、神学校をポーランドの周辺から移すのは正しくない。戦後、トーラの声なくしてポーランドのユダヤ人社会をどうやって再建するつもりか。
(3)移住許可数は少なく、一部移住によって神学校はばらばらとなり、存続があやうくなる。
(4)エレツ・イスラエルのユダヤ人社会は小さく、神学校の受け入れは非常な負担となる。神学生は生活のため学校を離れざるをえなくなるだろう。
(5)どうしても脱出しなければならないのなら、アメリカへの移動が望ましい。
(6)ポーランド系神学校の在米事務局は、金の保証はしないだろう（神学校は、基金や寄付金で運営される）。

一九四〇年八月、私はテルアビブの世界トーラ・バアボダ組織宛、神学生の脱出問題に関して次のように報告した。

目下、神学生の旅券や旅費を工面中であるが……非常に大きな問題がある。難民委員会はシオニストだけを相手にして、非シオニストのラビや神学生の移住には、びた一文だそうとしない。ハイム・オゼル師の率いるバアド・ハエシボットは、神学生の脱出に態度を決めかねており……神学校と学生をエレツ・イスラエルへ移すことが、トーラ研究にプラスになるかどうか疑わしい、と考えている。師はまだディアスポラ（海外のユダヤ人社会）に未練があり、リトアニアは安全で戦後すぐ学校をポーランドへもどせるという幻想を抱いている。

　師は、脱出は個々の神学校の判断に任せるとしている……カメニッツやミルなどの神学校はエレツ・イスラエルへの移住を考慮中だが、ほかの学校は態度を決めかねている……。いずれにせよ、神学生の移住責任者がいないので、私がその役を引きうけなければならないだろう。数名の学校長に会ったが、学校長会議を召集して、本件を話し合わねばならないと考えている。


ハイム・オゼル師は謙虚で、公事に献身する人物だった。相談に来る人には、いつも気持ちよく接し愛想がよかった。当時私は若輩ではあったが、タルムード研究に熱心な学徒として知られており、現実世界の諸問題に没頭してはいたが、ゲマラの伝統を失ったわけではなかった。初対面の師から、私は励みになるような言葉をいただいたので、その後よく相談するようになった。特に難民問題、移住許可を受ける聖職者のリスト問題などのほか、政治状況についても指導を受けた。

　シオニスト難民は脱出熱にとらわれ、リトアニアというおりからなんとか逃れようと、目の色を変えて、旅券やビザの取得に奔走していた。これと対照的に神学校関係者は悠然と構えているようで、学問に没頭し倫理討議の日々を送っていた。学生の多くはそうではなかったのだが、責任者たる学校上層部の者は脱出を考えず、もちろんそのための手段もとらなかった。

　私は脱出問題で師と数時間も話し合った。途中から、クリンキ地方のラビであるミシュコフスキ師が話に加わった。私は、難民シオニスト活動家が考えた、一連のユダヤ人救出計画を提示した。そのひとつに、エルサレムのチーフラビであるヘルツォーグ師とミズラヒの支持する案があった。神学校の維持と神学校の生活を二年間財政的に保障するという条件で、パレスチナ移住許可をイギリス委任統治政府からとりつけようというのである。二年間で一人当たり六〇パレスチナポンドになる計算だった。この許可は通常の割当てとは別枠になる。チーフラビは神学生一四〇〇名、ラビ二〇〇名の移住許可を求めたが、イギリス側は即座に拒否し、財政保障のできる人数分なら割当てを検討してもよい、と回答した。

ヘルツォーグ師が奔走して金を集め、移民局に連絡したのは、四一年七月二九日であった。金額五〇〇〇パレスチナポンド、わずか八〇名分であった。金は、アメリカにある世界最大のシオニスト組織ハダッサのイスラエル代表J・L・マグネス博士を通し、同じくアメリカのUJA（統一ユダヤアピール）がだしたのである。金はあまりに少なく届くのも遅かった。一六〇〇名分など不可能で、結局この案は棚上げになった。

私は、アメリカにある神学校事務局の収入をプールして、全部学生救出用に充当すべきだと提案した。われわれは噴火口の上にすわっているようなもので、一刻も早くリトアニアから脱出しなければならない。その方途を講じるべきだ、と私は口をすっぱくしてラビを説得した。ビルナのラビたるハイム・オゼル師は、私の分析を一蹴したものの、ラビ会議を開いてこの問題を検討した。

私はこの会議に呼ばれなかった。会議の結論は、先に触れた六項目の内容と同じだった。

見解の相違は、ほかの面にもあらわれた。私はユース・アリヤの割当て分が使えないかと考えた。エルサレムからは、候補者が少なくとも六週間ユース・アリヤのゼミに参加するなら、割当てを考慮するという回答がきた。無駄だしずいぶん変わった条件だなとは考えたが、それにいちいち文句を言っている余裕はないので、われわれは宗教系ユース・アリヤのゼミを設け、プログラム担当のハノッホ・アヒマンが、手始めにバラノビッチ神学校から学生三〇名ほどを招いた。すると私にハイム・オゼル師から呼びだしがかかった。校長のラビ・エルハナン・ワッセルマン師から苦情がきているとのことだった。うちの学校をぶちこわすのか、とどなりこんできたという。ハイム・オゼル師も、このようなやり方では、エレツ・イスラエルでの若者の将来が思いやられる、神学生の生活が変わってしまう恐れがあると言った。つまり、研修生活ができなくなるというのである。私は新聞の切り抜きを示し、エレツ・イスラエルのクハルロエで、ゲマラ学習と農作業を組み合わせたセツルメントができている、と反論した。しかし私の計画は拒否された。ハイム・オゼル師は、ただちに学生をゼミナールから解放せよと要求した。私はその指示にしたがったが、残念でならなかった。私が神学生の命を救おうと躍気になっているのに対し、校長たちは神学校を守ろうとしていた。

出国許可を得るまでの手続きは、時間はかかるし多額の金も要した。安導券の入手には三〇〇リタかかった。値引きされても一〇〇リタを要し、神学生にはとても手のでない額であった。学生は、無駄に終わるかもしれない煩雑な手続きに四苦八苦するより、日常の規則正しい学習生活に安住する方を選んだ。脱出を現実的に処置する組織のないのも問題であった。しかし、少数とはいえ、いくつかの神学校から学生が難民委員会の私に接触してきた。その人たちには、親身になって世話した。私は自分をトーラ世界の代表と自任していたし、すべての神学校の学生も私をそうみなしていたと思う。

フィンケル師の説得

ミル神学校の学生たちが、私に校長を説得してほしいと言った。むずかしいなとは思ったが、やってみると約束し、私はさっそく校長のエリエゼル・フィンケル師へ会いに行った。師は心の暖かいユダヤ人で、快く迎えてくれ昼食をぜひいっしょにと言った。私は憂慮すべき状況を説明し、旅券やビザなどを一刻も早く手配して、全学生の脱出をはかるべきだと説いた。奇跡の起きるのを待つより、進んで奇跡へ近づき全能の神の救済を迎えるようにすべきである。難民委員会は全力をあげて協力するので、行動していただきたいと私は言った。

フィンケル師は、学生全員にパレスチナ移住許可が認められるまで、行動はさし控えたいと述べた。師は学生がばらばらになるのを恐れていた。しかし、一度にそんな多数の許可を得るのは無理であり、数がそろうまで待っていると、いつになるかわからない。骨の折れる話し合いで、はげしいやりとりが続いた。学校長の間には、研修生活に干渉されるのを嫌う空気があり、トーラ研究をおろそかにして一片の夢のため金を使いカウナス中をかけずりまわるのはどんなものか、と批判する傾向にあった。このような空気からいったいどうやったら逃れられるのか。師の問題はそこにあった。結局、この時の話し合いが、ミル神学校の救出に決定的役割を果たすのである。私にとっては生涯忘れられない対話であった。

私の父は、この話をフィンケル師から聞き、著書『ヒデシュ・エルハム』のなかで、次のように紹介している。

偉大なる賢人ラビ・エリエゼル・エフダ・フィンケル師から、すばらしいできごとが伝えられてきた。師がカイダンで学生たちに講義していると、突然ひとりの若者が飛びこんできて、「何でぐずぐずしているのです。人殺しの手にかかるのを待つつもりですか！」と叫んだ。賢人に名前を問われると、その若者は「自分はゾラフ・バルハフティクといい、この危険なところをすぐ離れるようカウナスから勧告にきた」と答えた。いったいどうやってと問い返された若者は「私が脱出の手はずをつけます」と言った。若者は約束を守り、この賢人とその聖なる神学校は救われた。

フィンケル師は私の計画を承認し、必要経費をだしたほか、学生数名を協力者としてつけてくれた。ラビのハイム・オゼル師はエルサレムのチーフラビであるヘルツォーグ師に、「ミル神学校とバルーフ・ドゥバー・レイボビッツ聖師のカメニッツ神学校が聖地への移動を希望しているのでよろしく頼む。ほかにラビ数人も入国許可を求めているから、こちらもあわせてお願いしたい」と協力を依頼した。

フィンケル師は、ユダヤ機関の移住局長モシェ・シャピラに神学校の聖地移動を要請し、まず自分がエルサレムへ行き、神学生の受け入れ準備をすると伝えた。だが、神学校事務長ヨセフ・D・エプシュタイン師の回想によると、学生たちは神学校がひとつにまとまってエレツ・イスラエルへ向かうとする校長の案に賛成しなかった。全員の証明書類がそろうのを待っていたら、いつになるかわからないからである。

フィンケル師の後を継いでミル神学校長となったラビのハイム・シュムレビッツ師は、妻のミリアムとともに、ヤド・バセムの聞きとり調査で、神学校の脱出経緯を次のように証言した。

リトアニアがソ連に併合されると、当局からカイダンを出よと命じられ、神学生は四つの集団に分かれた。……数人の活動家が中心になり、ソ連併合後も難民の脱出を意図する難民委員会のゾラフ・バルハフティク博士（現宗教大臣）と連絡をとって、出国許可のとりつけに奔走した。なにせ非合法活動なので、活動は三人に限定され、ほかの者は闇のなか、なにが行なわれているのか知らなかった。やがて出国許可を受ける段になり、学生はひとりずつＮＫＶＤに出頭して審査されることになった。審査は通りいっぺんで形式的なようであった。上層部の意向があったからだろう。申請はビルナとカウナスのＮＫＶＤで受理された。比較的穏やかではあったが、それでも数十名の学生が抑留され、出国許可を得られなかった。リトアニアの市民権を選択した前ポーランド国籍者が、それに含まれる。出国できなかったミル神学校の学生で、生き残った者はひとりもいない。ドイツとその手先に殺されたのである。

ミル神学校の脱出

ソ連邦の市民権をとった者は出国を拒否された。その人たちを除くミル神学校のほぼ全員が、リトアニアを離れ、一二日間のシベリアの旅を経てウラジオストクへ至り、そこから二日の船旅で、日本の敦賀に着いた。その後神戸へ向かったわけだが、学生たちは五〇名一組のグループで行動し、一九四〇年の一二月から四一年一月にかけて続々とリトアニアを離れた。全部で三〇〇名ほどであった。その後も、キュラソ・日本の通過ビザや上海ビザを手にしたラビや神学生数百人が、脱出に成功した。

上海ビザはカウナスで入手したほか、日本と上海でわれわれが工面したのである。神学校のなかでそっくり助かったのは、ミル神学校だけだった。

校長のフィンケル師は別行動をとった。一九四一年一二月に一時トルコ国境が開放されたとき、師はオデッサ・イスタンブール経由でエレツ・イスラエルへ向かった。師は、エレツ・イスラエルで神学校の再建をはかったが、教師と学生はばらばらの状態で、そのうち戦乱はアジアにおよび、なかなかむずかしかった。神学校は戦争が終わるまで上海にあった。しかし神学生の大半は、神学校の駐米職員ラビ・アブラハム・カルマノビッツ師の努力で、太平洋戦争の勃発前にアメリカへ渡った。その学生を中心にカルマノビッツ師が神学校をつくった。しかし、上海に残った校長のシュムレビッツ師を初めとする教職員たちは、戦後エレツ・イスラエルへ向かった。こうしてフィンケル師は再建の夢を果たしたのである。現在エルサレムのミル神学校は神学の殿堂として隆盛し、発展を続けている。

ほかの神学校からも、学生とラビ教師が合計で数百名助かった。しかし神学校そのものは学生とともにリトアニアに残り、ほかのユダヤ人といっしょに悲劇的最後を迎えた。

ほかの神学校はミルの例にしたがわなかった。ハイム・オゼル師は脱出計画を認めず、学校長たちは、学生が個々に脱出することにも賛成しなかった。ラビ・コトラー（クレック校）ラビ・グロゾブスキ（カメニッツ校）、ラビ・ワッセルマン（バラノビッツ校）などの名門校の校長たちは、≪キュラソ冒険≫とにせビザを一蹴した。クレツク校のアハロン・コトラー校長は、ユダヤ機関に二四〇名の学生リストを送り、次の移住割当て枠からの配分を要請したが、ソ連から出国許可を得ることには反対した。そんなことをすれば、共産政権の敵として弾劾され、シベリア送りになると考えたのである。

何が正しいことか

私は、われわれはユダヤ人の救出に全力をつくしたのか、あらゆる手段を講じたのか、と何度も自問した。一九四一年、アメリカに到着した後、私はニューヨークの日刊紙で、リトアニアの神学校救出についてかなり批判的な記事を書こうとした。しかし友人のヤコブ・グリーンベルグが、いまはそのときではないと止めたので、書かなかった。コトラーとグロゾブスキの両師がアメリカでリトアニア型の神学校をうまい具合に再建中で、われわれが過去のあやまちをつつくと、再建プロジェクトに支障をきたすと配慮したのである（一九四〇年一〇月から四一年三月までのラビ用の移住割当ては、一次と二次をあわせて二〇名分あった。両師はこれを利用した。二次の一五名分は、許可が来たときはすでに脱出不能となっていた）。

ミル神学校の学生が、教頭のラビ・エヘズケル・レビンシュタインの役割について、思い出をつづっている。日本滞在中学生たちは、師の態度について論じあった。当初師は、旅券の取得からキュラソ《ビザ》や出国許可の申請までことごとく反対した。学生たちは、師の言うことを聞いていれば、ソ連領を永久に出られなかっただろうと批判したのである。それに対しレビンシュタイン師は、次のように反論した。

> だれかが不正な行為をして成功しても、その不正行為が正しくなるわけではない。不正はあくまでも不正である。しかし、もし神がお望みであれば、その不正すら栄えるかもしれない。ラビのハイム・オゼル・グロジンスキ師も、ロシア占領地脱出計画に難色を示された。……共産政権当局にロシアからの出国許

可を申請すれば、やっかいなことになる、ほんとうに危険である。不正な活動は、たとえ成功しても正当化されない。神がお望みになるときのみに、許されるのである。

しかしわれわれは、この活動の結果から何も学べないのだろうか。だいいちわれわれの行動は《正》しかったし、神の目からみてもそうではなかったのか。宗教上の文脈からみてもそうである。事実が雄弁に物語っている。

第15章　リトアニアから日本へ

出国前のリトアニアの状況

一九四〇年四月末までに、約七〇〇人の難民がわれわれの努力でエレツ・イスラエルへ到着した。四〇年九月末現在で、二〇〇〇名を超える人々が、キュラソ・日本通過ビザを入手し、極東経由の（ソ連）出国許可を取得する過程にあった。パレスチナ入国許可書またはカウナスのイギリス領事館の公印が付いた本物やにせ物の確認書をもつ者が約一二〇〇人。この書類をもとにトルコの通過ビザを取得すると、出国許可がもらえるのである。イスタンブールからは前向きの回答が来つつあった。最後まで逡巡した者はあわてだし、郵便局に殺倒して、手紙をだすやら電報を打つやらの大騒ぎとなった。神学生たちは、ストックホルムのラビ・S・ウォルブ師に泣きつき、同地のオランダ領事館から例のキュラソ《ビザ》を出してもらうように依頼した。カウナスで取得できたときは鼻であしらったのに、いまになって懸命に追い求めだしたのである。ヘハルーツ委員会のメンバーたちは、パイオニア六〇〇名分のサントドミンゴ（ドミニカ）入国許可を得ようと、必死になって電報を打ちまくった。その努力はみのらなかった。ハショメル・ハツァイル（一九一三年にガリチアで創設された、シオニスト青年組織）運動の指導者たちも電報をやりとりして、チリに農業用の土地を購入しようとした。この計画もうまくいかなかった。ジャーナリストたちは、ポーランド亡命政府のルートで、ブラジルの入国ビザをとろうとした。ブントのメンバーたちはオーストラリア行きを意図したが、HIASのビルナ事務所を通してノーの返事をもらい、パラグアイの旅券かビザを入手しようと必死にあがいていた。

逮捕の手がのびる

私がリトアニアへ流れてきて一年たった。私自身の家族のことを考えなければならないときがきていた。パレスチナを目指すにしても、トルコの通過ビザがないので、オデッサルートは使えなかった。しかし、ソ連と日本を経由すれば、行けないことはない。書類がととのい切符も手に入れた。手数料もインツーリストに払いこんだ。難民委員会の同僚であるL・シュパケビッツは、彼の所属するポアレイ・シオン運動の指導者たちとともに、出発準備をととのえた。日曜（九月二九日）にたつ計画であった。あとで私と合流予定のミズラヒ集団は、すでに旅の途次にあった。パレスチナにある私の両親からは、すぐこちらへ来いと矢の催促で、友人のモシェ・シャピラからも、「ただちにエレツ・イスラエルへ来たれ」と電報がきた。しかし、カウナスとビルナの方では、別の意見を述べる者がいた。インツーリストの事務所長が、トルコの通過ビザ問題が解決するまで出発を延期すべきだ、出国許可の有効期限は自分の方で何とかするから、数週間出発を見あわせたらどうか、と言ったのだ。私はおおいに迷った。どうすべきかと思案しているときに、ＮＫＶＤが突然舞台に登場してきたのである。

安息日の朝シナゴーグからもどると、家の外に家主のおかみさんが立っていた。そのまま歩いてと合図している。そして、奥さんからのことづけと言って、実はＮＫＶＤが来て、すぐ出頭せよとのことよ、とささやいたのである。おかみさんは、ＮＫＶＤがもどってくるのではと心配していた。シオニストの指導者や活動家が何人も逮捕されたが、これが逮捕前の第一段階で、その後で逮捕、裁判そしてシベリア送りとなるのである。

私は家にもどらないことにした。安息日が終わる日没まで通りを歩きまわり、そのままビルナへ直行し、予定にしたがってモスクワ・ウラジオストクへ向かおうと決心した。無政府状態にあるリトアニアでは、ＮＫＶＤといえども、私の不在をすぐに探知することはむずかしいだろう。私はそれを唯一の頼みにして、国境越えの決意をしたのである。ワルシャワのパレスチナ委員会職員であったＳ・ローゼンベルグが、この長い安息日の一日を私につきあってくれた。私は使いをだして、荷物をまとめてビルナへ行けと妻に指示した。ビルナで落ちあった私たちは、ある個人宅に一泊し、翌朝モクスワ行きの列車に乗った。駅は見送り人があふれていた。私は目だたぬところにひっこみ、友人たちは私から離れて見送ってくれた。

モスクワへ

ソ連邦を横断するのに一八日を要した。その間私は極力動かぬようにした。モスクワやウラジオストクの港では散歩をひかえ、部屋から出なかった。われわれのひとつ前の難民集団は、カウナスからウラジオストクへ向かう途中、乗り換え時に手入れをくい、ビアリストク出身の難民一人が、列車からひきずり降ろされたという。ビルナのＮＫＶＤ事務所からの指示電で逮捕されたのである。その人は消息をたってしまった。ビアリストクで繊維工場を経営していた人物で、従業員たちと争ったのが原因だった。従業員の通告でＮＫＶＤが動いたのである。日本滞在中カウナスから何本も手紙を受けとった。ＮＫＶＤの役人たちが逮捕目的で何度もアパートへ来た、と書いてあった。

ハイム・ソルニクからは、一九四一年一月六日付の手紙がきた。彼は、ヘハルーツ連絡会議にヘハルーツ・ハミズラヒ運動の代表で参画していた。手紙はイスタンブールへ向けてオデッサをたつ前にしたためられ、「君が出発した後、連中が君を探しまわった。家主の奥さんはくり返し出頭を命じられ尋問された。神戸から君の電報をもらうまで、ずいぶん心配したぞ」と書いてあった。

ビルナ発の列車には、数十名の難民が乗っていた。組織集団は二組で、われわれの方は一行八名だった。妻と子供のエマヌエル、義弟のメイル・クライン、ワルシャワ郊外のラビだったハイム・ブルメンクランツ師（後にネゲブのスデロッドでラビとして復帰）、同じくラビのシムハ・ブーネン・ウルバッハ師（スデヤーコブやチボンのラビとして復帰した後、バルイラン大学の哲学教授となった）、シャウル・アムステルダムスキ（ショヘットすなわち戒律にもとづいて家畜を屠殺する人で、のち、アメリカへ移住した）、ラファエル・ベン・ナタン（のちにハポエル・ハミズラヒの事務局長）、そして私であった。もうひとつのグループは、難民委員会の同僚エリエゼル・シュパケビッツが指揮し、リトアニアへ逃げたポアレイ・シオンの指導者たちが含まれていた。

リトアニア・ロシア国境のゴドレイで、税関の役人たちが列車に乗りこみ、荷物をチェックした。徹底して調べられたが、スーツケースのひとつがついにもどってこなかった。安息日用の晴れ着など大事なものが入っていたので、残念だった。ミンスクでは、乗り換えのためまるまる一日待った。その時間を利用して私は警察に届けをだした。その日のうちに取り返してやるという話だったが、うそだった。モスクワとウラジオストクでも、インツーリストに調査を頼んだが、紛失という返事しかもらえなかった。旅行慣れした仲間たちは、税関の役人のところに残した荷物をとり返そうと考えるなどあまりに世間知らずだ、と私たちを笑った。

ミンスクの乗り換え時間を利用して、仲間たちは市内見物に出かけた。しかし私は用心して動かなかった。駅頭にユダヤ人の靴みがきをひとり見かけたので、私は靴を小さなみがき台にのっけた。長いあご髭を前後にゆらしながら、熱心に磨きだしたのを見て、私はイーデッシュ語で近くにベイト・ミドラシュ（ユダヤ教の学び舎《や》）はないかとたずねた。靴みがきは悲しい目で私を見つめ、いきなりみがき台をとりあげると、一目散に逃げていった。

シベリア鉄道

モスクワでも乗り換えの時間があった。われわれはインツーリストの世話で、クレムリンに近いなかなか快適なホテルに宿泊した。仲間は市内見物に出かけたが、私はホテルに残った。モクスワからウラジオストクまでは、一〇日間の列車の旅で、戦時中にもかかわらず車両は手入れが行き届き、われわれはコンパートメントごとに分かれて乗った。熱い湯が自由に飲めた。われわれは食料品を持ちこみ、それを食いつないだ。行けども行けども同じような風景が続いた。無限に広がるロシアの大平原と野生味あふれるシベリアのステップ地帯に、われわれは目をみはった。

列車のサービスはよかった。インツーリストの客は、米ドルの前払いということもあって、丁重に扱われた。ロシア人乗客との接触はほとんどなかった。私たちのコンパートメントは、気持ちのよいベイト・ミドラシュに変った。安息日の始まる夜、妻はローソクをともし、静かな聖日を祝った。ユダヤ暦の新年のロシュハシャナも車中で迎えた。正式の祈りに必要な成人男子一〇名以上を集め（ミンヤンという）、例のショヘット氏がショファルすなわち雄羊の角笛を吹いて、新年を祝った。ロシア人の乗客に迷惑をかけるといけないので、われわれは礼拝をはしょった。でも車掌たちは、礼拝中邪魔にならぬようわれわれから離れてくれた。

列車の旅も終わりに近づいたころ、かつてユダヤ自治区として開かれたビロビジャンに一時停車した。われわれは列車から降り、現地職員にビロビジャンについていろいろ質問した。その人はユダヤ人だった。どこへ行くのかと逆にたずねる。われわれはエレツ・イスラエルをめざすと答えた。「運のよい人たちだ」と彼は言った。感慨をこめた声だった。それからというもの、彼はとめどもなくしゃべり続けた。近くにいた警備兵が来て、外国人との接触は禁じられている、と話をさえぎった、このユダヤ人職員に迷惑がかかったのではないだろうか。

ウラジオストクには、船待ちで六日間滞在した。インツーリストはジャロスキンホテルへ泊めてくれた。部屋は広々としており、黒パン、塩づけニシンそして卵がたくさんたべられた。われわれは、難民というより旅行者のような扱いをうけた。仲間たちは市内探索に出かけ、あちこちで古着を売った。ホテルのまわりには闇商人が多数たむろし、何でも買った。家庭用品が特に不足しているようだった。私は家族とともにホテルに残った。

希望の光を抱いて

ユダヤ暦で一番聖なるヨムキプール（贖罪の日）は、部屋で礼拝した。私たちは心からこの聖日の祈りをささげた。ヨムキプールが終わった後、私たちはエマヌエルが高い熱をだしているのに気づいた。動転した私たちはホテルの職員にすぐ医者を呼んでほしいと言った。やってきたのは、たいへん思いやりのある女医さんで、お子さんは軽い肺炎にかかっているから、近くの病院へ入院させなさいとの診断だった。子供はきちんとした手当をうけ、まもなく回復した。私たちはほんとに救われた気持ちで、神に感謝した。医者は礼金をどうしても受けとらなかった。その温かい心に私たちは感動した。ロシアの社会は全体としては粗野で乱暴だが、ロシア人個々人は実におおらかな心を持ち、人情味にあふれていた。

一〇月一六日、われわれはついにウラジオストクを離れ、日本の敦賀へ向かった。二日間の船旅だったが海上は荒れ模様で、客船は大波に翻弄された。乗客のほとんどは船酔いに苦しみ、ベッドに横になってゲエゲエやっていた。私は以前の船旅のときと同様少しも船酔いせず、息子も平気だった。私は息子を連れ、広々とした食堂へ行った。人影はなかった。私は船窓から外を眺めた。押しよせる山のような波を見ていると、この一年間のできごとが、走馬燈のように思い出された。ワルシャワ脱出のときからウラジオストクへ向かう日まで。それは苦難と試練のときであった。とてつもなく大きい悲劇に襲われたポーランドのユダヤ人社会が、崩壊していった一年だった。絶望しかないのだろうか。希望はないのか。腕にだかれた赤ん坊の笑顔を見ていると、心がなごんだ。

ラビのシモン・バル・ヨハイと息子のラビ・エラザルの話を思いだしたのは、かなり年がたってからである。二人はローマの迫害をのがれて、一三年間も洞穴で暮した。ある日洞穴から出てみると、驚いたことに世界は《正常に》機能しつづけていた。すると、困惑したエラザルの目から炎が吹き出し、すべてを灰にしたのである。父は、「世界は《私とお前》以外は必要ないのである」と言って、息子をなぐさめたという。この話は、継続のなかに存する力を象徴している。父と子は希望、再生、そして復活のシンボルであった。激浪に翻弄される日本船に父と子が乗っている。この光景を心に描いていると、かすかな希望の光が、突如としてひらめいた。ここにこうして小さなエマヌエルを腕に抱いて立っていられるのなら、再生の可能性はあるのではないか——イスラエルの栄光は、主が私たちとともにあられるがゆえに、消え去ることはないのだ。

第2部

日本経由のパレスチナ移住

戰火に追はれて
漂泊する北歐人
ハマの宿屋は大入滿員

ヨーロッパの戰火に逐はれて避難した北歐の小國ポーランド、リスアニア、ラトビア、ノルウエー等から中南米に落ちのびる避難民でハマの二流、三流ホテルはこの處大入滿員、季節はずれの賑ひに幾分やはらいだホテルのロビーでこれ等避難民の憂鬱な顔が同情をひいてゐる

第1章　日本に来たユダヤ難民

日本の印象

敦賀で下船した。風変わりでエキゾチックな土地だった。人々は規律正しく勤勉で、一見したところ穏やかだが、内向的で疑い深くもあった。ヨーロッパでは、日本人と中国人、朝鮮人の区別が全然つかなかったが、ここに来て、少しずつ日本人の容貌の特徴がわかるようになった。

日本は人口過密国で大平原などなく、土地の隅々まで耕作され、人が住んでいた。四方を囲む海があるおかげで、広大無辺の感じがするのである。港には漁船があふれていた。漁師たちは毎日朝早く漁に出て、たそがれのころ網を一杯にしてもどってくる。田舎は、小さな田んぼが続き、たくさんの男女がひざまで泥水につかって働くのである。住民は、日本の主食である米を食べるが、器用な箸《はし》さばきには感嘆のほかない。工場や作業場で労働者はわき目もふらず、熱心に働く。きちんとした作業である。繊細な芸術品を生み出す美的感覚は、現代の産業に応用されている。日本に安息日はなく、官庁と大手企業のみが日曜に休むだけである。軽い木でできた小さな家屋は手入れが行き届いて清潔である。それが都会や田舎のいかんを問わず、際限もなく立ち並んでいる。

おもな宗教は神道であった。祭礼と先祖崇拝そして八百万《やおよろず》の神々がミックスされた異教である。聖の伝統は、天皇とその皇統に象徴的に表現されているのであるが、それでも神道信者は国民の三分の一にすぎない。大衆の宗教は仏教であり、人口の半分がいろいろな宗派に属している。仏様をまつる行列が頻繁にあった。キリスト教は日本の社会に根づかず、信者の数は人口の一％程度にとどまっている。一六世紀と一九世紀に、大きな布教活動が試みられたが、二回とも失敗した。クリスチャンは、片手に福音書もう一方の手に剣を持った征服者とみなされた。日本人にとってその宗教はキリスト教軍であり、神父はその尖兵なのであった。回教にも同じことがいえた。一般的にいって、外国人に対する警戒心があった。政治上からみれば、日本人はロシア熊に抱きこまれるのを恐れていたし、大洋を越えてのびてくるアメリカの野望も警戒していた。

神戸のユダヤ人社会

日本はユダヤ人のいない国である。横浜と長崎には、ダビデの星やヘブライ文字を刻んだユダヤ人の墓がいくつかある。いずれも一九世紀のもので、ユダヤ人貿易商が日本に滞在中亡くなったのであろう。日本にユダヤ人社会はなかった。

一九四一年三月のある安息日に長崎にいたことがある。ここは後にアメリカによる原爆の投下目標となった。私は、かつてユダヤ人が所有していたホテルに泊った。古いロシア語の新聞綴りを見ていると、長崎にＪＮＦ（ユダヤ民族基金）委員会設立という記事が目についた。一九〇五年である。しかし、長崎には一人のユダヤ人も残っていない。この人口過密国日本に、ひとつだけ小さなユダヤ人社会があった。神戸に三〇家族ほどいた。ロシアから革命後逃げてきた人たちだった。東京と横浜にもユダヤ人がいたが、それぞれ数家族だった。神戸には、バクダット、バスラおよびテヘラン出身の東洋系ユダヤ人もおり、小さな社会を形成していた。いずれも貿易をなりわいにする人々であった。日本国籍をとった人はわずか一人である。奥さんが日本人であったのでそうしたらしい。

ロシアで何か事件が起きるたびに――一時の避難ではあるが――ユダヤ人が日本に住みついた。たとえば日露戦争の後、長崎に小さなユダヤ人社会が生まれたし、ロシア革命のときも、少数ながらユダヤ人が逃げてきた。この人たちはその後アメリカ、オーストラリアへ移住したほか、天津や満州のハルピンに居を構えた。

神戸のユダヤ人社会はかなり組織化されていた。小さなシナゴーグ（ユダヤ教の会堂）がひとつあったし、沐浴斎戒用のミクベ、そして家畜屠殺人のショヘットのほか、割礼式を執行する人も一人いた。しかし、アシュケナージ（東欧系）社会とスファルディ（スペイン系）社会の関係は冷たかった。横浜にユダヤ的日常生活を送るすべはなく、ときたま安息日にシナゴーグの礼拝が行なわれる程度だった。日常生活のなかで起きる宗教上の諸問題は、神戸のほか海外のユダヤ人社会に問い合わせて解決された。大半のユダヤ人はロシア出身だったので、全体からみると在日ユダヤ人は、労働シオニズムの主流からずれた修正主義派シオニストであった。ロシアでボルシェビキ革命が起きた後、ロシアのシオニストはその傾向を帯びたのである。日本のユダヤ人社会は、ユダヤ世界の中心から遠く離れ、その生活は寥々たるもので、淋しいかぎりだった。ユダヤ人は周囲の異質な文化的環境にとけこむことはなく、さりとて独自のもので埋めあわせる手段や方法をほとんどもっていなかった。孤立したなかで、この小集団はひとつの大きな家族となった。ポーランドから強固なユダヤのルーツをもつ難民がやってきて、これが新しい力を注入し、子供のころの生活を想起させるノスタルジアをかきたてた。ユダヤのアイデンティティが強く残っていたから、難民は諸手をあげ温かく迎えいれられた。世界各地のユダヤ人救済組織との連絡はついており、特にジョイント、ＨＩＡＳ（ニューヨークに本部をおくヘブライ移民救済協会）およびＨＩＣＥＭ（一九二七年にＨＩＡＳなどを中心につくられた移民協会）との関係が強かった。ソ連のユダヤ人社会は動揺し、東欧のあのユダヤの大中心地は破壊された。在日ユダヤ人社会は、息をひそめながら同胞の命運を見ていた。

日本に到着してまもなくして、私は結婚式に招かれた。式の後、五十代の新郎が部屋の片隅にたたずみ、涙を流しながら私たち数人の難民に自分の半生を語りはじめた。二十数年前ロシアから満州へ脱出し、国境を越えようとして妻と娘がソ連の国境警備隊に捕まり、留置所に送られたという。二人が何度も逃亡を企てたため、刑期が長くなり数年間の強制労働刑を言い渡された。しばらくの間は手紙その他の方法で連絡をつけられたが、ある日を境に消息がわからなくなった。月日がたつにつれ、再会の望みはなくなり、年もとって孤独に耐えられず、再婚を決意したとの話だった。われわれはもらい泣きした。新郎を励まそうとしたが、内心では慄然とするものがあった。この瞬間に、何十万という同胞が難民となって同じ運命に泣いているのだ。危うく逃れたとはいえ、われわれだっていつこの災難に出会うかもわからない。

ユダヤ教と日本人

日本では、小辻節三氏をはじめその友人たちと知りあいになり、楽しい会合に招かれた。氏は代々神主の家系で、先祖は一四〇〇年の歴史を有する賀茂御祖神社（京都の下鴨神社）の神官だったという。小さいころから宗教的雰囲気にひたって育ってきたのだが、青年期に達するころから神道や仏教あるいは儒教思想に物足らなさを感じるようになり、自分で神を探し求め、キリスト教にたどり着いたとか。キリスト教の教育施設で数年学んだのであるが、これも氏の心の飢えを満足させなかった。少年時代から聖書に親しみ、熱心に読みふけっていたのだが、勉強するにつれ、唯一神すなわち聖書の神へと導かれていったのである。氏は三位一体的性格のゆえにキリスト教を否定するようになった。人間の神化に我慢ならなかったのだ。初めて彼に会ったとき、タルムードにある「偶像を否定する者は誰でもユダヤ人と呼ばれる」（メギラ一三章）の言葉があてはまる人だな、と思ったことだった。彼は宗教的《体験》を望んでいた。彼にとっては聖書を読み学ぶことが、その体験のひとつであり、彼はアブラハムやイサクあるいはヤコブの末裔について、ユダヤの民とその歴史、文化についてもっと知りたいと願った。一九三七年にアメリカのキリスト教系大学でまとめた博士論文は、「セム族のアルファベットの発展」をテーマとする内容だった。彼は、日本語によるヘブライ語文法手引きも編集した。

ポーランドからユダヤ人難民が到着したことにより、小辻氏にユダヤ的生活を知る機会が与えられた。彼は、特にラビと神学生に心をうたれたという。われわれは友達となり、彼は鎌倉からときどき会いにきてくれた。われわれはあちこちを長時間歩きまわりながら、宗教や哲学、日本史あるいはユダヤ史について語りあった。当時私の英語能力はたいしたものではなく、小辻氏のヘブライ語も、詩編を何章か暗唱していたものの、聖書ヘブライ語で、それもつっかえながらの話し方であった。会話は必然的にスローペースとなり、長い沈黙が続くことがあった。それは二人の熟考の時間であった。この会話の進み方には、どこか儀式めいたところがあった。

探究を続ける人は小辻氏ひとりではなかった。少数ながらインテリが氏のまわりにいた。ときどき討議に参加する人のなかに、三笠宮がおられた。小辻氏のグループが進めているプロジェクトのひとつに、H・グレーツの『ユダヤ民族史』の翻訳があった。さらに私は、日本に日本・ユダヤ同祖論のあることを知った。失われた十部族のひとつが日本に渡来したという話で、そのような報告は、ユダヤ人難民に与えられている尊敬をいちだんと高めるのだった。

私は、うすうすとではあるが、日本のインテリが深い精神的・知的危機に直面していることを、少しずつ理解するようになった。彼らは、神道や仏教を守りながらも、その一方で純粋な型での一神教を追い求めていたのだ。キリスト教は布教に失敗したが、ユダヤ教なら、唯一の神を求める日本人に答えを与えられるかもしれない。しかし実際問題として、私は異教徒の改宗活動に反対である。精神的救済と、もっと住みよい世界にするためには、ノアの七つの律法だけで十分である。ずいぶん年がたって小辻博士がイスラエルへ来たとき、彼は、きちんとした手続きを踏んでユダヤ教に改宗したいと言った。私はあまりすすめなかった。改宗者の輪が勝手に広がるのは、私の欲するところではない。しかし小辻博士の決心が固いことを知ったので、私は助力した。一九五九年九月九日、シャアレ・ツァデク病院で行なわれた割礼式には私も立会った。博士は割礼式を終えアブラハムという名をもらった。われわれは彼を同胞として迎えた。客として数回私の家へ招いたが、彼は五カ月イスラエルに滞在した後、日本へもどり、しばらくしてアメリカ系大学の聖書講師となった。一九七三年に死去したが、エレツ・イスラエルに埋葬してほしいというのが遺言であった。当時私は宗教大臣の地位にあったので、小辻氏の最後の意志を果たしてあげることができた。彼の墓はエルサレムにある。私は墓地で故人への追悼文を読んだ。

小辻氏は自伝のなかで、ポーランドからのユダヤ人難民のため一肌脱いだと書いている。神戸居住の許可は定期的に更新の必要があった。氏は通訳として働き、難民のため日本政府当局にかけ合ってくれたという。私をはじめとする難民仲間の居住許可は問題なく延長された。私が世話になっているホテルのオーナーは、しばしばこの問題を片づけてくれた。一、二回警察に呼ばれたが、滞在目的と離日見通しを説明すると、私はすぐに必要な証明を受けることができた。

神戸のユダヤ難民

日本へ流入した数千のユダヤ人は神戸に集中した。絶対数がそれほど多くなかったから、日本社会の負担にはならなかった。住民は難民の境遇を理解し、行動で同情心を示した。しかしながら日本政府当局は、外国人が日本に漂泊するのをあまり歓迎しないようであった。当時日本は、大戦に積極的に関与する準備を進めていたのだ。

一九三九年から四一年にかけて極東に来たユダヤ人難民は、二つの波となって流入してきた。第一の波は、一九三八年一一月一〇日に発生したクリスタルナハト（ナチ政権が全国的、組織的にユダヤ人

クリスタルナハトで破壊されたユダヤ人商店（1938年11月、ドイツ）。

を迫害した、水晶の夜事件。破壊されたユダヤ人商店のガラスが路上一杯に飛び散り、夜の光で水晶のようにキラキラ光ったといわれる）の後、ドイツから流出したユダヤ人たちで、入国ビザの必要がない上海へ向かった。上海に集まったドイツ系ユダヤ人の数は、一九三九年の中ごろに一万五〇〇〇人ほどに達した。同年八月一六日、上海市議会は条令をだし、八月二一日以後上海行き船舶に乗船する難民の、上海上陸を禁じた。さらに九月二二日には新しい条令がだされ、四〇〇ドルの保証金を積む外国人、上海住民の近親者または住民と結婚する者、労働契約を結んでいる者に限定されることになった。上海の日本租界およびフランス租界へ入るのは、もっと厳しい条件があったので、まず不可能だった。上海には、イタリアが参戦するまで（四〇年六月一〇日）、難民がぽつりぽつりとやってきた。当時、ドイツから上海への海上ルートは封鎖されていた。上海の国際租界の許可をもつドイツ系ユダヤ人約二〇〇〇人は、そのころ独ソ関係が良好であったので、ソ連の通過ビザを取得できた。彼らはモスクワ、ウラジオストク経由で日本へ来た。日本は、一九四〇年七月からヨーロッパから流れたユダヤ人難民の中継点および仮住まいの地となった。しかし、日本へやってくる難民の波は、一九四一年六月の独ソ戦の勃発とともに完全にストップした。

一九四〇年七月から四一年五月末までの一一カ月間に、四六六四名の難民が日本に到着した。そのうち二四九八名がドイツのユダヤ人で、残る二一六六名がリトアニアから来た難民だった。ドイツ系ユダヤ人難民の波がピークに達したのは四〇年七〜九月で、この間に一五八八名が日本に着いた。リトアニアから流出した難民は、四〇年七月から日本へ到着しはじめた。四一年二〜三月の期間に一三八六名が日本へたどり着き、同年六〜八月期に、あと五五二名のポーランド系ユダヤ人難民がやってきた。結局、四〇年七月から四一年八月まで、ポーランド系ユダヤ人難民二七一八名が、日本に来たことになる。それには、ラビ七九名、神学生三四一名が含まれる。

ドイツ系難民は、上海入市許可書を所持していたほか、短期の日本滞在費も十分もっていたので、日本に対しては別に問題とならなかった。横浜には、ジョイントの金でＨＩＡＳがドイツ系難民委員会を設置し、ドイツ系ユダヤ人難民問題を専門に扱った。ここに救助を求めたポーランド系難民は、神戸在住ユダヤ人社会の設けた委員会へまわされた。しかしそのうちに、私が話をつけ、日本滞在の延期願いに関する当局との交渉には、横浜の方の協力が得られるようになった。

リトアニアから日本へ来た難民の問題は、前述のように神戸の委員会が扱った。三〇家族ほどのアシュケナージ系集団が、文字通りひとつの救援委員会となり、シナゴーグをはじめとする共同施設は難民センターに変わった。スファルディ系社会はいっこうに関心を示さず、委員会に協力しなかった。委員会は、敦賀港で難民を出迎え、日本滞在中難民の世話をした。金銭や物質上の面倒もみたのである。

財政援助の必要な難民のほとんどは、アメリカの通貨にして一日二八セント程度の援助金をもらった。神戸の委員会は、その資金をアメリカのジョイントに全面的に依存した。委員会は、難民の日本出国は扱っておらず、幹事のモシェ・ムサイエフ博士は一九四一年六月七日付で世界ユダヤ人会議にだした報告のなかで、「日本からの移住手続きは難民自身が行なっている」と述べている。実際には、難民のためのパレスチナ委員会が、エレツ・イスラエルを初めとする各地への移住手続きを全部やっていたのである。神戸委員会は、渡航費用資金関係でときどき送金チャンネルとなってくれた。後になると、難民委員会の事務処理を担当した。

神戸委員会の人々は、自分たちもかつてはロシアから来た難民でもあったから、新しく来るユダヤ人難民を温かく迎え、親身に世話した。神戸のユダヤ人社会と難民委員会メンバーとの関係は円滑で、家族も同様であった。

敦賀に到着した難民は、ほとんどが神戸に移され、そこで同胞だけでなく日本人からも深い憐れみの心をもって迎えられた。難民のなかには相当数のラビと神学生が含まれており、もみあげを長く垂らしあごひげをのばしたユダヤ人は、日本人にはめずらしい姿であった。生活様式やウィークデーと安息日の信仰生活は、もちろん違っている。しかしそれでも日本人の間にはわれわれに対する同情の

戦火に追はれて
漂泊する北欧人
ハマの宿屋は大入満員

ヨーロッパの戦火に追はれて漂泊した北欧の小國ポーランド、リスアニア、ラトビア、ノルウエー等から中南米に落ちのびる避難民でハマの二流、三流ホテルはこの處大入満員、季節はずれの繁昌に穢分やはらいだホテルのロビーでこれ等避難民の數奇な噂が同情をひいてゐる

バンド・ホテルでは昨年十一月から滞在してゐたギリシアからの避難者メヤニス氏の一團六名を數日前送り出した後ポーランド人A・テンペル氏夫妻、ラトビヤ人シヤピロ氏夫妻子供、リスアニア人ジヤコビー氏夫妻等がロビーの一隅に集つてなかなか[illegible]ス・ボートを心配してゐる

またセンター・ホテルではリスアニヤ人W・ヘレナ夫妻同H・アルベロウエック氏、ポーランド人ワルハフテイック夫妻子供等がそれぞれ見ぬ行き先き地の話題をひろげて語り合つてゐる、ホテルではこれ等の避難民を收容し切れずバーやロビーへまでもベッドを持ち出す始末である、ワルハフテイック氏にポーランド脱出の話を聴く

一九三八年獨軍がポーランドに進駐、ワルソー空襲が始まつた當時私はワルソーで弁護士をしてゐましたがいよいよ首都が危險だといふので附近の二十家族を引きつれて脱出しました、リスアニヤからラトビヤと漂泊の旅の後ロシヤからシベリヤ經由で二ケ月程前日本まで落ちのびました、家や財産はどうなつたか母國との連絡が絶へたので全く解りません、一緒に落ちて來た二十家族は醫者、教師、技師等様々ですが所持金が少いのでユダヤ人救濟會からの援助金で全

1941年１月12日付の朝日新聞に掲載された、筆者のインタビュー記事。

念がみられた。私は日本の代表紙のひとつである朝日新聞にインタビューされ、難民が直面する諸問題についてたずねられたことがある（一九四一年一月一二日付同紙）。

横浜での活動と生活

私と仲間は神戸には数日しか滞在せず、ポアレイ・シオン（一九〇三年に創設された社会主義政党）の活動家数人といっしょに、横浜へ移動した。しかしほとんどの人は、ユダヤ人社会があり難民救援の中心である神戸へまいもどってしまった。私は日本滞在中は横浜にとどまり、難民問題の仕事で週に一～二回神戸へ行く生活を続けた。鉄道で一二時間かかったので、時間を節約するため夜行列車に乗り三等車で仮眠するのを常とした。

あるとき神戸から横浜にもどったところ、電報が届いていた。ラビのイサク・ルービンシュタイン師が敦賀に到着予定という。私はすぐ下りの汽車に乗って神戸へ引き返し、そこから敦賀へ向かった。神戸委員会代表といっしょだった。難民が不案内の異国で知人に出会うくらい心強いことはない。ルービンシュタイン師は短期滞在でアメリカへ向かったが、難民の苦境を象徴する存在だった。師は《リトアニアのエルサレム》と称されたビルナのラビだった。信仰の先達として尊敬され、ポーランド上院ではユダヤ系議員三名のひとりとして活動した。ミズラヒ（一九〇二年に生まれた宗教系シオニズム運動）の指導者で、シオニスト運動では指導的立場にある人物でもあった。難民となって存在基盤は失われ、栄光は去った。師は新しい環境に適応できなかった。師はすっかりうちひしがれ、日本滞在中はビルナに残した娘を案じながら暮した。ニューヨークではエシバ大学で教え、イーデッシュ語で第一次大戦からの回想録を出版した。しかし、彼はかつての師ではなく、上背のある誇り高き面影は失われ、みじめな姿となり果てたまま一九四五年にニューヨークで客死した。

私が、東京に近い横浜に住む方を選んだのは、大使館、領事館そして大きな旅行代理店が、全部東京に集中していたからである。私は、難民を代表して海外移住に関する件をすべて扱っていたから、こちらの方が都合が良かった。大使館や領事館で私が足を踏み入れなかったところはひとつもない。私は、日本滞在中の難民あるいは到着予定の人のため、避難先の確保や通過ビザの取得にかけずりまわった。これはと思う公館、団体、会社などを網羅し、住所と電話番号のリストをつくった。これが私の作業道具だった。

横浜では四部屋のアパートを共同で借り、キブツを作った。私は家族もちなので一部屋を割り当てられた。われわれは所持金を全部プールし、妻がほかの人の助けを得て食事を用意した。ラビ二名

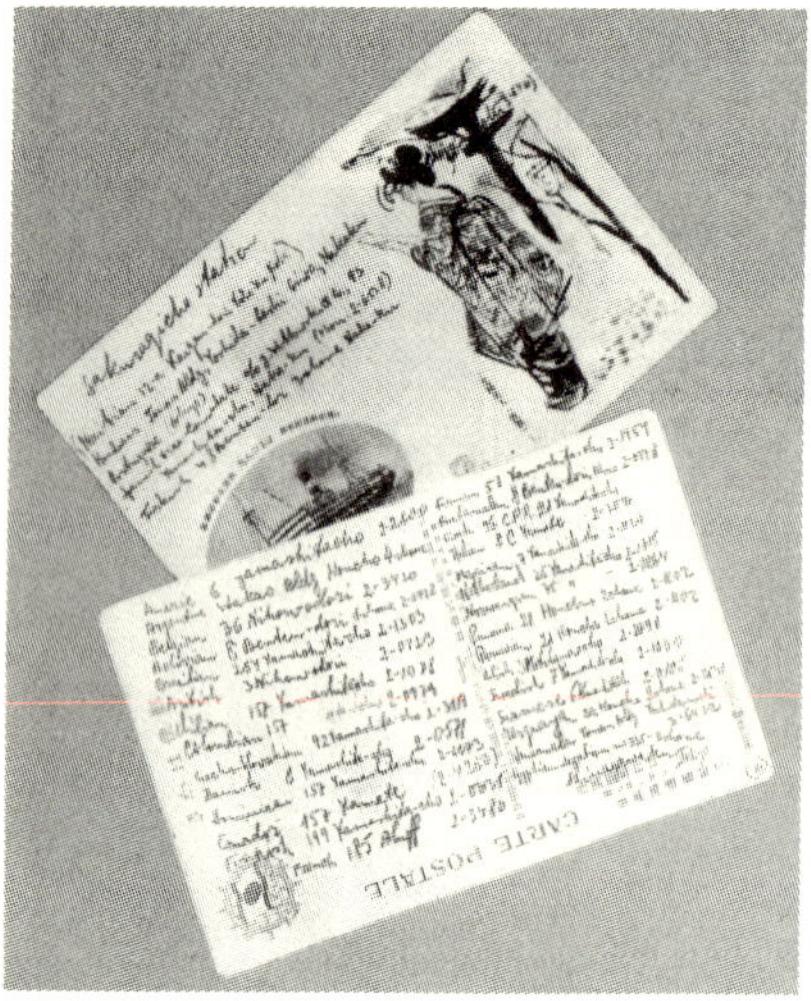

日本海汽船の絵ハガキに書かれた在京外交機関の住所と電話番号。これを手に筆者はビザの取得に奔走した。

（ひとりは哲学講師）、ショヘットと技師が各一名、それに家族もちの弁護士こと私の一家、の構成だった。このような雑多集団が調和のとれた共同生活をするのはむずかしく、一カ月でキブツは解散した。私の一家は市のなかほどにあるセンターホテルという小さな宿に移り、ほかの人は神戸へ去った。でも皆との連絡はたやさず、手紙や電報でやりとりを続けたほか、神戸へ行くと必ず皆と会った。

横浜での食生活は、魚、米、野菜そして卵が中心だった。妻が部屋のなかで小さな石油コンロを使って料理した。ユダヤ暦の祭日のときは、神戸の友人たちが何か食物を送ってくれた。肉を食べるのは本当にまれで、キブツ時代めずらしくも鶏肉が手に入った。でもわれわれがうっかりしていたため、肉はトレイファ（食物の戒律上清浄でない意）となり、涙をのんで犬にやらなければならなかった。日本滞在中われわれが肉を食べたのは一回か二回で、祭日の時神戸から送られたのを味わったのだった。

毎日難民が相談に来た。モスクワやウラジオストクで立ち往生している難民の日本通過ビザ問題、エレツ・イスラエルその他への移住問題その他のさまざまな悩みごとを、皆が抱えていた。訪問者のなかには、ラビや神学生が含まれる。悩みのひとつに宗教法上の基本問題があった。日本から日付変更線に至る地域で、安息日の時間をどうするかである。これについては、エレツ・イスラエルのチーフラビ庁と、この方面の権威であるハゾン・イシ（カレリッツ・アブラハム・エシャヤフ）とは、見解が違っていた。難民の圧倒的多数はチーフラビ庁の見解にしたがったが、神学生のなかにはハゾン・イシにしたがい、安息日を二日間順守する者もおり、なかにはヨムキプール（贖罪の日）に、二日間の断食をやる人まででてきた。

私はチーフラビ庁の見解を守ったが、一九四一年六月に日本からアメリカへ向かう洋上で、日付変更線を越えた時点で同じ曜日を二回迎えるので、私は安息日を続けて二日守った。

第２章　日本における難民救済活動

ひとときの安堵感

長い間緊張の連続だったので、日本に到着したときは本当にほっとした。数週間は安堵感でいっぱいだった。ミズラヒとポアレイ・シオンの両グループは同じ気持ちだった。血なまぐさい戦場から離れ、わが民族を襲っている大災厄のニュースも直接には届かない。日本の平穏な空気のせいで、われわれは自分が平和のなかに生きているという幻想に引きこまれていくのであった。不安と絶望の世界を後にして、比較的静かで落ちついた環境にとびこんだのである。心の底深くにひそむ不安も一時は消えた。

自然環境はもとより、人間やその精神世界が一転して変わり、われわれの好奇心をいやが応でもかきたてた。到着した当初は、ものめずらしさも手伝って、散歩や博物館あるいは展覧会見学に明け暮れ、観光名所にも足をのばした。女性たちは、単なるウィンドショッピングであっても、店に押しかけ日本の製品に目を見張った。束縛から逃れたという解放感があった。エレツ・イスラエルやほかの国にいる友人親戚に宛てた手紙が、如実にその気分を物語っている。

横浜、東京そして鎌倉で数週間過ごした後、難民のほとんどはユダヤ社会の中心である神戸に腰を落ちつけた。それから、個々人が身のふり方を考えたのである。私たちのグループも同様であった。ラビのブルメンクランツ師はエレツ・イスラエル行きの機会をうかがいながら、神戸にベイト・ミドラシュ（ユダヤ教の学び舎《や》）を設立した。ショヘットのシャウル・アムステルダムスキは、シカゴにいる婚約者と電報のやりとりをしていた。シカゴで生活を再建する計画だった。ラファエル・ミンツは才能のあるなかなか活発な青年で、食事担当となり、毎日市場へ行って野菜と魚を仕入れてきた。エレツ・イスラエルをめざし、神戸に移ってリトアニアから友人たちが来るのを待った。ラビのウルバッハ師は横浜に残ったが、数週間して神戸へ移動した。現状や将来を論じ分析するため、ユダヤ人たちとのつきあいを必要としたのだ。私の義弟は、アメリカへ向かうまで私を助けてくれた。

日本に来ても、長い間味わってきたユダヤ人におなじみの孤立感はなくならなかった。私は友人たちに対する責任を感じていたし、リトアニアに残してきた人々の運命を思うと、いても立ってもいられない気持ちだった。悪夢のような考えがとりついて離れなかった。ヨーロッパのユダヤ人が直面する状況である。このようなことから、私は年に似合わない危機感を抱いたのである。何とかしなければならないと思った。妻ナオミと長男と過ごすひととき、そしてまたイスラエルの神に対する信仰が、私に意志と力を与えてくれた。千万人といえどもわれ行かんという不退転の決意だった。

日本に到着すると、私はすぐにリトアニア時代の難民委員会メンバーに連絡をとり、活動再開を呼びかけた。しかし皆無関心になっていたので、私は単独で行動せざるをえなかった。カウナス、ビルナ、モスクワそしてウラジオストクから電報や手紙が続々と届きはじめた。いずれもビザの取得や渡航費の工面を訴える内容だった。キュラソ《ビザ》を所持する難民がリトアニアから到着しはじめ、日本経由のパレスチナ移住などについても相談を受けるようになった。ビルナに残った難民たちは、後をふり向きもしないでさっさと行ってしまったとか自分たちだけ逃げたといって、われわれを非難した。たとえば、

あなたには本当に驚いています……あなたが安全なところへ逃げだしてから、ずいぶん時間がたちました。それでもまだあなたは、私たちの悲鳴を無視なさるのですか。踏みにじられた者や見捨てられた者の味方と考えていただけに、本当にいやな話です。あなたと生活信条を同じくした者にとっては、特に複雑な気持ちです。耳をふさいで、悲しみにうちひしがれた私たちの叫びを聞かず、私たちを助け出すための行動をとろうとしないのですね。友よ、どうか目をつぶらないで下さい。どうか私たちのため行動して下さい。私たちのため声をあげ、ショファル（雄羊の角笛）を吹いて下さい、力のかぎり、いやそれ以上に……どうかどうか、急いで日本のビザとオランダ領東インドのビザを送って下さい。私たちのため、難民全員のため、がんばっていただきたい。成功を心から祈ります。

あとに残された者は不安を感じ、脱出者をねたみ、うらんでいた。

難民委員会の再建

そのころ私は、ソスノビク兄弟からも電報を受けとった。モスクワで立ち往生した難民で、日本の通過ビザが欲しいと苦境を訴えていた。キュラソ《ビザ》がないため当地の日本領事館から発給を拒否されたのだ。ウラジオストクまでの旅費はインツーリストに払ってあるのだが、日本のビザがないので、インツーリストは先へ行くのを許さず、カウナスへもどされるところであるという。

私はすぐ行動した。一見したところ筋道をつけないやり方であった。直接モスクワの日本領事に電報を打ったのだ。ソスノビク兄弟用のパレスチナビザ二通あり、両名の渡航費および滞日中の生活費を保証すると書き、エルサレム所在ユダヤ機関在日代表パレスチナ委員会とサインした。

奇跡は起きる。モスクワの日本領事は電文内容を額面通りにうけとめ、兄弟に通過ビザを発給した。二名はインツーリストグループに加わり、ウラジオストクへ向かった。兄弟はポアレイ・シオンの活動家だったが、日本にいる友人たちに私の協力ぶりを話したらしく、同運動の幹部数人が私に抗議した。共同体の仕事をひとりでやれると思っているのかというのである。どうも私は他人の領域へ足をつっ込んだらしい。でも私は、同志をソ連に残し、迫害されているのに目をつぶっているのか、力を合わせて立ち上がらねばならぬのではないか、と反論した。家族の生活費をきりつめて電報代を捻出しているのだ、安ホテルのシングルベッドで私など床に寝ているのだ。なんなら案内してごらんにいれる、と私は言った。彼らが文句を言える筋合いではないのである。

このちょっとした事件のおかげで、難民委員会が再建された。私はミズラヒを代表し、E・シュパケビッツがポアレイ・シオン、そして後からJ・ブラムがゼネラルシオニストを代表して、委員会に加わった。組織はカウナス時代と同様で、委員が頻繁に変わり、結局一九四一年六月中旬まで、私が中心になって活動した。その後は秘書のS・I・グラウデンツがついだ。

仕事の責任はおもにシュパケビッツと私にかかった。彼は私より二カ月早くアメリカへたち、私が日本を出国するころには、ウラジオストク経由で日本と上海へ流れてくる難民は、ゼロに近くなっていた。日本にいる難民も上海へ移送されてしまったので、パレスチナへの移住手配をする必要もなくなった。私はもっと早くアメリカへ行くはずであったが、妻のビザ取得がむずかしくて予定より遅れた。しかしそのおかげで、要件事項は全部片づけることができた。

日本の難民委員会はユダヤ機関執行部から承認され、イギリス委任統治政府はその旨在日イギリス大使に連絡した。権限を与えられたので、われわれはイギリスの大使館および領事館と交渉できるようになった。領事館は東京、横浜そして神戸にあったが、ほかの国の領事館とも正式の肩書きで話し合いができた。ポーランド大使館はまだ活動を認められており、同大使館と領事館には特に世話になった。当時大使はローマー伯で、東京の領事はカール・スタニシェブスキだった。東京には、ジンゴル、クリーガーの両氏を含めポーランド系ユダヤ人が数名いた。両氏は対日貿易に従事し、商工展示会に参加するため来日したところ戦争が勃発したため、日本に残ったのである。そのうちに家族も合流し、商売を続けるかたわら、ポーランド大使館の後援のもとで、ポーランド系ユダヤ人支援委員会の活動をしていた。われわれは両氏と緊密に連絡しあった。ポーランド大使館と領事館は、われわれが各国の領事館と交渉する場合、身元保証をしてくれたほか、折衝役として助けてくれた。パレスチナへ向かう人々の通過ビザのほか、オランダの植民地への《入国ビザ》の取得には、このポーランド公館の協力があった、《政治上の理由》で何名かの難民にカナダの入国ビザが与えられたが、その裏にはポーランド公館の影響があった。在日ポーランド人は、額としてはわずかだが困窮者に財政援助をした。大使館は、われわれが日本政府当局と交渉する際にも、バックになってくれたし、滞日延長の許可をもらう際も面倒をみるなど、われわれに対する態度は好意的であった。私はスタニシェフスキ領事と仲よくなった。大使のローマー伯は意気消沈しており、ポーランド滅亡のショックから立ち直れないでいた。

われわれが正式の肩書きを得たので、神戸在住のユダヤ人難民代表との関係も変わってきた。難民委員会は次の三点を中心にして活動した。

(1)ドイツおよびソ連の占領地から逃げた難民を、唯一の脱出ルートであるリトアニア経由で日本へ移送する。

(2)難民のパレスチナ行きを促進するほか、諸外国への移住に協力する。

(3)在日ユダヤ人難民でパレスチナへ行けない者に対して、上海への一時居留を斡旋するほか、リトアニアから脱出する難民の上海行きを手配する。

極東に来た難民の数

日本へ来た難民と日本を経由しないで上海へ行った難民の合計数は、カウナスのオランダ領事館のだしたキュラソ《ビザ》の発行数と一致しない。キュラソ《ビザ》で日本の通過ビザや上海居留許可が得られたわけだが、数字をこれから比較してみよう。

リトアニアから日本へ来た難民は二八〇〇名だった。そのほか二〇〇名が直接上海へ行った。つまりリトアニアから極東へ来たのは約三〇〇〇人である。しかし一方、カウナスのオランダ領事館は一二〇〇のキュラソ《ビザ》しかだしていない。ストックホルムのオランダ領事館が四〇〇通だしているので、合計一六〇〇通である。一方、カウナスの日本領事館は一六〇〇通ほどの通過ビザを発給した。だが前述のように極東到着数は三〇〇〇名だった。さらに、われわれの考えでは、オランダの《ビザ》あるいは日本の通過ビザをもつ人は、全員がそれを利用できたわけではない。ドイツやソ連の占領地にいる肉親の到着を空しく待ちつづけた人やソ連の出国ビザを得られなかった人、あるいは渡航費の工面がつかなかった人がいるのである。

数字の不一致は、われわれの努力の結果ほかの脱出法がみつかり、それを利用した難民がいたためと思われる。キュラソ《ビザ》と日本の通過ビザをもつ難民の波に、この種の証明書をもたない者が加わった。彼らは一行にまぎれこんでモスクワへ行き、そこでビザをもっていないことがばれてしまったのである。ビザなしでウラジオストクへたどり着いた者もいる。この難民たちは、インツーリストの黙諾があったりなかったりしたのだが、旅費を全額払いこみ、あとは運まかせでモスクワの日本領事館でビザを取得しようとした。

ソスノビク兄弟の場合は、神戸のユダヤ人協会、私やシュパケビッツなど数人の難民委員会メンバーに電報を打って、苦境を訴えた。協会は回答せずシュパケビッツにまわした。結局私が責任を負って、前述のように日本の領事に打電したのである。もっともらしい電文のおかげでビザが発給され、兄弟は一九四〇年一二月二一日敦賀に到着した。二人は翌年一月一九日日本をたち、パレスチナへ向かった。

それから長い歳月がたった。一九六九年の某月某日、バルーフ・オレンという人が私をたずねてきた。ソスノビク兄弟のひとりで、戦時中のエレツ・イスラエル移住記だといって、私に一冊の本をくれた。「私のためイスラエルのため尽力された宗教相ゾラフ・バルハフティク博士に感謝の意を表し、本書を捧ぐ」と献辞が書いてあった。

さまざまな試み

ソスノビクの例から、私は救出活動にはフツパ（強引、厚顔の意）が役に立つことを知った。そこで、同じような例について同種の電報を打ちまくった。しかしこの方式もすぐにだめになった。モスクワの日本領事は、自分で気づいたのか東京の本省から警告されたのかわからないが、難民委員会が公の団体ではなく、通過ビザ発給の勧告をする立場にないことを、知ったのである。われわれは再びほかの作戦を考えなければならなくなった。

一九四一年の初め、友人のナタン・ガトビルトがリトアニアから日本へ到着した。神戸のオランダ領事館に工作を依頼したところ、うまくいった。カウナスのオランダ領事館でやったのと同じ形式で、キュラソ／スリナム《ビザ》を数十通だしてくれたのである。われわれはすぐさまモスクワとウラジオストクへ打電した。この方法もすぐにだめになった。ウラジオストク・敦賀航路の日本船で、船長は当初この証明を携帯する者の乗船を認めた。しかし、船長は自分のミスにすぐに気づいた。日本の通過ビザなしでキュラソ入国《許可》だけでは、どうにもならないとわかったのだ。

モスクワで外交官の集まりがあって、日本とオランダの領事がたまたま席を同じくしたことがあった。話がキュラソ／スリナム《ビザ》の性格におよび、オランダ領事は本当の意味を説明したといわれる。その後日本領事は、キュラソ《ビザ》所持者に日本の通過ビザを発行しなくなった。誰かが、チタの日本領事はどうだろうと提案した。あそこにはオランダの領事館などないし、したがって日本の領事は事情を知らないだろうというわけである。最初はうまくいったが、この方法もすぐにきかなくなった。一九四一年二月六日、われわれのところに「プラコブスキー、日本の通過ビザなしで移動中、ビザを電報でウラジオストクへ送れ」と依頼電報が届いた。チタからであった。

それでもこりずにわれわれは、難民の何割かをモスクワからチタへ向かわせて、そこで通過ビザをとらせるようにした。そうしていると、上海はまだこの方法がきくことがわかったので、われわれはこの抜け道を最大限に利用した。そして第三ルートを開設して、ウラジオストクから上海へ直航させる方法もとった。しかし、これはあまりうまくいかなかった。船長の善意次第だったからで、しかも直航便が少なかった。すぐに乗船客は、上海居留許可書の提示を求められるようになった。それがないと、上陸を許可されない恐れがあった。そうなると、ウラジオストクへ送り返されてしまうのである。そこでわれわれは、八方手を尽して居留許可を事前にとるように努めた。

一九四一年三月中旬、ウラジオストクから難民三五〇名を乗せた天草丸が、敦賀に到着した。八〇名は日本の通過ビザをもっていなかったので、ソ連へ送り返されようとしていた。あるロシア語の新聞が、次のような東京発のロイター電を掲載している。

敦賀からの情報によると、ヨーロッパから当地へ到着した天草丸乗船難民三五〇名のうち八〇名は、上陸を許可されず船内にとどまって当局の調査を待っている。当該難民は、アメリカ合衆国と南米へ向かう予定であった。

神戸のユダヤ人社会が行動してくれたおかげで、この問題は解決した。しかしそれ以後日本船の船長は乗客のえりわけに目をひからせるようになった。なかには、ビザなしの難民が敦賀上陸を許されず、ウラジオストクへ送り返されたケースがある。この人たちに対して、われわれは通過ビザを取得したうえ、さらに敦賀までの切符を手配してやらねばならなかった。

東京のポーランド大使館が、小さな難民グループを助けてくれることもときどきあった。われわれが、ウラジオストクの難民はポーランド国民と証言すると、大使館はそれを根拠として、滞日中の保証のほか、日本から他国への移住世話もやってくれた。

難破船からの叫び

日本の難民委員会は通過ビザを取得できるという話が広がり、ビルナ、カウナス、テルズ、ポネベズ、シャブリ、リガ、モスクワ、チタ、ウラジオストク、エルサレムそしてニューヨークから、それこそ数百数千の依頼がわれわれのところへ届いた。難民個々人だけでなく各種団体からのものもあった。リトアニアの難民神学校校長たちはいまや必死となり、在米代表とともに懇請してきたし、正統派ラビ連合とその構成団体のバアド・ハハザラ（救援委員会）も同様であった。キュラソ・日本ビザをとれなかった神学生のリストをつけ、至急手配たのむという。エレツ・イスラエルとアメリカのラビや有力者も、身内や友人などのビザ手配を要請した。エルサレムのユダヤ機関執行部も例外ではない。百名単位のリストを送ってくることもあった。リトアニアのパイオニア運動も必死に脱出ルートを求め、ヘハルーツ連絡委員会から要請電報がきた。

手紙や電報のやりとりは、特別のルールにしたがって行なわれた。私がリトアニアを出るとき、秘密の脱出活動は同僚に代わってもらったが、私の名前はソ連の秘密警察ＮＫＶＤの《指名手配》表にのっていたので、指示や情報交換にその名を使うわけにはいかなかった。そこで、神戸ユダヤ人協会の略称ジュウコム・コーベを使い、それだけですべての電報が私の手許に届くようにした。それだけの宛先で、おびただしい数の電報が舞いこんだのである。

要請がくるごとに、われわれがなんとか日本の通過ビザを取得してやると、それに輪をかけた数の要請電報が殺倒した。戦争が本格化すると、ビルナ、カウナスからユダヤ人難民が新たに脱出しはじめ、ひとつの大きな波となってモスクワ、ウラジオストクそして日本へと流れていった。リトアニアの難民は、難破船上の生き残りと同じで、沈みかけの船から乗員が救命艇に飛びおりるのを見ているのと同じ状態にあった。私のファイルには、悲鳴をあげる人々のかなしい手紙や電報数千通が残されている。一九四一年六月に勃発した独ソ戦で、独ソ国境地帯は巨大なユダヤ人墓地と化した。ユダヤ人たちはモスクワあるいは遠くチタまで逃れ、海外へ脱出しようとした。しかしビザがないために立ち往生したのだ。一通の手紙あるいは電報が遺言状になった例が無数にある。

電文から悲鳴が聞こえる

一九四〇年一二月末、一時的ではあるがモスクワのトルコ領事館が通過ビザを発給するようになった。それまでは、パレスチナ移住許可書を手にする人々も、日本経由でパレスチナへ行こうと、日本の通過ビザの取得をわれわれへ要請した。トルコ経由が可能になると、パレスチナ移住許可保持者の依頼はさすがに少なくなったが、それでもゼロになったわけではない。そんな依頼者には、オデッサルートが近くて安いし安全である、と回答した。だが、前にも述べたように、パレスチナ移住許可はおろか、キュラソ《ビザ》すらもたない人々が、モスクワやウラジオストクで立ち往生していたのである。窮状を打開するには、日本の通過ビザを取得する以外に手はない。それができるかどうかは、われわれの努力いかんにかかっていた。たとえば、一九四一年一月二八日モスクワからきた電報は「通過ビザ得られず、上陸費用の保証金と日本領事への連絡たのむ、途方に暮れあり、至急返事待つ、ヨセフ・シュヘヒンスキ、ノボモスコブスキホテル」と窮状を訴えていた。

一九四一年三月四日、私が上海に滞在中のことだったが、一通の電報が届いた。レシュヒンスキという人の両親がモスクワで立ち往生中で、トルコの通過ビザ取得のためユダヤ機関の力添えを求めていたのだが、それが無理だったらしく、「状況絶望、上海居留許可手配求む、返事まつ」という内容だった。翌五日には、神戸からモスクワの窮状を訴える電報がきた。数十名の神学校関係者がモスクワで立ち往生し、しかも当市の滞在期限が切れ、ウラジオストク行きも論外、残された道は上海行きしかないので、少くとも二〇名分の居留許可取得をお願いするとあった。電文から悲鳴が聞えてきそうな状況だった。三月二二日には、同じような電報がウラジオストクから届いた。今度はドリンコ・

ダビッドという人からで、日本領事にキュラソビザを認めるよう説得してほしいという。一行一二名のうち七名が立ち往生したのだ。これもなんとか片づけることができて、一行は日本に到着し、その後パレスチナへ渡った。

難民たちは小さな集団で次々と極東へ向かったので、そのたびに問題が生じた。四月一〇日、ウラジオストクからラパポートおよびメーンズの連名で、至急電報がきた。四月一六日に上海行きの直航船アルクティダ号が出航する由で、上海のラビ・アシュケナージ師に居留許可の手配をインツーリスト経由で求めているが、なしのつぶてなので私に善処してほしいという。一〇日にさらに一通、そして一四日にも依頼電報がきた。

四月二八日、ウラジオストクから到着したばかりの難民メイル・パンタルが手紙を寄こした。一行一四名のうち三名が証明書不備のため、ウラジオストクで足どめをくっていた。この人たちの救出にはとりわけ苦労した。一人ずつ日本へ脱出させたのだが、最後の一人が、五月七日に「日本ビザがなく立ち往生、ぜひ力添えを……」と打電してきたように、時間もかかったのだ。

日本が唯一の脱出ルートに

話は前後するが、一九四一年三月一三日付でモスクワの難民たちから、トルコ領事館がビザの発給を中止したという電報を受けとった。いまや日本が唯一の脱出ルートになったのである。それにしても長い旅である。多くの難民がカウナスからモスクワ、それからウラジオストクまたはチタへ向かい、そして日本を目ざすのだった。そこは自由への入口である。しかし臨時の避難所にすぎない。失意の難民たちは、希望と絶望にゆれながら右往左往しているのであった。彼らの気持ちが痛いほどわかった。家もなく一時の休息もなく、最後の望みをわれわれに託したさまよえる同胞難民のため、領事館、政府官庁、郵便局そして旅行代理店をかけずりまわるわれわれもまた、同じ難民であった。脱出途中の難民には次々と問題が発生し、その解決は厄介だった。しかしその背後には、ビルナ、カウナスをはじめとするリトアニア各地にとり残された数千数万のユダヤ人たちがいた。彼らはもっとさしせまった状況下にあったが、保護手段をもつわけではなく、救いを求める声をあげるだけであった。

リトアニアのジョイント代表M・ベッケルマンが、一九四一年一月二日付で神戸のユダヤ人協会に、ハイチのビザをもつ難民に日本の通過ビザをもらえないか、と打電してきた。ハイチ・ビザはストックホルムから送られたもので、一月一九日が有効期限であった。ベッケルマンへは、難民の日本上陸経費および滞在費を保証するので、それを条件にモスクワの日本領事館と交渉せよと返電したが、この方法は、南米諸国の入国許可をもっている人にしか使えなかった。しかも、そんな許可をもっている人は少なかった。この方法もうまくいかなくなった。前に触れたように、モスクワ、チタおよびウラジオストクの日本領事館は、キュラソや南米のビザの有効性をあやしむようになった。形式その他がふぞろいだったからである。神戸のユダヤ人協会からは、「目的地のビザなしではトランジットは問題外」という電報がベッケルマン宛に何度も打たれた。

脱出難民について、問題発生後個々に対応していたのでは、あまり意味がない。あらかじめ計画をたてて、リトアニアとソ連からユダヤ人難民をまとめて脱出させるならば、もっと効率的に問題が解決できるはずである。そこでわれわれは、従来の受身的対応を変え、積極策を考えるようになった。数百数千の難民を救出できればという願いだったが、一部ながら成功した。救出された難民は無事日本に到着し、パレスチナ、アメリカその他の国へ向かったり、戦争が終わるまで上海にとどまって生きのびたのである。一部しか成功しなかったのは、アメリカとパレスチナのユダヤ人団体の無理解があったためで、もっと活発な対応があったならば、大々的な救出が可能であったはずであり、まことに残念でならない。

第3章　日本郵船計画

日本郵船の協力を得る

日本の海運会社である日本郵船と協定を結ぼうという案は、一九四〇年の一一月中ごろ実現した。当時われわれは、日本からエレツ・イスラエルまで直航する構想をもち、横浜と東京の船会社数社と交渉中であった。われわれは丁重に迎えられ、話し合いのなかでヨーロッパで戦火がひろがった結果日本の船会社は客がこなくなって苦労していることを知った。

パレスチナ委員会を代表して、シュパケビッツと私は郵船側に難民輸送を提案した。日本に滞留中の難民が一掃されるし、郵船にとっては、エレツ・イスラエルをはじめとする諸外国行きの乗客をかなり確保することになるから、うま味のある話である。日本最大の船会社である郵船は各方面に影響力を行使してくれた。皇室がこの会社とどこかでつながっているといったうわさすら、私は耳にした。郵船側に対しわれわれは、エレツ・イスラエルへの移住許可ないしは他国への入国ビザを取得したないしは取得できる難民が数千人リトアニアにいる、ユダヤ機関の代表であるわれわれは、この難民を日本へ連れてきたい、と説明した。日本到着後は、エレツ・イスラエル行きを手配するので、郵船には、難民の通過ビザ取得に協力してもらえないだろうか。もちろん、日本からエレツ・イスラエルまでの輸送には郵船の船を使う、と打診した。

交渉は、横浜支店のマネージャーと行なった。東京本社から代表がきて、話し合いに加わった。こちらはわれわれ二人のほか、横浜のHICEM代表が、オブザーバーの形でときどき出席した。郵船側は、われわれの提案に関心を示し、ついに話に乗ってきた。われわれは、難民五〇〇〇名分の移民許可ないしは入国許可を取得し、その人数分の船賃を支払うのである。一人分二〇ドルとして合計一万ドルを、一九四〇年一二月三一日までに保証金として払い込む。この前払いは残り全額を支払うまで口座に凍結される。こんな条件だった。この取りきめの結果、郵船はモスクワの日本領事館と交渉してもよいと言ってくれた。われわれが提出した一二五名の難民リストをすぐ電報で送るのである。この一二五名については、すでに郵船が乗船契約を結んでおり、日本を出国するまでの滞在費は社で保証する、という条件であった。通過ビザを取得するための苦肉の策であったが、郵船は社会的信用の高い企業であったので、ビザ申請を受けたとき、日本の領事は社の保証を信用するはずであった。

リストの写しは、東京のインツーリストにも送った。それはそこ経由でカウナスの事務所へ送られた。郵船は、合意事項のひとつとして、八五名の第二次分、追加分および訂正リストを届けてくれた。モスクワの日本領事はリストを尊重し、みずから通過ビザを発給した。カウナスから申請した人たちは、郵便で保証の通知を受けた。この取得計画のおかげをこうむった多くの人々のなかには、ユダヤ教神学校の校長や著名なシオニスト活動家が含まれる。エレツ・イスラエルやほかの国へたどり着いた人もいれば、戦時中上海で暮した人もいる。しかしながら、全員が全員、この脱出機会を利用できたわけではない。リストのなかには、ソ連の出国許可をとれないでいるリトアニアを含むバルト諸国のユダヤ人が、かなり含まれていた。なかには、エレツ・イスラエルへの移住許可をもちながら、オデッサ・イスタンブールルートを選んだ人もいる。トルコ経由で行ける時期があったのである。

調達できなかった保証金

郵船側と交渉を始めたとき、われわれはＷＪＣ（世界ユダヤ人会議）の指導者に何度も電報を送りあるいは国際電話をかけ、さらに世界各地のユダヤ人組織に連絡をつけて、難民救済のための資金調達を緊急アピールした。われわれはジョイントと話をした。当時この組織は、世界各地のユダヤ人支援を主目的としていたが、危険の伴う救援活動には手をださなかった。ジョイントは、いずれも各地方の委員会を通して活動していた。日本には、ドイツからの難民を対象とした救済委員会が横浜で活動しており、神戸にはＣＪＣ（ユダヤ人協会）があって、ポーランドから脱出した難民を扱っていた。この二つの委員会はわれわれの計画に難色を示した。冒険に近く成算なしと考えたのである。しかしながら、われわれのかけた圧力のおかげで、ジョイントはついに折れて、正統派ラビ連合のバアド・ハハザラ組織を通して、計画を支援してくれることになった。わずかとはいえわれわれに対する直接支援にも同意した。不幸なことに、この支援はあまりに少なく、慎重すぎて、しかも時機を逸していた。

われわれは、エルサレムのユダヤ機関にも要請した。本件は研究してみるが時間をくれ、それより、アメリカにあるいろいろなユダヤ人団体にも話をしたらどうか、という返事であった。当時ユダヤ機関は、主としてエレツ・イスラエルのユダヤ人社会が抱える問題、すなわち移住問題に専念しており、距離的に近くしかも比較的問題のない救出計画を中心にやっていた。極東で始まっている計画など、現実離れした夢物語にみえてまじめなものとしてはみられなかったのであろう。

われわれは、世界シオニスト機構幹部のナフム・ゴールドマン博士と接触したが、まったく失望した。当初博士はわれわれの計画に関心を示したのだが、その後はわれわれと際限もなく電報合戦を演じたあげく、ユダヤ機関にかけ合ってくれと言いだす始末だった。われわれはまた、アメリカにあるポーランド出身ユダヤ人連盟にもアピールしたが、ぜんぜん役立たずの組織であることがすぐに判明した。

われわれの提案に真剣に耳を傾け、主旨を理解して援助を約束した組織は、ひとつしかなかった。先に触れたアメリカの正統派ラビ連合である。連合は、リトアニア所在のユダヤ教神学校の救援に全力を注いでおり、無謀ではない救出計画なら検討する用意があった。連合は、資金調達もうまく行動力があった。しかし、ユダヤ神学校の援助に活動を絞っているのが、難点であった。その活動枠を越えた難民救出に金を出すことは考えていなかった。それに、この計画の推進者であるわれわれも信用していなかった。そんなわけで、この救出計画は中途半端な形で終わりを告げるのである。日本郵船計画で難民数百名の人命が救われた。しかし、機会をうまくつかみ、断固たる決意のもと迅速に推進していたならば、数千人の命が救われたことであろう。この計画は、ごく一部の実現で終わったはかない夢であった。

一九四〇年一〇月中旬、日本に到着するとすぐわれわれは、ニューヨークのジョイント本部宛に、次の覚書を送った。

ソビエト・リトアニア共和国およびソ連邦中央当局は、長期にわたる交渉の結果、エレツ・イスラエルまたはそのほかの国への入国ビザを所持する難民が、リトアニアおよびソ連邦から出国することを、原則的に認める旨発表した。ソ連の出国許可／通過ビザは短期間しか発給されない。われわれの得た情報によると、（リトアニアの難民に対する）市民権の問題が片づくまでの、ごく限られた期間である。ゆえに、すみやかに行動してこの発給期間を最大限利用すべきと考える。政治および社会運動家は、引き続きソビエト・リトアニアに滞在すれば危険が予想されるので、その出国促進が特に重要である……いまのところ、ソビエト・リトアニアからの脱出を願う難民に対しては、日本の通過ビザが唯一の手段である……すでにかなりの難民に対し、日本の通過ビザが取得されている。この通過ビザを取得できない者は、東京の外務省を動かさねばならない。

日本経由によるカウナス脱出は、いまのところ金の問題が第一である。すなわち、

(1)リトアニアから到着するポーランド系難民の生活費保証金として、金をつんでおく必要がある。保証金があれば、日本の通過ビザ発給が可能となる。さらに、ビザを所持しながら渡航費を工面できぬ難民に対しても、脱出機会を与えることになる。

(2)ジョイントは、活動対象をポーランドからの難民にひろげる必要がある。ビザ問題のため、難民は東京または横浜近郊に滞在を余儀なくされている。しかしながら、（ジョイントの管理下にある）横浜の救済委員会は、ドイツ系難民の問題に活動を限定すべしとしている。

(3)カウナス＝横浜および横浜＝エレツ・イスラエルその他の目的地への渡航費の財源をぜひみつける必要がある。

理解されなかった日本ビザの重要性

私が指摘したように、ジョイントはわれわれの意見をいれなかった。ポーランドからリトアニアへ逃げてきた難民の救済機関を設置できず、救済資金の拠出もしなかった。

ジョイントのリトアニア代表であるM・ベックルマンは、一九四一年二月か三月ごろカウナスから日本へ到着したが、時をおかずアメリカへ向かってしまった。ワルシャワの上級代表T・タラシャンスキは、やはりビルナへ逃げた組であった。ビルナでは、ユダヤ教神学校関係の難民を対象としたジョイントの活動責任者となった。かなり遅れて日本へ着いたのだが、その彼も四一年三月にアメリカに向け日本を去った。

ジョイント本部は、日本の通過ビザ取得がもつ意味を軽くみたようである。さらにジョイントは、通過ビザ取得のための政治行動をとるようにはできていなかった。ましてや、《突飛な》方法手段を要するとなると、どうにもならないのである。

一九四〇年一二月七日、われわれはユダヤ機関執行部に宛て電報を送り、計画の主旨を知らせた。宛先はニューヨークにいる機関長のダビッド・ベングリオン（のちにイスラエル初代首相となった）自身にしておいた。ジョイントそしてユダヤ機関執行部からもまったく返事がこなかった。そこでわれわれは独自に行動することを決めた。われわれは世界各地の有力なユダヤ人団体が話にのってくれるようになるとの期待を胸にして、日本郵船との協定にサインした。そして、協定内容を詳しく覚書にまとめ、すぐジョイントに送り、協力を求めた。この覚書を送った後、われわれは次のように打電した。

ビルナ在ポーランド系難民の出国に関する当方の覚書につき、返電ありたし。脱出機会は短期間しかなく、破滅の淵にある重要運動家、ラビおよび知識人数千名が、われわれに救助を求めている。日本の通過ビザは、外航船の乗船予約により、取得可能。すでにモスクワへ来ている者も含め、団体役員、ラビ、ジャーナリストは特に危険な状態にあり、やむをえず一二五名分の乗船切符を手配す。一二月三一日までに、ニューヨークの日本郵船に一万ドルの支払いの要あり。ラビ関係機関、報道その他の機関へ接触されたし。金の調達が難民数百名に残された唯一の希望なり。返事待つ。

一九四〇年一二月二四日、ジョイント理事会名で返事がきた。一二五名のリスト、およびアメリカにいるその近親者リストを送れ、とのことだった。近親者から渡航者の寄付をつのるという。われわれは、詳しいリストをつけ、「五〇名がラビ、残りは作家、科学者、……教師、社会運動家、……弁護士。現在のところ近親者名の調査は不可能。難民の日本到着後調査して打電の予定。ポーランド系リトアニア難民用の振込は緊急を要す。ご配慮を乞う」と返事した。

しかし、ジョイントは期限内に振り込まなかった。日本郵船計画に乗る気はなく、資金援助もＨＩＡＳ・ＨＩＣＥＭを通してバアド・ハハザラなどのユダヤ人団体へだしているという。そちらから工面したらどうかという話だった。

われわれは、世界ユダヤ人会議WJCとアメリカ・シオニスト機構AJCにも連絡し、ステファン・ワイズ博士、ナフム・ゴールドマン博士にそれぞれ直接アピールした。われわれは覚書や電報でくり返し説明し、何度も国際電話で要請した。その結果ゴールドマン博士はやっとわれわれの計画を認め、一九四一年一月二日付で「UPA（統一パレスチナアピール）、郵船の切符代を支払う用意あり。しかし、当地の郵船は事情を知らず。返事待つ」といってきた。われわれはただちに返電した。「郵船本社がニューヨーク支店に指示をだした、UPAの金は、ユダヤ機関がこちらへ送ってきた氏名の渡航だけに使うので、至急調整を乞う」と言ってやったのだが、その後いくら電報を送っても、ナシのつぶてでまったく返事がこなかった。

ゴールドマン博士は、当初われわれの計画に賛成しておきながら、いまになって考えを変え、われわれのアピールと警告に際限もなく無意味な電報を打ち返しているのだった。後でわかったのだが、ゴールドマン博士は、エルサレム所在のユダヤ機関執行部から、日本へ来る難民五〇〇名分のパレスチナ入国許可取得は困難、と通告されておじけづいたのだった。日本滞留中の難民が、安全な避難地を求めるあまり他の者に迷惑をかけ、手に負えぬ問題をつくりだすのではないか、と恐れたのだ。難民の最終目的地がはっきりしない以上、日本もリトアニアもあまり違いはない、とゴールドマン博士は考えていた。もちろん日本はリトアニアとまったく違う。アメリカのユダヤ人社会は、こんなことが理解できなかったのである。一九四一年一月末、われわれはエルサレムのミズラヒ会長であるラビ・メイル・ベルリーン師宛ての電報で、状況を次のように説明した。

……多大なる努力の結果、乗客一名につき二〇ドルの金を日本郵船の口座に供託することを条件に、通過ビザの取得に成功せり。ユダヤ機関執行部はパレスチナ移住の許可枠を保証する要あり。ゴールドマンは、移住用として一万ドルの供託を約束するも、許可がなければ撤回する旨今日当方へ連絡あり。ゴールドマンの拒否により、われわれの計画は破綻の危機に瀕す。役員およびパイオニア五〇〇名の救出のため、ただちに一万ドルの供託の要あり。当地または外地（上海、ハルビンなど）での難民の当面の生活費は、当方にて支給す。これまで二五四名分のビザを取得せり……

われわれは、ポーランドからの難民に対し特に道義上の義務をもつユダヤ人著名人や団体とも連絡をとった。ポーランドのＪＴＡ議長のメンデル・モーゼスもそのひとりである。ビルナを脱出した後、苦心してアメリカにたどり着いた人だった。私は彼に三〇〇〇ドルの供託を要請した。これで、リトアニアへ逃げた作家やジャーナリストが救われるのだ。もちろんわれわれのリストに含まれている、Ｊ・アッペンシャルク（ワルシャワのユダヤ紙編集長）、アリエ・タルタコワ教授（ポーランドのポアレイ・シオン運動指導者、世界ユダヤ人会議役員）など、ナチの手から逃れてきた人々へのアピールはもとより、ニューヨークにあるポーランド系ユダヤ連盟への要請電報も打った。リトアニアで路頭に迷うポーランド系ユダヤ人難民数千人を救出するには、それなりの資金が必要である。われわれは、この人たちが少なくとも資金調達の呼びかけはしてくれる、と信じこんでいた。しかし悲しいかな、返事はまったくなかった。

私は、一九四〇年一一月一七日付のユダヤ機関執行部宛覚書のなかで、リトアニアにいる難民の最新情報を知らせ、トルコルートが閉鎖される恐れのある現在、ソ連支配地からの難民脱出は日本経由以外にないと強調し、そのためには次のものをそろえる必要があると指摘しておいた。

(1)通過ビザ
(2)日本から最終目的地への乗船切符
(3)最終目的地の入国ビザ
(4)上陸時供託金六〇ドル。この金は日本出国時経費を差し引いて返される。

ただし実際には、通過ビザだけあればなんとかなる。神戸には、ユダヤ人社会がジョイントの支援する救済委員会を設置している。日本政府当局は、委員会が生活費を保証しかつまた出国を確約することを条件に、上陸を認めている。

したがって、問題は日本の通過ビザ取得である。われわれは神戸の救済委員会とこの問題について話を進めてきた。……委員会は積極的に協力している。ポーランド大使館と相談し覚書を渡したところ、大使館も本件に関し協力を約束してくれた。

通過ビザ問題は、日本の海運会社の力により、乗船券の購入を条件として容易に解決できると思われる。……詳細は次電にて。貴機関の決断を待つ。

ユダヤ機関執行部には、一一月末にも再度要請電報を送った。しかし返事はなかった。われわれは一二月七日に続き一三日に、ビザおよび乗船券に関する指示が日本の領事館とインツーリストへ打電された、と知らせた。ユダヤ機関は、リトアニアにいる特定の難民名を列記し、通過ビザの手配を要請してきた。なかには、われわれが郵船経由で提出したリストに含まれている人もいた。そのおかげで、日本へ上陸することができたのである。ところがユダヤ機関は、供託金については一言も触れず、その後も通過ビザの手配を求めるだけであった。ユダヤ機関執行部の会議録を読んでみると、われわれの要請がいろいろ討議された形跡はある。しかし、ほとんどの役員は、路頭に迷っているリトアニア在の難民の困窮状態を把握できないでいた。

ユダヤ機関は、日本ルートに関心を失っていた。トルコ経由のルートが開かれたこと、日本経由の難民に対するパレスチナ移住許可がほとんど望めないこと、などが理由であった。ユダヤ機関は、特定の難民集団を一時的に救済する方に専念していた。しかし、われわれパレスチナ難民委員会は、ポーランド系難民の運命に責任を有すると考えていた。事実、日本経由でかなりの難民がエレツ・イスラエルへたどり着いたのである。

最後の望みに奔走する

一九三九年一〇月から四〇年四月にかけて、エレツ・イスラエルへの移住実績があり、さらに四〇年一二月末には、トルコ国境が開放されたので、シオニストのパイオニア運動は一時愁眉を開いた。われわれの進める救出作戦は、四〇年末時点で緊急問題をいろいろ抱えていた。なかでも急を要するのが、ポーランドからリトアニアへ脱出したものの、そこで進退きわまった二五〇〇名のユダヤ教神学校関係者の救出問題だった。

われわれは、正統派ラビ連合に属するバアド・ハハザラの議長であるラビ・エリエゼル・シルバー師に二度電報を送り、郵船計画について詳しく知らせた。ジョイントを初めほかのユダヤ人組織が残りを負担してくれるだろうとの前提で、師には五〇〇〇ドルの援助を求めた。シルバー師はこの計画を原則として認めた。しかし、資金援助については返事がなかった。その後、この人物をリストに入れてくれ、あの人物を加えよと、やつぎばやの催促が打電されてきた。

その要請にしたがって、われわれは追加リストに二七名の宗教関係者を加えた。それには、ビルナのラビでレスポンザ（ユダヤ教問答集）の作者ラビ・エイゲス・ハノッホ、ビルナの神学校連合事務局長のシューブ・ヨセフ（アグダッド・イスラエル運動の指導者でもあった）、ミズラヒ運動の創始者のひとりで後年ブエノスアイレスのラビになったケッパーシュタイン師、ポーランドの青年ミズラヒの創始者でカミネッツ神学校の事務局長ヨゲル・シャブタイなどが含まれる（ミズラヒは一九〇二年に組織された宗教シオニズム運動）。

バラノビッツ、スロボドカ、カミネッツ、ミルの四つの神学校関係者から七〇〇名近い名前が届いた。さらにラディン、ロムザ、クレツクの神学校関係者もリストを送りたいといってきた。われわれは、もちろん追加分に加える用意があった。問題は資金である。何度も要請電報を打った。

そのバアド・ハハザラからついに返事がきた。通過ビザを確保するための乗船券予約に、一人あたり最低いくら必要かといってきたのだ。われわれの回答に対し、一万六〇〇〇ドルをジョイントの口座に振り込んだ、あと五〇〇〇ドルを旅行代理店のクック社口座に入れた、と返電があった。クック社の分は、三〇家族ほどの渡航費で、カウナスとビルナから移送するのである。われわれは、日本郵船の口座に直接振り込んでくれと再度念を押した。

　われわれはジョイントにも電報を打った。日本郵船との契約を破ることになる。そうなれば救出計画そのものがだめになるのである。この事情説明に対し、ジョイントは横浜の救済委員会経由で、難民一〇〇人分一万六〇〇〇ドルはクック社の口座に入れたので、神戸のクック社支店と連絡をとれといってきた。クック社のニューヨーク支店から郵船へ支払ってもらえというのである。

　クック社は払いもどしに応じなかった。理由はいろいろあるが、バアド・ハハザラからその払いもどしの請求がいかなかったのである。ラビのシルバー師は、郵船への振り込みに頑として応じなかった。バアド・ハハザラの金は、同組織のリスト記載者以外には一セントたりとも使ってはならぬという。われわれの怒りをなだめるため、シルバー師は四一年一月初めの電報で、今後の契約は郵船のシアトル支店と行なうので、その旨東京本社へ連絡されたい。なお、バアド・ハハザラからフランク・ニューマンという代表が日本へ向かっているから、本人と協力されたいといってきた。

　われわれは屈しなかった。こんな手続き上の問題で難民救出計画がだめになってはかなわないからクック社から郵船へ全額移してくれ、と打電したのはいうまでもない。

　ニューマンが日本に到着した。事情を知ると、彼はさっそくバアド・ハハザラのフィンク氏に電報を送った。しかし、そのアドバイスでも、連中は動かなかった。われわれがこれまでやりとげたことは一つしかない。リストを日本の領事館とインツーリストに届けると、最終目的地の入国許可がなくても通過ビザを発給してもらえることだ。しかし、これも郵船との信義上の問題がある。バアド・ハハザラは、郵船へ払い込むと、それがわれわれの約束した前払い金に使われると考えたのである。それを防ぐため、クック社を通して切符の予約をしたのだった。バアド・ハハザラは、金がユダヤ教神学校関係者の救出に使われることを望んでいた。

われわれはユダヤ人難民全体のことを考えていた。バアド・ハハザラは、究極目的が問題であるような救出計画には、金をだしたくなかったのである。後でわかったのであるが、シルバー師をはじめとするユダヤ教神学校の関係者たちは、パレスチナ委員会の救出目的が難民のパレスチナ移送にあるとしていた。彼らは神学校組織をアメリカに移す目的で行動していたのである。母体の正統派ラビ連合が、ミズラヒ運動の指導者であるイスラエル・ローゼンベルグ師やヤコブ・レビンソン師、セルツァー師などに率いられていたにもかかわらず、彼らの願いはアメリカでの再建であった。

一九四一年一月初め日本に派遣されたバアド・ハハザラ代表は、神学校組織の救援任務を与えられていた。彼は、テルツ・エシバ神学校校長のカッツ師やブロッホ師から、丁重な紹介状をもらってきていた。救出活動で日本へ脱出した経験者である。全能の神のご加護により、アメリカへたどり着いたが、神学校や近親者のことを思うと安閑としていられない、と書いてあった。ニューマン氏については、絶望に打ちのめされた兄弟たちを救うため志願した有能な人物である、と紹介してあった。ニューヨークに再建されたミル・エシバ神学校の校長ラビ・アブラハム・カルマノビッツからも、同様の紹介状が送られてきた。

ニューマンは、論理で話し合う議論には胸襟を開く若者であった。快活な人柄で善意にあふれていた。しかし残念なことに、自分が代表する組織の人々からは、軽くみられていた。彼はわれわれから温かく迎えられ、われわれのかかえる問題を知らされた。しかしながら彼は、難民全体の問題にはあまり関心がなく、特定任務すなわち、日本滞留中の神学校関係者のアメリカ向け移送と、神学校組織を日本経由でリトアニアからアメリカへ移す問題に、専念した。彼はこまかな事柄もすべて本部の上司たちと相談したし、ラビや神学校生のビザ手配で、毎日横浜と神戸のアメリカ領事館をかけずりまわった。ニューマンはわれわれの計画に心を動かされ、上司に連絡した。しかし、シルバー師にはぜんぜん説得効果がなかった。

激怒する郵船関係者

われわれは、日本郵船に対する約束を守るべく、あらゆる努力を傾けた。われわれが約束に違反すると、計画そのものがご破算になるのである。一万ドルという比較的少額の金を調達するため、われわれは東奔西走した。必死だった。しかし、約束の期日までに払い込むことができなかった。

日本郵船首脳部は激怒した。裏切られたという気持ちだったのである。郵船はきちんと約束を守っていた。加えて、郵船ではなくクック社に直接振り込まれた事実は、社をあなどり名誉を傷つける行為と受けとめられていた。大企業でこのような商道徳を汚す行為を看過するところはあるまい。われわれが電報の山を見せても、納得してもらえなかった。横浜支店のマネージャーは、交渉チームの代表であったが、猛烈に怒った。そしてわれわれをせめた。殴りかかってくるのではないかと思うほど、激しい怒り方だった。日本人のもうひとつの顔を見る思いがした。

日本滞留中のユダヤ人難民に対して、われわれはエレツ・イスラエル行きの切符をかなり多量に予約していたので、多少の救いにはなった。さらに、アメリカをベースにするバアド・ハハザラが、クック社経由ではあったが、かなりの金をやっと払いはじめたのだ。日本に到着する難民の経費である。日本郵船首脳部の怒りはおさまった。しかし、われわれの関係はそこなわれ、その傷は後に残った。モスクワの日本領事館宛のリスト送付は中止され、通過ビザの取得に関する件は、いっさい日本の外務省を通さなければならなくなった。あんなにうまくいっていた非公式のやり方は、終わりを告げたのである。

日本郵船計画で通過ビザを得た難民が、続々と日本へやってきた。しかし、日本郵船経由の方式はだめになり、日本の通過ビザ取得は、最終目的地の入国ビザ有無いかんにかかってきた。しかしそれでもわれわれは、難民にこちらの保証を送りつづけた。日本を出航する船の乗船は予約済み、目的地の入国ビザ取得は確実とする主旨の書類である。日本の領事館はモスクワ、チタあるいはウラジオストクとか、場所によってはその書類に効果があるときもあった。

その後、日本郵船東京本社の協力を得ることもときどきあった。つまり社の方から、モスクワの日本領事館に電報を入れ、本社で難民の乗船切符を保管していると申告してもらうのである。これで通過ビザが発給された。

このように苦心して取得した通過ビザだが、利用しなかった人、利用しようにも利用できなかった人と、さまざまだった。たとえば、カウナスのラビであるA・D・シャピラ師とその息子のナフマン・シャピラ教授、ミズラヒ運動やシオニスト組織の指導者、アグダット・イスラエル（一九一二年に創設された正統派ユダヤ人の世界組織）の運動家などは、ソ連の出国ビザが取得できず、あきらめた口である。ブリスクのラビであるI・Z・ソロベイチック師とその家族、ミル神学校々長のラビ、E・フィンケル師とその家族、クリンキのラビ、J・ミシュコフスキ師、その他神学校関係者やパイオニア運動家たちは、オデッサ・イスタンブールルートを選んだ。

一九四一年一月一五日にモスクワの日本領事館に送った二次分リストは、どうであったろうか。一次分はエレツ・イスラエル行きだが、こちらはアメリカ行きを前提としていた。この通過ビザは、ソ連の支配下に入ったバルト諸国の住民には利用できなかった。ソ連当局が出国許可を認めなかったのである。たとえばバラノビッツ神学校のラビ、エルハナン・ワッサーマン師は、エレツ・イスラエル移住許可と日本の通過ビザをもちながら、ソ連の出国許可を得られなかった。日本経由でエレツ・イスラエルにたどり着いた人のなかに、マックス・ホドロフスクがいる。名をメナヘム・サビドールと変え、後にイスラエル国会の議長になった人物である。

日本のビザを哀願する人々

日本の通過ビザは、数十名を例外としてほとんどは有効に使われた。モスクワの日本領事館またはインツーリストで日本の通過ビザが取得できるという情報が伝わると、リトアニアのユダヤ人難民は、カウナスやビルナから続々とモスクワへ向かった。モスクワの日本領事から発給された通過ビザを手に、ウラジオストクそして敦賀を目指したのだった。ラビ、神学校の校長、作家、シオニズム運動家、普通の市民とさまざまだった。リストは、日本郵船のきめた期限にしたがって急拠作成された（名前は、われわれの知人のほか、エルサレム、ニューヨーク、カウナス、ビルナからの推薦にもとづいてリストアップした。シュパケビッツと私は、多数の名前から選ばねばならなかった）。カウナルのインツーリストも、リトアニア退去をせかしていた。ソ連の秘密警察NKVDが、カウナスとビルナのインツーリスト閉鎖を意図していたのだ。それに、状況の急変も予想された。

われわれは、カウナス、シャブリ、モスクワそしてウラジオストクから、数えきれぬほど多数の手紙、電報を受けとった。日本郵船のリストや保証電報が興奮の渦をまき起こしたのだった。リストに含まれた者はずされた者、そこにはさまざまの悲喜劇が展開した。

二次分のリスト記載分は最初六五名だった。それが七七名となり、はずされた者から激しい抗議の声があがって八八名となった。ラビのルーベン・セーガル師が書いた手紙は、その一例である。日付は一九四〇年一二月二八日になっている。

　六五名のリストからはずされて、たいへん驚いています。エレツ・イスラエルにいる人が何人もリストに入っているというのに……。その人と交換して下さい。……日本の通過ビザまたは証明書をぜひぜひお願いします。送っていただけなければ、前代未聞の不公平になります。絶対許しません。私は何年もワルシャワのミズラヒ運動のため働いてきました。それがいま絶体絶命のところに追いつめられているのです。ご慈悲を祈りつつ。

ラビ・セーガル

日本郵船のリストは、モスクワ宛一二五名、カウナス宛が八八名となっていた。セーガル師からの手紙で、一二月中にリストが確かに届いたことが確認されたわけだが、われわれの方で各団体の理解を得て日本郵船に対する約束を守っていたならば、もっと多くの難民が日本の土を踏めたであろう。

リトアニアにいるドイツ系ユダヤ人難民は、特別の問題をかかえていた。ヒトラー台頭後、ドイツのユダヤ人社会は崩壊し、多数のユダヤ人青年がリトアニアへ流入しはじめ、各種のユダヤ教神学校に入学した。彼らはドイツの旅券を携帯していた。なかには、アメリカその他の国の入国ビザをもっている者がいたし、上海の居住許可をもつ者入手予定の者もいた。しかし彼らは日本の通過ビザがなかった。渡航費ももっていなかった。さらに問題なのは、旅行手続にうとく、どうしてよいのかまったくわかっていなかった。絶体絶命の状態に追いこまれた彼らは、パレスチナ難民委員会メンバーのわれわれや、神戸のユダヤ人協会に助けを求めた。協会はわれわれへ訴えをまわしたから、結局全部われわれのところへ来たことになる。パレスチナ難民委員会は、前述のように、まずリトアニアで難民問題を扱い、ついで日本に移って活動してきたのであるが、活動範囲をひろげてユダヤ人難民全体を扱うようになった。もともとポーランド系難民の救済を目的として設置されたのだが、ほかの国から流れてくる難民を差別するわけにはいかなかった。また、エレツ・イスラエル行きの渡航手配に限定することもできなかった。エルサレムのユダヤ機関は、パレスチナ委員会としての委任事項を何度か注意確認してきた。しかしわれわれは、ユダヤ人の命がかかっている救援活動で、立場を制限するわけにはいかなかった。

日本の通過ビザを使えなかった人々の分は、リトアニア、ラトビアおよびエストニアの旅券保持者に渡した。これで出国許可が得られるかもしれないと考えたのだ。難民の出国許可がバルト諸国の国民にも適用されるといううわさがあった。しかしそのうわさはうわさのままで終わった。

ビルナ、カウナスのユダヤ系住民は、ユダヤの伝統、文化そして価値観を固く守りつづけてきた人々である。ポーランドから難民が流入してきたとき、彼らは温かく迎え入れた。ユダヤ人社会の指導者たちはわれわれをいたわり、エレツ・イスラエルその他の国へ到達できることを心から願い、そのためいろいろ尽力してくれた。バルト諸国に流入したユダヤ難民数千人が鉄の檻から脱出できたのに対し、バルト系ユダヤ人たちはロシアの白熊に抱きすくめられ、ナチの魔手が伸びているときに、身動きがとれなかったのである。ソ連の出国禁止政策がなかったならば、おそらくは数百名が外国のビザを取得して、脱出できたであろう。

シムハ・エイゲスは、ポーランドのトーラ・バアボダ（宗教系労働運動）の指導者だった。リトアニアに流入したポーランド系ユダヤ人の救済に挺身し、私が出国した後はヘハルーツ・ハミズラヒセンターの仕事をしてくれた。救出作戦の件でわれわれは手紙や電報をかわした。シムハのおかげで、ラビや神学校生多数が助かったのである。私は、シムハとその父親のため、日本の通過ビザを取得することができた。しかし、ビルナ住民が自動的にソビエト・リトアニア市民に組み込まれて、動きがとれなくなり、通過ビザは使えなくなった。あるとき難民のひとりが彼からのはがきをたずさえてきた。日付は一九四一年二月一一日となっていた。最後の連絡だった。

親愛なるゾラフ

君がこのはがきを受けとるころには、私の運命も明らかになっているだろう。いまのところ状況がどうなるかわからないが。私にはご慈悲がうんと必要だ。ひとりきりになってしまうだろう……。

第4章　上海へ

日本政府への覚書

われわれは、日本の外務省担当者と数回にわたって話し合い、リトアニアのユダヤ人難民の窮状を訴えた。そして、追いつめられた難民を救う道はただ一つ、日本を経由して脱出させることだと強調した。われわれはまた、日本政府当局がユダヤ人難民に対して差しのべた人道的措置をたたえ、今後もよろしくお願いしたいと述べた。多数のユダヤ人が日本の船舶を利用しているから、受け入れ国にとって悪くない話でもある。それに、ユダヤ機関を初めとする世界のユダヤ人団体がわれわれの計画を支援しており、これら団体のバックアップで難民はすみやかにエレツ・イスラエルへ移送されるはずである。難民の日本滞在中は、ＪＤＣ（ジョイント）に代表されるいろいろなユダヤ人団体が、生活を保証していた。われわれはおおよそこのように説明し、さらに松岡洋右外相宛の覚書で、次のように詳しく事情を申し述べた。

・現今のこの異常事態下にあって、アメリカおよびパレスチナへ向かうユダヤ人移住者の波が日本へ押しよせてきた。

・一九四〇年後半、四〇〇〇人を超える移民が、ほとんどはドイツからであるが、日本を通過した。

・この数週間、ソ連支配下のリトアニアから大規模なユダヤ人の流出がみられる。

ビルナ・カウナス地区には、ポーランド側リトアニアからの難民が四〇〇〇人ほどいる。アメリカまたはパレスチナへ移住することの可能なユダヤ人である。ソ連は、普通移住に反対しているが、この難民集団（現今のリトアニアと関係のない異邦人である）については、従来の政策を適用せず、移住を認めた。

・この四〇〇〇名のうち、二〇〇〇名は合衆国の移民割当てとは別枠のビザを所持しており、五〇〇名が合衆国の通常ビザ、一〇〇〇名強がパレスチナのビザをもっており、五〇〇名ほどがいろいろな国のビザをもっている。

・難民は、カウナスの各国領事館がソ連当局の命令ですべて閉鎖され、さらに難民はモスクワ滞在を一日か二日に制限されて出国ビザをとる時間的余裕がないため、ソ連国内で目的地のビザを取得するのは不可能である。

・ジョイント、ラビ・エシボット連盟救援委員会、ＵＰＡといった大きなユダヤ人救援機関が、この難民をビルナから海外に移住させるべく、目下活動中である。

・これら機関は、難民がビザ取得の目的をもって臨時に日本に滞在し、取得後は出国するとの前提にたって、東京の各国領事館にビザを申請してきた。
・これら機関は、それぞれの資金と難民の近親者の援助をもとに活動しており、交通費および日本における滞在費などいっさいの支出を負担している。
・ビザの問題は、これまで次のような形で解決されてきている。
(1)合衆国国務省は、移民割当ての枠外ビザを二〇〇〇件以上発給してきた。そのうち一八〇〇件はラビとエシバ神学生の分であり、うち五〇〇件ほどは、東京、横浜、神戸所在のアメリカ領事館ですでに発給されている。残りも数週間のうちにだされる予定である。
ラビ・エシバ救援委員会は、一八〇〇名のラビおよびエシバ神学生のトランジット手続きと、アメリカのビザ取得を助けるため、ラビのフランク・ニューマン師を特使として日本へ派遣した。
(2)ユダヤ機関執行部は、パレスチナのイギリス委任統治政府と協調している。機関はパレスチナへの入国ビザを（割当て枠のなかで）発給する権限を認められた組織であり、目下ビルナにいるポーランド系ユダヤ人難民に一〇〇〇件のビザ証明書を割り当てた。この証明書は、難民が日本に到着次第、ゾラフ・バルハフティクおよびラザル・シュパケビッツの二名よりなる委員会によって、配布される予定である。なお、この両名は、ユダヤ機関に公認された人物である。

た。

日本政府の態度

この覚書でわれわれは、難民輸送を独占できることから、日本の船会社にとってうま味のある点を指摘した。そして、リトアニアからユダヤ人難民を移送する計画に対し、日本外務省の協力を求めた。

日本外務省との交渉は、日本郵船の積極的な支援を得て進められた。郵船は、前におきた問題について納得すると、われわれとの取引に再度かなりの関心を示すようになった。一九四一年には、われわれの難民委員会が郵船の最大顧客となった。しかしクック社が介入してきたため、郵船は裏口取引を避けるようになり、外務省を通した取引だけにしようと言いだした。

クック社の経営陣は、日本の外務省に苦情を申し立てたようで、郵船が日本の通過ビザの手続きができるのであれば、競争会社である当社にも同じ機会を認められるべきである、と主張した。

われわれは数回外務省の牧参事官と話し合い、そのほか松岡外相とも会ったが、日本側を説得できなかった。外務省は、通過ビザは目的地の有効ビザをもった者にしか認められないと主張するばかりであった。われわれがいくら約束しても、入国ビザ取得の保証にはならないようだった。日本には、すでに数千人のユダヤ人難民が来ていた。それ以上増えるといろいろ問題も生じ、受け入れ国たる日本としては困るというのである。

浮上した上海移送計画

われわれは行き詰まってしまった。神戸のユダヤ人社会が設けた難民救済委員会にはかった結果、上海へ行ったらどうかということになった。日本の通過ビザを取得する方法として上海の居住許可を求めるのである。この許可があれば、ウラジオストクから直接上海へ向かうこともできよう。フランク・ニューマン、ラザル・シュパケビッツ、そして私の三名が上海に行くことになった。われわれはただちに行動を開始した。

当時われわれは、日本の通過ビザを取得するルートをいくつかもっていた。鉄道や船の予約をしていた旅行代理店、ポーランド大使館、そして数人の日本領事である。しかし、発給数に限度があり、ごくわずかの人しか救えなかった。リトアニア脱出を願う難民は、数千人もいるのである。

カウナスのインツーリストは、出国許可の証明書発行期限を、あと二週間延長してよいと約束した。そのあと、再度二週間の延長が認められた。日本の通過ビザを取得した者は、モスクワで出国許可を得ることも認められた。そのようなわけで、日本の通過ビザの取得が難民の命を救うカギなのである。それには上海の居住許可がどうしても必要なのである。ウラジオストクから船で直接上海へ行くか、満州のチタ経路で鉄道を使って上海をめざす方法が考えられた。これまで、モスクワやウラジオストクで立ち往生中のユダヤ人が、上海市のラビであるアシュケナージ師やＨＩＣＥＭの努力で、上海の居住許可を得たケースがある。だから成算がないわけではなかった。われわれは、上海の入口をこじあけ、広く開放したいと願った。

上海行きの第二の目的は、日本で足どめ状態にあるポーランド系ユダヤ人難民の問題解決であった。エレツ・イスラエル行きの可能性は閉ざされ、ほかの国へ行くあてもない難民が、日本にたくさんいた。日本の政府当局は、この難民を早くどこかへ移せ、と執拗に圧力をかけていた。日本の滞在期間も、だんだん短期間しか許可されなくなった。日本の役人たちは、滞在許可そのものも取り消す、と脅していた。われわれは、エレツ・イスラエルをはじめ諸外国への入国許可を得ようと奔走したが、結果ははかばかしくなく、日本から出てゆける者の数は少なかった。逆に日本へは続々とやってくる。日本には二〇〇〇人の難民が滞留中であった。松岡外相は、日本の吸収能力を超えていると言った。

長崎へ

一九四一年二月二八日、私は長崎へ向かった。金曜日であった。安息日の掟を破らぬように、この日を選んだのである。連れの二人とは、三月二日発の船で一緒になる予定であった。

私は、安息日を長崎で過ごした。人口二〇万の都市にユダヤ人がひとり。私のコミュニケーション手段は片言の英語だけだった。ブロークンイングリッシュを操って、ホテルの宿泊をどうにかアレンジしたのである。土曜の安息日には、ホテルにこもって祈った。キドシュ（祝祭日、安息日を聖別するための祈り）を誦し、妻が用意してくれた弁当を食べた。私は外に出て、ぶらぶら歩きまわった。通りは清潔であった。あちこちに神社仏閣があった。難民問題で東奔西走している私にとって、この日は短いながら本当に安息の日であった。私は息をのむような美しい風景を存分に味わった。戦後、私は長崎の悲劇を知った。この美しい都市がアメリカの原爆で潰滅したと聞いて、私はたとえようのない悲しみに襲われた。

乗客は少なく、海もおだやかで静かな航海だった。上海まで二日。短いが私にはたいへんありがたい息抜きの時間であった。しかし、いつも暗い考えが去来して、いっこうにはればれした気分になれなかった。数千の難民を収容するささやかな避難所を求めて、ワルシャワの難民である私が、こうしてひとり船に乗っているのである。たとえ数千の命が救われても、それはごく一部の問題を解決することにしかならないのだ。三五〇万の同胞が占領下に呻吟し、精神的に物理的に破壊されつつあった。

異様な大都市・上海

上海は、極貧と途方もない富の世界がミックスした都市であった。平均的な中国人はどんな暮しをしているのだろうか。好奇心にかられた私は路地の家をのぞいて、たいへんなショックをうけた。この小屋からさほど遠くないところには、二〇〇名をくだらない私兵に守られた大金持が、城みたいに宏壮な大邸宅に住んでいるのである。どの都市にも貧困と富が混在するが、上海は本当に極端で、そのコントラストにはあ然とするばかりであった。

人力車も気の滅入る光景だった。人間の引っ張るこの小さな車ほど上海を象徴するものはない。三月七日付の手紙で妻にも書いたのだが、この都市では、人間がまるで虫けら同然であった。三万ほどの《二本足のけもの》が人力車を引っ張り……市中をちょこちょこ走りまわっていた。苦力《クーリー》の働けるのは平均すれば三年にもみたない、といわれていた。そのうちに力尽きて路上でのたれ死にするのである。でもいつも六万もの予備軍が控えており、人力車の《あき》を待っていた。

路上には子供の死体がころがり、毎日四〜五〇の死体が収集されていた。葬式をすれば金がかかるので、親が子供の遺体を捨てるのである。冬には、毎日八〇から一〇〇人ほどの行き倒れがあった。路上凍死である。人間の労働力など一文の値打ちもなかった。腕のいい運転手の月給が三五上海ドル（四米ドル）、店の売り子は、月に三〇上海ドルの収入しかなかった。

白昼の押し込み強盗、盗み、物ごいが、この大都会の風物のひとつであった。私が最初の晩一泊したパレスホテルは、一泊七五上海ドルで、一介の難民にとっては法外ともいうべき大金だった。通りにはキャバレーやナイトクラブが軒を並べ、ぼろをまとった裸足の中国人の波をかきわけるようにして、ぜいたくな服をまとった紳士淑女の豪華車が走った。

国際都市上海は、四つの地区に分けられていた。第一は国民党の管理する中国人地区。ここには中国人しか居住していない。難民を含め外国人の居留は認められなかった。第二は日本が管理するいわゆる日本租界、第三がフランス租界で、豪奢なアパートや店が立ち並び、一番名の通った地区である。ユダヤ人の大半はここに集中していた。スファルディ社会とアシュケナージ社会の二つがあったが、ナチドイツのフランス占領に続くビシー政権の成立に伴い、フランス租界はユダヤ人難民を締めだしてしまった。第四が国際（共同）租界で、上海市評議会が管理し、ヨーロッパの領事数名が委員としてそれに参加していた。

上海のユダヤ人社会

一九四一年時点で、上海のユダヤ人社会はよく組織されていた。スファルディ系社会が七〇〇人、ロシア系ユダヤ人社会が四〇〇〇人ほどであった。前者は、一九世紀にバクダットから移住してきたユダヤ人たちで、なかにはイギリス国籍を取得している人すらあった。代表格が、いろいろな事業を経営するサッスーン家だった。そのほかハルドン家やアブラハムズ家も有名で、助けが必要なイラク出身のユダヤ人移民に、支援の手をさしのべていた。サッスーン家の家長にあたるビクトル・サッスーンは、上海の大立者であり、極東で一、二を競う大富豪であった。経済、政治力の影響力は相当なものであったようだ。ビクトルは、家の伝統にしたがって同胞のためにつくした。しかし、上海の中国住民に対する貢献はもっと大きかった。売春婦の収容施設に多額の金を使ったし、市街電車の路線延長も彼の功績である。非人間的な人力車を一掃し、苦力を別の正業につかせる意図があったと思われる。

スファルディ社会は、立派なシナゴーグをいくつかもち、ミクベその他の施設も完備していた。当時ラビがいなかったので、宗教上の諸問題はアシュケナージ社会のラビに、頼っていた。このように、上海の両社会は、ほんとうに統一された宗教指導を得ていたのである。

アシュケナージ系約四〇〇〇人のほとんどはロシア出身だった。革命やポグロムが発生するたびに、ユダヤ人が満州へ流出し、そこから国際都市上海へ向かった。ロシア系ユダヤ人難民は上海に根をおろし、貿易商となった。中産階級の彼らも、シナゴーグ、クラブ、ミクベなどの宗教上社交上の施設を設けた。ラビのメイル・アシュケナージ師は、もともとロシア出身の難民で、ユダヤ教神秘主義ハシディズムのバハッド派に属し、アシュケナージ社会のラビとして二〇年にわたって活動を続ける聖職者だった。前述のようにスファルディ社会の宗教指導者でもあった。

上海の宗教教育はそれほど高い水準にはなかった。神学教育施設のタルムード・トーラと宗教系学

上海の日本人租界にあったユダヤ人のゲットー（1940年、上海）。

校がそれぞれひとつあったが、一流とはいえず、アシュケナージとスファルディとを問わず余裕のある人は、子弟を英国系の学校へやった。ミッションスクールへやった人すらいる。シオニスト運動も、アシュケナージ系移民の間で盛んだった。修正主義の傾向が強かった。ミズラヒも上海に組織をつくりポーランドから難民が流入するに伴い、大きくなっていった。

ドイツ系ユダヤ人社会

当時ドイツ系ユダヤ人社会もあった。かなり大きく、その数約一万五〇〇〇人。一九三八年の中ごろから来るようになったのだ。ドイツ系ユダヤ人は、アメリカや中南米のビザを待っているところで、特にクリスタルナハト（水晶の夜事件、一九三八年一一月一〇日）の後は、ドイツ脱出に必死で、どこでもいいから入国ビザを求めて懸命になっていた。当時ナチ当局は、ユダヤ人追放を推進中であった。さまざまな圧力をかけてユダヤ人を追い出し、そのためなら何でもやった。日本の通過ビザのとり方から切符の予約法、日本船の船賃、支払い法、出航スケジュールまで教えてくれたのである。

一九三八年の中ごろ、ドイツ系ユダヤ人は、上海市が入国ビザをもつ者にとって避難所になりうることを知った。上海へは入国ビザの必要がないので、ユダヤ人が続々とここへ流れてきたのである。

市は一九三九年の中ごろまでユダヤ人を無制限に受け入れた。しかしその後は、居留が厳しく制限されるようになった。一方ドイツも新しい規則を設けた。まず旅券にどこかの国の入国ビザをもらい、さらにドイツ当局から出国許可を得ないと、日本郵船や大阪商船の切符を予約してはならず、日本の通過ビザも、いっさいの準備がととのったうえでなければ、発給してもらえなかった。

上海は、ドイツ系ユダヤ人にとって一時の仮の宿であり、そこを中継点としてどこかの最終目的地へ向かうのである。しかし、目的地といってもユダヤ人を簡単に入れてくれる国はない。一九四一年の初めごろには、ドイツ系ユダヤ人難民がたまって、一万五〇〇〇人になってしまった。スファルディ系とアシュケナージ系で構成される上海ユダヤ人委員会は、アメリカを本拠地とするジョイントの資金援助を受けながら、日本租界の虹口地区を中心とするホステルへ難民を収容した。生活条件はたいへん厳しく、難民には一人当り月三・三米ドルの生活資金が与えられた。一食分の食事代にもみたない額である。多くの難民はいくらかのたくわえを手に到着したが、それもすぐに尽きてしまい、貧乏のドン底につき落とされた。職さがしに奔走する人もいれば、みすぼらしい店をだす人、どこかあやし気な商売に手をだす人と、生きるのに一所懸命になった。われわれは、そのような環境のところへ、日本に立ち往生中のポーランド系数千人の避難所を求めにいったのである。

《イスラエルはすべて仲間である》

上海に到着する前、エルサレムのユダヤ機関執行部やニューヨークの世界ユダヤ人会議をはじめ、バアド・ハハザラ、駐日ポーランド大使、東京のポーランド戦争犠牲者救済委員会から、紹介電報が打たれていた。神戸のユダヤ人協会は、私に次のような紹介状をもたせてくれた。

本状の携帯者Z・バルハフティク氏は、エルサレムのユダヤ機関代表として正式に認められた人物であることを証明する。

本人は、ヨーロッパのユダヤ人難民の移住に関し、その支援方途をさぐる目的をもって、当協会のため上海へ赴くものである。本人に便宜を賜れば幸いである。

関係各位

神戸ユダヤ人協会

エルサレムのユダヤ機関移住局からも、同じ主旨の電報が上海のユダヤ人社会へ送られた。上海では、丁重に迎えられた。メイル・アシュケナージ師のお宅には何度も客として招かれた。師はユダヤ人社会からたいへん尊敬されており、とても品のある方だった。家全体で共同体の活動にうちこんでおられた。秘書のツーゲンドハフト氏は神学校卒業生で、やはり身を粉にして救援活動をやっていた。

私は、ユダヤ人社会の指導者とも親しく話し合った。会長のトパーズ氏、そしてチコチンスキ氏（子息は後にイスラエルの国連大使となった）、いずれもロシア系ユダヤ人難民の救済に尽力し、ユダヤ人にかかわる問題の解決にはいつも協力的で、なんとかしようという態度であった。

私はスファルディ系社会の主だった指導者に接触したが、彼らも同情的であった。シュパケビッツと私は、一、二度アブラハムズ氏の家で安息日を過ごした。氏は大変裕福で信仰篤いユダヤ人であった。家は文化の香り豊かで、たいへん上品だった。おかげで安息日にふさわしい時を過ごすことができた。家族全員がゼミロット（聖歌）を唱和し、その日の朝シナゴーグで読まれたトーラについて、各人がコメントした。スファルディ系社会の指導者たちは、躊躇することなく当局との話し合いに同行してくれた。

ドイツ系ユダヤ人難民によって設置された組織は、一連の文化活動を展開していたが、たいへん活発で、ドイツ語による放送局も運営していた。私は招かれて、ポーランド系ユダヤ人の悲劇、難民の苦境や希望、エレツ・イスラエルの問題などについて語った。ドイツ系難民は私の話に胸をつかれる思いがしたのであろう。数週間後、私は再度話を頼まれた。私は難民の収容されているホステルを訪れたが、悩み苦しむ兄弟として迎えられた。カウナスそして今度は上海で、われわれは「イスラエルはすべて仲間である」というユダヤの格言を、しみじみとかみしめたことであった。

犬塚大佐と反ユダヤ活動

日本当局との交渉では、日本海軍の犬塚惟重《これしげ》大佐および保安担当領事の大貫大佐と話し合った。犬塚大佐は、上海のユダヤ人及び難民問題の担当者であった。われわれは、リトアニアにいる難民の上海行きと、現在神戸に滞在中の難民の移送と一時居留の二つの問題を中心に話し合った。

ユダヤ人難民に対する犬塚大佐の態度は問題であった。後にいろいろな報告で確認されているが、それによると犬塚大佐は、日本の外務省と軍部に影響力をもち、日独協力の推進を標傍する政治家集団に近い軍人であった。この線に沿って、彼らはナチドイツの悪魔的な「ユダヤ人問題の最終解決」

を是認した。犬塚大佐自身反ユダヤ文書を翻訳発行し、ペンネーム（宇都宮希洋）でも、いろいろな反ユダヤ本や記事を書いた。当時日本は、特に通商関係の分野で、対米接近の道をさぐっていたが、それもおそらくは、日独関係の緊密化を隠弊するための工作であったと思われる。犬塚大佐は、反ユダヤ文書であるシオン長者の議定書にくいつき、反ユダヤの神話を説きまわった。アメリカの政策形成にユダヤ人が決定的役割をもつと信じこんでもいた。彼の活動は、外務省所轄事項にも関係していたので、彼は実体のない《ユダヤパワー》なるものを、対米関係に利用しようとした。それで、特にアメリカのユダヤ人社会の指導者と話し合うときには、会話をきまって友誼的な話題に変えようとした。机の上には、ユダヤ人から贈られたシガレットケースをおいていたものだ。「犬塚大佐へ。ユダヤ人への尽力に対する感謝の意をこめて、在米正統派ラビ連合より、一九四一年プーリム祭、フランク・ニューマン」と刻んである。われわれとの話し合いで、大佐はそれを誇らし気に指さした。

なにゆえこのような贈物をする必要があったのか、私はニューマンに聞いてみなければならないと考えている。われわれとの話し合いで、犬塚大佐は、リトアニアと神戸双方の難民に関するわれわれの要請を拒否した。犬塚大佐との会談の模様は、マービン・トケイヤーとマリー・シュワルツ共著の「河豚《ふぐ》計画」（日本ブリタニカ、一九八一）に詳しい。

一九四五年、戦争が終わったとき、犬塚大佐は一九四三～四五年ごろルソン島において罪を犯したとして、戦犯容疑で引きたてられた。弁護にたった大佐は、ユダヤ人と外国人に対する態度のあかしとして、例のシガレットケースを見せたのであった。その後釈放されて東京へもどったが、戦後は日本ユダヤ懇話会という団体をつくることすらやった。しかし、一九五〇年代になって、在日ユダヤ人社会の有力者で上海時代の経験もあるミハイル・コーガン氏（日イ親善協会理事）が、大佐の反ユダヤ的過去を明らかにするにおよんで、身を引かざるをえなくなったのである。彼は一九六五年大森で死んだ。話はそれで終わらない。一九八二年、犬塚大佐の未亡人が、例のシガレットケースを、ユダヤ人たちが本人に同情している証拠として、ヤド・バセム（国立ホロコースト記念館）へ寄贈したのである。私は、寄贈そのものには反対しなかった。しかし私は、未亡人がその行為で何がしかの資格を得ることができた、とは考えない。私の知るかぎり、ユダヤ人を助けたという犬塚の主張には裏づけがまったくない。

難民の苦しみを訴える

日本租界はユダヤ人難民を締めだしたままだった。金を払って個人的に斡旋してもらい、それで一人二人と許可を得ることがときどきできた。この方法でラビのアシュケナージ師と秘書のツーゲンドハフトは、HICEMの援助を得て、何通かの許可を得た。しかしながら、許可書の発行には、かなり時間がかかり、苦労しなければならなかった。ビルナの難民問題には、まさにその時間がないのである。われわれは別の解決法を探した。

中国人地区への居留はまったく問題外だった。名の通ったフランス租界当局は、ずいぶん前から許可しなくなっていた。残るは共同租界である。そこは、西側の領事、日本政府代表およびビクトル・サッスーンの指名した代表で構成される上海市評議会によって、管理されていた。委員長はイギリス領事であった。われわれが取得できた個々の許可は、これまでこの共同租界がだしたものだった。難民の生活保障金として一件につき三〇米ドルも払わなければならず、そのうえ何かについて金を要求された。許可書はインツーリストの推薦を付し、リトアニアへ郵送された。

一九四一年四月一八日に、ウラジオストクから上海へ直航船が出ることになった。私はアシュケナージ師に二名分の許可をウラジオストクへ送るよう打電した。師は、いろいろ問題があってむずかしい、金集めの必要があるのでユダヤ人団体のリストを送れ、と回答してきた。HICEMの上海代表M・ビルマンも同じ悩みを抱いており、四月二五日付の手紙で、上海居留の許可代が高額なうえに時間がかかりすぎると訴えてきた。ぐずぐずしてはいられない。われわれは、大量の居留許可を得る方向で一計を案じた。まずインツーリストを介してカウナスへ打電し、難民の出国を求めたのだ。ソ連が出国を許すかぎりは、どんどん出国を許可してもらうのである。こうして難民の出国と到着を促進する。

その一方でわれわれは、公式に認められたユダヤ機関代表の肩書で、上海市評議会にかけあい、われわれのリストにもとづいて出国を許可されたポーランド系難民の一時居留を認めてほしい、と提案した。その難民がパレスチナ移住の許可を得ることを責任をもって保証し、上海を離れるまで、その生活費もわれわれが負担すると条件をつけた。評議会幹部は、それを証明する書類がほしいと言った。そこでわれわれは三月一八日付でユダヤ機関に次のように打電した。

ビルナ在パイオニアおよび活動家三〇〇名の上海居留許可取得可能につき、われわれのリストにもとづき移住割り当てを行ないかつまた渡航費も負担する旨、至急上海評議会フイリップス氏宛打電されたし。

われわれは、ニューヨークのナフム・ゴールドマン博士（ＵＰＡ＝統一パレスチナアピール）へも打電し、ＵＰＡがパレスチナへの渡航費を保証する旨、上海市評議会のフィリップス事務局長へ連絡してほしい、と頼んだ。

ユダヤ機関とＵＰＡはともに保証することができなかった。そこでわれわれは、ユダヤ機関上海パレスチナ局をつくり、その組織名で、Ｇ・Ｇ・フィリップス事務局長に手紙を書いた。やはり三月一八日付であるが、ユダヤ機関、ＵＰＡおよびジョイントが移民の生活費と渡航費を保証するという主旨で、まさに苦肉の策であった。

しかしまるっきり信憑性がなかったわけではない。三月二四日付で上海のアシュケナージ社会には、ユダヤ人難民三〇〇名の滞在費を負担するという手紙を出してもらった。

われわれは、各国の領事と個々に交渉していたのであるが、手紙を出した後、領事会議への出席を求められた。シュパケビッツと私にユダヤ人社会から有力者が数名ついてきてくれた。われわれの要請は、委員のひとりがまったく事務的にとりあげたが、領事たちが関心を抱いたようには全然みえなかった。私はダメで元々という気持ちで、発言を求めた。そして片言のブロークン英語で、難民のひとりとして窮状を訴えたのだ。私は、独ソ占領地のポーランド系ユダヤ人にふりかかった悲劇を説明し、占領軍の手から逃げてきた難民数千人の苦しみを語った。喉《のど》がつまり涙が出てしかたがなかった。私はそれ以上話を続けることができなかった。広い会場は水をうったように静まり返っていた。少なくとも数人の領事は、心をうたれたように思えた。しばらく協議した後、会議の決定が発表された。オーケーだった！

リスト作成の困難

われわれはすぐリストを準備した。一〇〇名ずつ三部である。翌日われわれはその第一部をフィリップスに提出し、コピーをJ・ロバートソン警察副長官へ送った。ロバートソンには、当該難民の上海滞在は短期間であり、パレスチナへ移動する、ユダヤ人社会が必要経費を支出するから、上海市に負担はかけないと書き添えた。許可書はすぐ発行された。

許可の件は、インツーリスト経由で上海からカウナスへ打電され、それと同時に各申請者にも航空便で連絡された。問題の経費は、HICEMの上海事務所が負担したが、ビルマン所長は、われわれから前払い金をもらうまで事務に着手せず、そのため数日が無駄に過ぎた。難民の脱出は一刻を争ったので、この遅延で彼らが最後の機会をのがす恐れもあった。この件に関してわれわれは電報合戦を演じた。結局こちらで一〇〇米ドルの手当がついたので、その旨知らせると、ビルマンから折り返し「許可費受領す、一〇〇名分航空便にて送達せり」と返電があった。五月三日であった。

難民の世話と三〇〇名分の許可書発送の監督は、アシュケナージ師やわれわれが設置した委員会にくれぐれもお願いした。次の計画を推進するため、われわれは日本へもどらなければならないので、中心になってやってもらわなければ困るのである。特にHICEMとの連絡調整が大事だった。

リスト作成はなまやさしい仕事ではなかった。膨大な数の希望者がいて、それぞれが必死になっていた。その圧力たるやすごいものである。それをひしひしと感じながら、選ばなければならなかった。しかも迅速な決断を要した。全部とはいわないまでも、許可通知はラビや神学生に多く送られたが、リトアニア系ユダヤ人もリストに加えられた。というのはインツーリストから、難民の大半がリトアニアを出れば、ソ連当局はリトアニア系の人にも出国を認めるかもしれないという話を、聞いていたのである。リトアニアの同僚たちからも、リストに含めるよう勧告がきた。しかし、リトアニア系の人はリストにはそんなにたくさんは加えられなかった。難民の流れを邪魔してはならないと考えたからである。

われわれのつくったリストは、歓迎と抗議そして要求の声で迎えられた。ラビや神学校長から、手紙と電報が続々と届いた。自分のところが加えられてありがたいと感謝する人、加えられなかったのはけしからぬと文句をいう人、さまざまであった。その前は通過ビザの申請の波が押しよせたが、今度は、つまり一九四一年四〜五月は、上海の居留申請が殺倒することになった。アグダット・イスラエルの指導者、ワルシャワの元ジョイント関係者、東京のポルレリーフ（ポーランド戦争犠牲者救済委員会）、ポーランドの元ミズラヒ運動家、HICEMの神戸事務所等々、それこそありとあらゆる組織から、要請がきた。

一九四一年の三月から六月までどれだけの居留許可がでたのか、はっきりした数はわからないが、私の手もとにあるリストによれば、居留許可数四〇〇名である。追加の一〇〇名分は、アシュケナージ師と上海のHICEMが、われわれの指示にもとづいて取得したもので、ウラジオストクで立往生した一行四〇名分が含まれる（この一行はアルクティダ号に乗船し、四月末にソ連を離れた）。

日本経由またはリトアニアから直接上海へ行った難民の数は、正確にはわからない。しかし、カウナスのインツーリストがわれわれのリストを受けとるたびに、申請者の波が押しよせたから、この事実から判断すると、リストに含まれた人は大多数が許可書を利用して脱出したと考えられる。

四月末から五月中旬にかけて、カウナスからは受領確認と追加要求の電報が、何通か届いている。その時点でも、まだ許可書を使えたようである。六月二二日に独ソ戦が勃発してから、脱出はいちだんと難しくなったが、それでも前線から離れているモスクワへは、行けたはずである。

日本の難民移送

上海行きの第二の目的は、日本滞在中の難民問題を解決することだった。日本の滞在期限が切れ、これが一番急を要する問題で、なんとか上海に収容する方途を考えねばならなかった。日本当局の動きで厄介なことにならぬよう、機先を制する必要があるのだ。ドイツ系ユダヤ人難民の経営維持するホステルへ同居させてもらうのか、それとも別に委員会を設け、別個に収容施設をつくるのか。われわれは早急に決めなければならなかった。

スピールマン氏の指揮する既存の（ドイツ系）委員会は、ドイツ系難民一万五〇〇〇人の食料を供給するホステル網へポーランド系難民を収容せよ、と求めた。食料の供給金は、アメリカのジョイントがだせという。一方、法律上社会上の問題から、分離した方がよいと思われた。また、既存のホステルは、日本の管理する虹口地区にあったので、ポーランド系ユダヤ人の移送は、事前に日本の軍当局の許可を得ていないと、無理であった。本件に関する犬塚、大貫両大佐との交渉は不調に終わった。フランス租界への収容は、二年前からユダヤ人の居留を徹底的に制限しており、きわめて困難であった。さらに保証金として、四〇〇米ドルの大金を供託する必要があった。残るは共同租界とそのなかにあるフランス租借地だけである。アシュケナージ系社会はそこのフランス租借地にあり、ポーランド系難民に対しいろいろ配慮してくれたので、ここへ収容するのが一番と思われた。ビシー政権のフランス当局は、ドイツ系ユダヤ人難民に難色を示した。旅券に「ユダヤ人」というスタンプが押してあったからだ。ポーランド系難民の旅券にはそれがない。

われわれは、「ユーデ」のスタンプがついていない旅券を利用するので、少し不安であった。しかしかたがない。さらに、ドイツ系難民がいるホステルは最悪の環境であった。そのようなところへポーランド系難民を収容すると、環境はいちだんと悪化し、関係者への負担も大きくなる。アシュケナージ系社会は、われわれの指導で、難民の面倒をみる特別組織イースト・ジューコム、を設置した。その下に、経済、財務、医療、法務、労働などの小委員会が付設された。私はさっそくニューヨークのジョイントに、一〇〇〇名分の宿泊施設を借りた、必要経費至急送れ、と打電した。

正統派ラビ連合宛の電報では、「ラビと神学生数百名を含む難民一五〇〇名をただちに神戸より移送する要あるも、ドイツ系難民との共同収容はいろいろ障害があるにつき、分離収容の推進と迅速な輸送に協力願いたし」と緊急性を強調して伝えた。

イースト・ジューコムは、フランス租借地内に建物を借り、ジョイントに難民収容の許可を求めるとともに、一人あたりの生活保障金を月六ドルに引き上げるよう要求した。ドイツ系難民を担当するジョイント代表のスピールマンは、分離収容に反対であった。区別すれば妨害するという。しかし、イースト・ジューコムや神戸のユダヤ人協会、そして上海のＨＩＣＥＭが極力分離案をおしたので、ジョイントも結局これを認め、建物借用費として三五〇〇米ドルを支出してくれた。

われわれは、上海行きに意味があったという多少の満足感を抱きながら、日本へもどった。

神戸からの上海移送は一九四一年四月に始まった。イースト・ジューコムの勧告にしたがって、上海当局の目をひかないよう一〇名から一五名を一組として送った。後には五〇名またはそれ以上を一組の単位としたが、この輸送作戦は一一月に終了した。

数カ月で一五〇〇名を移すのは、容易なことではなかった。多くの難民が生活環境の悪化を恐れ、なんとかして日本出国を遅らせようとした。円滑かつ効率的な輸送には、よほどの忍耐と根気が必要だった。難民委員会が神戸のユダヤ人協会を助け、私の秘書であるグラウデンツが中心になって、輸送にあたった。

ユダヤの伝統を守る

われわれは上海の若者が心配だった。職もなければ行くあてもなく、不安な毎日を送っているのである。そこで私は、トーラ・バアボダの人々を対象にキブツ訓練センターの開設を意図した。パレスチナへ行く日が来るまで、乗りきらせようという考えであった。私は活動家のひとりでハルビン在住のスルツカー氏に相談した。彼はショヘット（戒律にもとづく屠殺の免許保持者）であった。ハルビンには、満州のなかで一番組織化されたユダヤ人社会があった。ラビのアハロン・モシェ・キシレブ師（一八六三―一九四五）の指導下に、よくまとまっていた。ハルビンは極東ユダヤ人会議の所在地でもあった。議長は、ロシア系ユダヤ人のシオニスト、アブラハム・カウフマン博士だった。ここには、広々としたシナゴーグが二つと、ユダヤ人学校がひとつあった。私はスルツカーに、二つの相談をもちかけた。極東にミズラヒ運動のセンターを設ける計画と、もうひとつはキブツの件である。後者には、難民子弟五〇名を考えていた。

スルツカーからはぜひやろうという返事がきた。そこで私は、青年たちのハルビン移送計画を練りはじめた。天津にもミズラヒの活動があり、そこも可能性があるように思われた。

しかし、われわれの計画は挫折した。ハルビンの居留許可が個人単位でしかとれなかったからである。カウフマン博士は、イーデッシュ語の定期刊行物を発行する予定で、ラビのS・B・ウルバッハ師を編集者としてハルビンへ迎えたい、とも言っていた。しかしそれも実現しなかった。当局は、難民の流入を喜ばず、ユダヤ人自身、将来に不安をいっぱい抱えて暮していた。

まことにあわれな状況であった。戦後、中国の共産革命に伴い、難民を含むすべてのユダヤ人社会は、上海だけでなく旧満州の諸都市から立ち退かざるをえなくなった。毛沢東指導下の中国当局はユダヤ人の海外移住を推し進めた。中国のユダヤ人社会は、一九四九年から五二年にかけて流出、ユダヤ人はほとんどがイスラエルかアメリカまたは南アフリカへ移住した。上海の富豪を含む少数の人々は、香港とシンガポールへ移り、そこで再興をはかった。

スルツカーはイスラエルへ移り、ハイファの近くに居を構えた。再会したわれわれは思い出を語り合った。彼の息子は国防軍兵士となり、戦死した。娘のひとりは、ラビのS・エルバーグ師と結婚した。師もポーランド難民で日本経由で上海へ行った組のひとりだった。アメリカの正統派ラビ連合理事会議長になった人物である。

ポーランド系ユダヤ人難民は、戦争が終わるまで上海にとどまった。彼らは自尊心をなくさず、ユダヤの伝統とアイデンティティを守り通した。アシュケナージ系社会のつくった委員会、そしてわれわれパレスチナ委員会の設けた組織が、それぞれ努力したおかげである。とりわけ、ミル神学校とその学生三五〇名の功績が指摘される。学校長のシュムレビッツ師は、上海に精神世界のセンターを確立し、ユダヤ人社会を導いたのであった。

第5章　難民のパレスチナ移住

《手作り》書類で入国ビザを

上海におけるわれわれの任務は終わった。フランク・ニューマンはアメリカへ帰り、前の仕事にもどった。シュパケビッツと私はそれぞれ神戸と横浜にもどり、難民のパレスチナなどへの移住や上海移送の仕事を再開した。

われわれは、一九四〇年一〇月中旬から翌年六月中旬まで八カ月間日本に滞在したが、その間パレスチナ移住許可書は、一通も届かなかった。一九四〇年一〇月～四一年三月の六カ月間はもとより、四一年四月～一〇月の期間も、許可の割当てがまったくなかったのである。ユダヤ人移民を制限するイギリスの一九三九年白書は、容赦なく実施された。チーフラビのI・ヘルツォーグ師とユダヤ機関のモシェ・シェルトク政治局長は、イギリス高等弁務官に許可書の割当てを求めた。答はノーであった。たとえ自分がユダヤ人であっても、現在の政策は移住許可保留にならざるをえないと考えるだろう。いまユダヤ人が来ても、その移住者は《二級》民にすぎない。《一級》の移民は、目下のところ移住許可を受ける立場にはないのである云々。

　パレスチナ移住許可書をもつ難民は、日本にはたくさんいなかった。オデッサ・イスタンブール経路が通れるようになったとき、運のいい連中は、この短距離ルートをたどって南下した。値段も安く安全なのである。カウナスのイギリス領事館がだした例の確認書は、本物もにせ物もあったが、いずれにせよイスタンブールのイギリス領事館がそれを尊重したので、それを知った人々は、こぞってこのルートをたどった。それでも、この《手作り》確認書を手にする難民数十名は、バルラスの警告をまじめに考え、イスタンブールへ向かわず日本へやってきた。

　われわれはカウナスを出るとき、当地のイギリス領事館から、確認書や特定の申請者宛の手紙のほか、公文書用紙をどっさりもちだした。それを使って、自家製の確認書をどんどん《発行》したのである。そしてそれを神戸、横浜、東京のイギリス領事館にもっていった。手作り書類で、パレスチナの入国ビザをもらおうという魂胆だった。

大量移住の道が開ける

　われわれはまず最初に神戸のイギリス領事館にあたってみた。マーベルという人物のビザをとってみようというのである。領事はエルサレムへ連絡し、オーケーの返事をもらった。その結果ビザが発給された。今度はラファエル・ベンナタンがみずからでかけていった。領事は書類が本物であることを認めたが、有効期限が一九四一年一二月末までになっていると指摘した。期限切れ寸前である。

　当初、イギリスの領事たちは、この確認書を手にした者がビザの申請をすると、毎回エルサレムに指示をあおいだが、そのうちに、この件については全般的な指示が必要と言いだした。一九四一年一月五日、われわれはイギリス委任統治政府移民局からの手紙で、確認書を手にする一行一四名分のビザを認められた。実はその前の一二月二三日、われわれはエルサレムのユダヤ機関に打電し、本件に関する方針をもらえと頼んだのである。奇跡的といおうか、イギリス委任統治政府は、確認書所持者にパレスチナ移住を認める、という一般方針をだしたのである。これで、日本からパレスチナへの大量移住の道が開けたのだ。われわれは、前にも述べたように、確認書を大量に生産した。公文書用紙は、新しいものを印刷する必要がなかった。用紙だけは《本物》のものが、いっぱいあったからである。

文房具屋さん、ごめんなさい

あるとき、ひやりとするできごとがあった。急を要する申請が一件あり、横浜のイギリス領事館へ向かったのだが、例の確認書を提出する段になって、念のため見直すと、なんと本人の名前が書かれていないのである。名なしの権兵衛に確認書が発行されるわけがない。危ういところだった。しかし、われわれはタイプライターをもっていなかった。そこで、工夫の才に富む妻が品を選ぶ風をして文房具屋へ行き、購入前の《試しうち》という素振りで、ぱちぱちと名前をうった。横浜の文房具屋さん、ごめんなさい。文房具屋さんに神の祝福がありますように。あなたは、自分で気づかぬままに、ユダヤ人難民を助け聖地行きを可能にしたのです。

神戸、横浜そして東京のイギリス領事館は、まことにありがたいことに、パレスチナ移住関連事項に無知だった。だいたい日本からパレスチナへ移住するなど、われわれが来るまではまずありえないことだったから、無理もない。彼らの無知が判断を妨げた。われわれには都合がよかったが。

それでも、つまずきがあった。修正主義派に属すると思われるが、ある難民グループが、ユダヤ機関公認の難民委員会の手を経ずに、直接神戸のイギリス領事館とかけあった。どこで手に入れたのか、例の確認書を提出したのだが、領事はビザの発給を拒否し、ユダヤ機関の代表部を通せと言った。イギリス側は、委員会を迂回した行為に、首をかしげはじめたのである。それ以後、われわれはもっと慎重に行動した。できるだけ注目されないほうがよいので、われわれは申請グループを三つにして、神戸、横浜、東京の三領事館にふり分けた。すでに私がアメリカに渡った後だが、一九四一年八月二八日付の手紙が届いた。神戸の難民委員会メンバーであるヨナ・ブラバーマンからだった。やはり修正主義派らしいグループが、委員会を迂回して直接神戸のイギリス領事館に申請し、拒否された由である。それならまだいいが、それからというもの、領事は、確認書をひとつひとつ注意してチェックするようになり、委員会の提出した申請も、エルサレムから確認がとれるまで、ビザをいっさい発給しなくなったという。

有効期限延長の成功

それより困ったのは、難民のもっているパレスチナ移住許可の有効期限が、一九四一年三月三一日で切れる点であった。確認書でも、その日が有効期限である。ビザを発給したイギリス領事は、渡航途中で期限切れとなり立往生するぞ、とわれわれに警告した。われわれが滞日中エルサレムから受けたビザも、一〇月三一日が有効期限だった。戦時中のことであり、パレスチナへ到着するには時間がかかる。そこでわれわれはエルサレムのユダヤ機関に、有効期限をキャンセルするようイギリス当局に働きかけよ、と要請した。その返事は五月六日に来た。神戸のイギリス総領事からだった。

本官は、パレスチナ政府からビザ延長の権限を与えられ、難民の所持するパレスチナ移住ビザは、すべて本人が現地に到着するまで期限を延長しますので、その旨お伝えします。

期限延長は本当にありがたかった。何カ月もかかって、南アジアや南アフリカあるいはビルマ・イラク経由で、パレスチナへ向かう人々がいたのだ。何度も船を乗り換えながら、五カ月六カ月、いや八カ月もかかって、パレスチナへ到着するのだった。

日本からパレスチナへの道は多くの障害にはばまれ、渡航はほんとうにたいへんであった。通過ビザがいくつも必要だったし、その方面へ向かう船の乗船券を確保するのも難しかった。切符代がまたべらぼうに高いのである。渡航計画は、輸送手段と通過ビザの取得いかんで決めなければならなかった。風まかせである。

上海からは、一九四一年末まで移住者集団が、次々とパレスチナへ旅立った。神戸から上海へ移った難民委員会が、われわれの手で上海に設けたパレスチナ委員会と協力しつつ、渡航をアレンジした。日本と上海からパレスチナへ向かったポーランド系ユダヤ人難民の数は、一九四一年末までに四〇〇名ほどに達した。しかし、同年一二月八日の真珠湾攻撃で日米開戦となり、上海からの移動はすべてだめになった。上海の難民は八方ふさがりとなり、まもなくゲットーの一種に送りこまれた。一九四二年に個人でパレスチナへたどり着いた人や、日英間の捕虜交換でパレスチナへ行けた人もいる。

輸送手段の確保が難しいため、途中でビザの有効期限が切れたり、金が尽きてしまうケースが続出した。ビザの延長と金の工面はほんとうにたいへんだった。いくらがんばっても、われわれは切符代の一部しか捻出できず、要請が次々と舞いこむため、帳じりを合わせるのに一苦労した。一九四一年五月二〇日付でわれわれがエルサレムのユダヤ機関に送った電報は、その立ち往生の例である。

このグループは、エレツ・イスラエルビザならびに有効期限九月三〇日のエジプト通過ビザを所持。インド経由なれどボンベイまでの費用のみにつき、それ以降の費用を負担せられたく……

ユダヤ機関は、移住者数百名の輸送費を負担できるほど豊かではないとして、海外のユダヤ人団体にあたってみたらよかろう、たとえば、南アフリカとイギリスのユダヤ議員連盟はどうか、といってきた。

私は、数百とはいわぬまでも、たくさんの電報や手紙を保管している。ビルナ、カウナス、ウラジオストク、上海、ボンベイ、コロンボ……からの悲痛極まりない要請である。ビザ代を頼む、交通費をぜひだして下さい、生活費を少しでも送って下さい、さもなければここでのたれ死にです等々。短い文面のなかに、立ち往生した彼らの苦悩が凝縮されていた。なかには、われわれが助けることのできた人もいる。そのほかは、そのままになったのだ。

資金調達の苦労

われわれは、船便予約をベースに日本の通過ビザを取得し、さらに、パレスチナ移住の保証と引きかえに上海居留の許可を求めた。資金調達も大きな仕事で、上海における難民の生活費と上海・パレスチナの渡航費を工面しなければならなかった。われわれは、エルサレムのユダヤ機関執行部とニューヨークのＵＰＡ（当時の会長はナフム・ゴールドマン博士）に、くり返し要請した。そして、いつもたらいまわしにされた。

そこでわれわれは、世界中のおもなユダヤ人団体にアピールした。ジョイント（現地代表を通し、資金のほとんどを提供してくれた）、ＨＩＣＥＭ（ＨＩＡＳ）、正統派ラビ連合のバアド・ハハザラ（救済委員会）、世界ユダヤ人会議（会長ナフム・ゴールドマン博士）、ポアレイ・シオンとミズラヒ、在米宗教労働連合、南アフリカユダヤ議員連盟、モントリオールのカナダユダヤ人会議などである。いろいろ団体によって差はあるが、全体的には前向きの反応を得た。しかし、金は十分ではなく、しかもまにあったためしがなかった。前にも触れたが、本人のパレスチナ到着後に払いもどすという条件で、多額の外貨を借りたことがある。結局全額を清算して解決したのだが、おかげで自分が重い責任を負い、ずいぶん不愉快な思いをしたのだった。

資金援助をしたユダヤ人団体が、それぞれ金の使いみちを指定したので、ことはいっそう複雑になった。前述のようにバアド・ハハザラは、自分のところのリストにのっている神学生に限定すると条件をつけたし、ニューヨークのUPAは、移住許可書のない者には金を出さなかった。ところが神戸のHIAS事務所は、本部から「エレツ・イスラエルへ行かない」難民だけの渡航費として金を受けとるしまつだった。

通信費もばかにならなかった。予算の大部分が郵便や電報代にくわれたのだ。私の記録保管庫に残された電報の山をみていると、こんな多額の金をわれわれはどうやって工面したのか、とても不思議な思いがする。数量もさることながら、交信域がそれこそ世界中なのである。ポーランドあるいはソ連領下のバルト諸国に離散する難民たち、広大なソ連をあてどもなく放浪する難民たち。それぞれが急迫状態にあり、一刻も早く連絡してあげなければならなかった。その一方で、南北両アメリカ、イギリス、スイス、上海そしてハルビンのユダヤ人社会や団体と交渉し、あるいは渡航中の者を助けるためインド、南アフリカ、ビルマ、セイロン、オーストラリアのユダヤ人社会とその指導者に連絡する必要があった。戦時中のことであるので、郵便事情がきわめて悪く、手紙などは数週間もかかった。われわれが扱っているのは、いずれも急を要する問題だったから、電報や国際電話に頼らざるをえなかった。そのつけが、数百数千ドルに及ぶ請求書である。

波瀾万丈の旅

日本では、移住許可書は大半が《自家製》で、委任統治政府の移民割当てをもとにしたユダヤ機関の配分ではなかった。したがって、組織単位とか資格要件などいっさいなしで、状況に応じてその場で《発行》した。この作戦は大成功で、誰にもパレスチナ移住の機会が与えられたので、難民社会は歓迎した。パイオニアは全部パレスチナへ旅立ち、ベィタル（修正主義派）、神学生、ラビ、シオニスト各派の活動家、アグダット・イスラエルなどのメンバーもこれを利用した。

四〇〇名ほどがパレスチナへ向かい、さらに数百名がほかの国へ行った。あとに残った難民はほとんどが神学生とラビであった。特にミル神学校は行先がなく、約三〇〇名が残留していた。ここの学生は、ユダヤの価値観と精神、伝統を吸収し、民族の愛にあふれた若者たちであった。彼らの心と魂はエレツ・イスラエルとしっかり結びついているのである。約束の地を踏む権利は、日本と上海にいるほかの難民集団と少なくとも平等に与えられて当然であった。さらに彼らは言語に絶するひどい環境下で暮していたから、このままでは将来が危ぶまれた。

われわれはチーフラビのヘルツォーグ師に訴えた。リトアニアにいる神学生のため、一〇〇〇名分の割当てを取得すべく、なにぶんの努力をお願いする、と一九四一年一月七日付電報で要請したことであった。それがあれば、神学生たちはリトアニアから日本へ脱出し、そこからパレスチナへ向かえるのである。だが、メイル・ベルリン師（バル・イラン）からは、「割当てなし……。ヘルツォーグ師アメリカへ向かえり」という無情な返事しかこなかった。イギリスが一九三九年白書を忠実に施行しているせいだった。その線に沿って、一九四一年一〇月～四二年三月期には、ユダヤ人移民はひとりも認められなかった。

難民委員会の書記I・グラウデンツの保管記録によると、一九四一年一～一〇月の一〇カ月間に、日本からパレスチナへ向かった者は二六二名であった。そのうち本物の移住許可書をもった者は一八六名であるが、パイオニア、シオニスト活動家、ユース・アリヤ、修正主義派、アグダット・イスラエルのメンバーのほか、ラビ、神学生、資本家が含まれる。上海からは三グループが出発したので、結局、一九四一年には極東から約四〇〇名がパレスチナを目ざしたことになる。

パレスチナへの旅は、船、鉄道が中心で、輸送手段の確保次第で、いくつかルートがあった。第一は、神戸―上海―カルカッタ―ボンベイ―バスラ―トルコ―シリアまたはエジプト―パレスチナ、第二は、神戸―上海―香港―ラングーン―カルカッタで、その後は一に類似する。第三は上海―コロンボ―カルカッタ経由である。上海―インドルートは、イラクとトルコがビザの発給をしぶるようになって、むずかしくなった。ボンベイ滞在は、いろいろ複雑な問題がたくさんあって、難民はみじめな思いをした。政府当局はもとより一般も、難民に対して無慈悲であり、当地のユダヤ人社会は無力で、たえずおどおどと何かにおびえながら暮していた。彼らは支援手段をもたなかった。例のミンツ（ラファエル・ベンナタン）は、ボンベイで立往生し、一九四一年二月一七日付で、次のように訴えてきた。

私はこの手紙を、神に見捨てられた暗黒の世界から書いています。ユダヤ的環境からきり離された私は、この迷路からどうやったら抜け出られるのか、毎日思い悩んでいます……こんなことになろうとは、日本を出るときは夢にも考えませんでした。ボンベイへ来るのはまさに悪夢です。イラクはトランジットの便宜をすべて破棄してしまい、ユダヤ人の入国を禁じてしまいました（モーセの時代、エドムびとが通過をこばんだように……）。

こんなことがあったので、われわれは別のルートをさがし、難民には南アフリカとエジプト経由で行くように指導した。われわれはポーランド大使に事情を説明し、南アフリカビザの取得に協力をお願いした。

パレスチナ移住者には、その許可書のほかエジプトの通過ビザも支給した。許可の有効期限は一九四一年六月二〇日で切れ（エジプトの通過ビザは六月一五日で期限切れ）、われわれは神戸のイギリス領事のところへ行き、目下この二種のビザの有効期限を無期限にしてもらうべく交渉中で、すでに前向きの感触を得ているから、このビザ携帯者にインドの通過ビザを発給してもらいたい、とかけあった。領事は発給してくれたが、これはインド上陸を認めるものではないのだから、と念を押した。

インドへの船便は月に一回程度だった。日本郵船は、インド上陸を認められない場合を考慮し、日本または上海への復航保証のない乗客は、乗船を拒否した。さらに乗客は、インドの規則にしたがい、戦時中軍務に服したことがなく、パレスチナ上陸とともに入隊することもない、と誓約しなければならなかった。このような条件は、ことを複雑にするだけであったし、南アフリカ経由に長所もあったので、アフリカルートに変えた（南アフリカからエジプトへは定期船があったし、南アフリカには難民の窮乏にこたえうる大きなユダヤ人社会があった）。以後、難民は、ダーバンからケープタウンを目ざした。一行五五名の難民は、われわれの指示によりコロンボでルートを変更し、ダーバン行きの船に乗った。当地ではシオニスト組織が一行を温かく迎え、そこからパレスチナまでの足代の面倒もみた。

ルート上の通過ビザは、ひとつの同じイギリス領事館でもらえばよかったが、立寄り先の総督府から事前に了解を得ておく必要があった。これは苦労した。私は、神戸のイギリス領事が四一年五月五日付で香港政府に打った電報のコピーを、いまも大切に保管している。婦女子一〇名を含むポーランド難民五一名が、香港経由でパレスチナへ向かうので、香港の通過ビザご配慮を得たいという内容である。これはうまくいった。婦女子一七名を含む難民八五名のグループの場合、神戸のイギリス領事が同種の要請電報をセイロンへ打ってくれた。マニラ丸でコロンボへ向かうのでよろしくと頼んだところ、香港とコロンボから了解の返事がきたので、一行は勇躍日本を離れた。ところがである。コロンボでは、船の乗り換えと解釈し、難民の上陸を許さなかった。四一年六月九日、氷川丸で神戸からバンクーバーに向かう洋上で、私はこの難民グループのリーダーであるガンツ、レイバンド連名の電報を受けとった。「コロンボ上陸拒否さる……ボンベイへの仲介至急頼む、助けて、返事待つ」。電文から悲鳴が聞こえてきそうだった。私は、ボンベイへ行け、現地ユダヤ人社会の応援を求めよと返電した。一行はインド上陸を認められた。

例のミンツグループは、彼とロマノフスキ（ポアレイ・シオン派）がリーダーとなり、インドで悲惨な体験をしたが、その後なんとかここを脱出してパレスチナへ到着した。

難民は、約束の地にいつどうやって着けるのかもわからないまま、波瀾万丈の旅に出た。彼らは行く先々で、現地の小さなユダヤ人社会と接触した。余儀ない長期滞在のなかで、シオニズム運動やミズラヒ活動を現地で展開した難民もいる。

これら難民グループは、一九四一年三月から一二月にかけて神戸、上海を出発し、パレスチナへ向かった。最後のグループは、一九四二年三月に到着した。私は、彼らと行をともにしたわけではないが、横浜、神戸そしてニューヨークで、この移住集団の金の工面や連絡で同僚とともに毎日奔走していたから、あたかも彼らと同じ経験をしているような気持ちだった。

第6章　海外への援助活動

ゲットーへ食料を

私は、ビルナ、カウナス、神戸、横浜、上海と転々とした。しかしどこにいてもまず海外との郵便・電信連絡を確立した。確立すると、ふところの許すかぎり食料小包を送った。

私は、ユダヤ民族抹殺の一手段として、ナチが飢餓作戦をとっていることを、知っていた。一九四三年初め、私は『ヨーロッパをおそう飢餓』と題するドキュメントを出版したが、われわれの調査では、ヒトラーがすべての食料供給源をおさえようとしており、組織的段階的に供給を減らしながら、ユダヤ人を抹殺し、スラブ民族を無気力にし、ついでこれを屈従させ、欧米諸国の国民を心身ともに弱めようとしていた。それと同時に、ゲルマン民族には豊富に供給して肉体的精神的強大化をはかり、人種支配の野望を実現するのである。

この悪魔的な策謀は長期計画の予定であったが、戦局が不利になるにつれ、ヒトラーは、当初よりもっと苛酷な手段に訴え、物理的抹殺をやるようになった。ナチが段階的な餓死作戦を実施するとなれば、ゲットーにとじ込められたユダヤ人同胞に、あらゆる手段を使ってでも食料を供給してやる必要があった。アメリカが参戦してからはだめになったが、それまでは食料小包は無事に届いているようだった。ナチは、ユダヤ民族抹殺の意図をまだカムフラージュしており、リトアニアからポーランドへ送った小包は、お礼とともに追加を要請する手紙がきたので、届いていることが確認された。もちろんわれわれはその要請にこたえた。

日本の郵政当局は、食料品のタイプや重量サイズに制限を加え、上海では五〇〇グラムまでの小包しか送れなかった。私は、交換価値が高いと報告のあったコーヒー、茶、こしょうを送った。

しかし最大の問題は金だった。海外のおもなユダヤ人団体は、食料小包などナチドイツに没収されその兵隊の腹を肥やすのみと考え、食料小包の効果を疑った。しかしわれわれ難民は、そんな計算を度外視した。肉親や友人を助けるのがわれわれの義務であった。同僚のなかには自分の食事を減らして、小包を送る人が何人もいた。

われわれは、受けとりの手紙が届くかぎり、食料小包を送りつづけた。一九四一年三月三一日付の礼状をワルシャワから受けとったときは、特に感動した。友人のD・S・スコロフコブスキからで、私がワルシャワを出た後私の仕事をひきつぎ、ヘハルーツ・ハミズラヒの議長として活動していた。手紙には、追加をお願いする、ワルシャワの宗教シオニスト活動家にもぜひとあった。

ソ連のポーランド難民

戦火のひろがったヨーロッパでは郵便事情が極度に悪化している関係から、小包がどこへ行ったのか、果たして無事に届くのかわからぬ状態だった。そのようなわけで、日本と上海が一番いい発送地だった。

一九四一年の初めごろ、ソ連の市民権を拒否したポーランド難民が、ソ連のどのあたりにいるのか、おぼろげながらわかってきた。彼らは、ソ連の身分証明書をもたず、極北、シベリアなどロシア各地へ追放された。肉親から引き裂かれ、苛烈な厳寒の地で強制労働に追いたてられたのだ。病気と栄養失調で彼らはばたばたと死んでいった。この追放はユダヤ人に大きな悲劇をもたらした。しかし、国境地帯はまもなく戦場となり、ドイツ軍の猛攻にさらされたから、この追放処分はポーランドのユダヤ人難民を救うことにもなった。

ロシア各地に離散するポーランド系ユダヤ人と連絡がつくようになったので、われわれはユダヤ機関に、この人々へパレスチナ移住許可の割当て分をまわすよう圧力をかけた。もちろん、彼らにこの許可書を利用できる機会がまだないことは十分承知していたが、気持ちのうえからそうしたのだ（ソ連当局は出国許可を発給しなくなった。リトアニアからの脱出は一時的に許されただけである）。それよりもっと厄介な障害がイギリス政府で、モスクワその他に駐在するイギリス領事は、ビザ発給を認めなかった。移住許可配分は、少なくともこの離散民の士気昂揚に寄与すると考えたのだが。

アメリカにある宗教系ユダヤ人団体と神学校校長の署名した電報が、一九四一年八月二九日付でユダヤ機関執行部へ送られた。ロシア各地に離散する数千の神学校生へ移住割当てをだすように求めた内容である。本件はすでに八月二四日に、エルサレムの執行部会議でとりあげられていた。アリヤ局長のE・ドブキンは、ソ連当局の出国許可がでるという前提で、一〇〇名分の配分を提案した。イギリスが入国許可を拒否していても、その分は一カ月わきへおいておこうというのだ。ロシアにいる難民が利用できなければ、ほかへまわすのである。シャピラ局長は、ソ連でそんな短時間に手続きができるわけがないと、期限を設けることに反対した。翌日シャピラは、ニューヨークの私へ電報を打ち、「ロシアの件一〇〇名分用意す。技術上その他の障害でまだ送れず」と知らせてきた。私は、候補者の名前と住所を送ろうかと返電した。

しかし、本件はその後まったく進展せず、いたずらに月日が経った。変化が生じたのは一九四二年の初めになってからである。ソ連とポーランド亡命政府の間に協定が結ばれ、ポーランド国籍者は追放処分を解かれた。ポーランド解放軍が編成され、ポーランド国籍者はそれに編入された。赤軍の補助部隊としてナチ侵略軍と戦うのであるが、難民たちにとって、ソ連国境を出られる可能性が生まれたわけである。

上海にいるユダヤ人難民は、ソ連で同胞が解放されたというニュースを耳にして、これが自分たちの救済の前兆であると考えた。その期待に根拠がなかったことはすぐに判明する。

第7章　極東の難民キャンペーン

あくまでもイスラエルへ

この暗黒時代、エレツ・イスラエルの門はわずかに開いているのみであった。そのような状況下では、ユダヤ機関と難民委員会は、難民の収容先をほかにさがさざるをえなかった。私は、自分の関与した救援活動でわかるように、右の立場で行動したのである。しかし、それは問題をよびそうな立場ではあった。パレスチナに民族の郷土を再建するシオニズムと他国への移住は、矛盾するからである。

第二次大戦が終わった後、私と難民委員会メンバーとの間に、感情の激した手紙のやりとりが続いた。当時私はアメリカに住み、イスラエル移住を計画していた。一方、上海のゲットーから解放されたばかりの同僚たちは、イスラエルの地への帰還をいまや実現できることになったのだ。それがどうだろう。彼らはアメリカ行きを希望し、入国ビザの取得に協力願いたいといってきたのである。彼らは、無限の物質的可能性がある新大陸に落ちつき先を求めた。私はそんなことでいいのかと抗議し、彼らの要請を蹴った。ひとりが反論して、六年間も上海ゲットーに閉じこめられていたのだ、アメリカでもっと平穏な生活をしてどこが悪い、それにシオニズム運動自体に、ウガンダへユダヤ国家を再建する案があったではないか、と言った。それに対し私は、悪意にみちた反ユダヤ主義の蔓延で、ユダヤ人大衆が生命の危険にさらされていたから、その一時避難地としてウガンダの名があがったにすぎないのだ、と答えた。ユダヤ人が緊急状態にある時、約束の地の門戸が閉まっているのであればやむをえない。私は難民の他国移住に協力した。しかし、状況は変わったのである。イスラエルの地への移住が可能になってきたのだ。

私がリトアニアを離れて日本へ向かったとき、エレツ・イスラエル行きの機が熟した、と考えていた。リトアニアに残した人々に対して責任を感じていたから、その人たちに対する責務を果たさなければと考え、当初は二カ月の日本滞在のつもりであった。一九四〇年一二月一九日に日本を離れ、エレツ・イスラエルへ向かう計画だったが、ユダヤ機関が私の滞日延長を求め、引き続き難民の救出にあたるようにいってきた。ユダヤ機関は、在日難民委員会を認定する代わりに、私が機関の要求に応じるように求めたのである。その結果、私は数カ月の滞在延長を決めた。一方、パレスチナへ向かった第一集団から、少しずつ連絡が入ってくるようになった。それぞれがいろいろな問題に遭遇していた。私には一歳になる長男と病身の妻があり、このような数カ月もかかる困難な旅は無理である、と判断したのである。現地の両親だけでなく、同僚のモシェ・シャピロ局長も移住延期をすすめてきたし、ミズラヒの世界ユダヤ人会議の指導者たちの仲介で、私は《政治難民》の資格でアメリカ入国を認められ、そちらへ向かう決意を固めた。しかし、私は再度離日を延期した。神戸から上海へ難民を移す仕事のためである。

日本経由の救出作戦

リトアニア、日本および上海におけるわれわれの救出作戦をふりかえってみると、戦時中という環境下で、いくつかの地域の救出を同時平行的にやったた点を考慮すると、かなりうまくやったのではないかと思う。ポーランドからリトアニアへ逃げた一万五〇〇〇人ほどの難民のうち、われわれは約六〇〇〇人を救出できた。二五〇〇人かそれ以上の人が、空路でリガ・ストックホルム・マルセイユに飛び、そこから船でパレスチナへ向かい、あるいはオデッサ・イスタンブール経由で南下し、イスタンブールからやはり船でパレスチナを目指した。リトアニアから日本へは約三〇〇〇人の難民が到着した。そのうち四〇〇〇人が一九四一年末までにパレスチナへ行った。さらに五〇〇名ほどがアメリカへ移住し、残りは戦争が終わるまで上海にとどまった。この上海残留組は、戦後アメリカやイスラエルに移住した。モスクワで通過ビザをもらい、イラン経由でパレスチナへ行った者もいる。その数約一〇〇名。

この救出作戦で強力なテコの役を果したのが、ユダヤ機関からの簡潔な資格認定書である。これによって神戸の難民委員会は、ユダヤ機関の公式代表としてイギリス委任統治政府と対応できるようになった。この組織は、ユダヤの主権の種をやどしていたといえるが、おかげでいろいろな官庁や政府当局から門前払いをされることがなかった。「君が国をもってさえいれば」と、大使や領事からよく言われたものだ。国がないから、この組織で頑張ったのである。

神戸のユダヤ人協会メンバーからは、親身になって協力してもらった。彼らの献身ぶりは忘れられない。A・ポニベイスキ会長は、心の温かいユダヤ人で、見識もあった。貿易商として成功した人物で、(日本国籍はとらなかったが)長年日本に住み、交遊関係が広く公的活動もいろいろあったようで、日本の外務大臣を初め外務当局の折衝に同行してくれた。外務省では、彼の立派な人柄が高く評価されていた。

数ある国のなかで、特に日本政府の態度は高く評価される。ドイツ、リトアニアから流出した多数のユダヤ人難民にドアを開いてくれたのである。当時大英帝国は、例の悪名高い一九三九年白書を固守し、難儀しているユダヤ人をパレスチナから締めだした。北アメリカの超大国は、影響力のあるユダヤ人社会をもちながら、ユダヤ人難民に対して閉鎖政策をとり、頑として変えなかった。このような背景を考えてみると、窮地に追い詰められたユダヤ人難民にドアを開き、安全なふところへ入れてくれた日本の行為は称賛に値する。

私の記録によると、難民委員会は、一九四一年だけで日本から一三九名の難民を、パレスチナ以外の国へ移住させた。ほかに四〇〇名が他の救助手段をうけて日本を離れた。この五五〇名ほどの難民のうち約四〇〇名が、政治難民ビザか、出身国に対する移民割当てを利用した移民ビザで、アメリカ入国を認められた。観光ビザでカナダへ行った者が五〜六〇人、東京のポーランド大使館、ミズラヒ、正統派ラビ連合のバアド・ハハザラ、カナダユダヤ人会議が、それぞれ別個に奔走して取得したのである。ラビのZ・ゴールドおよびA・カルマノビッツ両師を代表する集団は、カナダ当局へ提出していた申請リストのなかから、神学生八〇名分の入国許可を得た。しかし、無事カナダに到着したのは二九名にすぎなかった。日本の真珠湾攻撃で日米開戦となり、日本と北米の交通が断たれたのである。結局残るカナダビザは無効となった。

東京のポーランド大使館は、オーストラリアのビザ取得にも力添えをしてくれた。一九四一年六月七日付でジョイントに提出されたモイセーエフ報告によると、一九四〇年七月から四一年五月末まで、ポーランド系ユダヤ人難民五一二名が日本を離れ、アメリカ大陸とオーストラリアへ渡っている。その内訳は、アメリカ三五六、パナマ一一、ブラジル六、アルゼンチン二〇、チリ一一、カナダ六九、パラグアイ四、キューバ六、オーストラリア二、メキシコ五、サントドミンゴ七、英領西インド諸島一五である。ポーランドおよびドイツ以外の国の難民九二名のうち、七三名がアメリカへ行ったほか、ブラジル一、アルゼンチン二、マニラ一、エクアドル四、メキシコ三、カナダ一、ペルー一、英領西インド諸島一と、各地へ分散移住した。

苦心の移住先さがし

難民委員会は、パレスチナ行きの機会に恵まれない難民に別の移住先を世話すべく、いろいろと苦心した。難民の要請により、われわれはゴールドマンに連絡し、活動家三〇名分のカナダビザ取得をお願いした。私のところへは、難民委員会メンバーやシオニスト活動家あるいは神学生から、その申請書が送られてきた。神戸にあるバハッド派（一八世紀白ロシアにおきたハシディズム運動のひとつ）すら、カナダビザを求めて私に連絡してきた。

しかし、カナダの門もすぐに閉じてしまった。一九四一年八月一二日、私宛東京から電報で、カナダビザの取得が不可能になった、といってきた。しかし、移民が経済的負担を受入国にかけないという保証があれば、二一五人分のビルマビザがとれるという。同じ条件でオーストラリアのビザも六〇人分確保できるということだった。私は、この取得計画に協力を求められた。

このビルマ・オプションは、あまりぱっとしないように思われた。上海に代わる脱出先にしては、あまりに貧相である。上海は少なくとも国際都市の性格をもち、外国人の受容力がある。さらに、よく組織されたユダヤ人社会があり、難民の面倒をみることもできる。ところがビルマはこの二つが欠けている。ビルマという異質の環境のなかで、難民集団は崩壊してしまうにちがいない。それで私はすぐ、オーストラリアオプションのみに賛成、と返事した。しかし、このオーストラリア移住計画も一部実現しただけで、太平洋戦争の勃発とともに交通が遮断されたため、沙汰やみになった。

パナマ、ペルー、パラグアイ、アルゼンチン、チリを含む中南米諸国のビザは、数十人分がとれた。在米パイオニア運動のゼイレイ・アグダット・イスラエルは、金をだしてビザをいくつか取得した。そのビザをもらったひとりが、ポーランドのポアレイ・アグダット・イスラエルの指導者で弁護士としても活躍したメイル・ライヒマンだった。閣僚時代、私が政府の友好訪問団の一員としてブエノスアイレスのユダヤ人社会を訪れたとき、そこで彼と再会した。ライヒマンは一九七〇年にイスラエルへ移住し、テルアビブに居を構えたが、イスラエルにおける晩年は、まさに日々是好日の感があり、毎日を愉快に過ごした。なぜもっと早くユダヤ民族の郷土に帰らなかったのか、これが唯一の心残りだと言っていたが、帰って数年後に亡くなった。

前にも指摘したように、東京のポーランド大使館は、ビザ取得のためいろいろわれわれに力添えをしてくれた。大使のローマー伯は、人民大衆を忌避する典型的なポーランド貴族であった。戦後ポーランドに共産政権が成立すると、ローマー伯は故国をすててカナダへ移住し、フランス語の講師となった。ポーランドの貴族階級があたかも母国語のように身につけた言語で、身をたてたのだ。

私は、大使館のカール・スタニシェフスキ一等書記官と仲良くなった。精力的な青年外交官で、われわれは二頭立てで仕事をした。日本がドイツの側にたって参戦すると、彼は上海に移動し、さらにそこからオーストラリアへ移った。ポーランド系ユダヤ人実業家ジンゴルは、大使館へ自由に出入りし、われわれは友達になった。彼はわれわれを助けてくれたし、私も彼の勧告にしたがって行動するなど、その意図にこたえるようにした。しかしながら、ポーランド大使、大使の信任あつい仲介者ジンゴルは、同化主義やブントの傾向をもつ難民を、えこひいきした。シオニストや宗教家の難民は、難民委員の世話をうけると考えてのことであった。

難民委員会の同僚E・シュパケビッツは、一九四一年の四月初旬日本をたち、アメリカへ向かった。私自身が家族を連れて日本をたったのは、同年六月五日である。独ソ戦勃発のニュースは、バンクーバーからモントリオールへ向かう車中で聞いた。六月二二日だった。ドイツの侵攻は、リトアニアで立ち往生する難民の救出作戦に、とどめをさした。私の日本出国は、この重要な救出作戦の終焉と時を同じくしていたのであった。

第3部

生き残った人々

第1章　アメリカへ

妻子と別れ別れに

日本にいる難民に対して、あの超大国のアメリカは、わずか数十通のビザしか発給しなかった。申請者はそれぞれ厳重な審査を受け、いろいろむずかしいハードルを越えなければならなかった。ワシントンでは新しい条令がだされ、ドイツまたはドイツ占領地に近親者のいる者には、入国ビザが発行されなくなった。アメリカ当局は、ドイツがその近親者をいわば人質として、難民からアメリカの情報をひきだすことを恐れたのだ。私の妻は、申請書に、自分の両親のほか親類がワルシャワにたくさん残っている、と書いた。妻はビザの発給を拒否された。世界ユダヤ人会議のステファン・ワイズ会長がみずから間に入ってくれたが、それでもだめで、当局は《治安上の問題》をたてに、うんと言わなかった。結局妻は、ポーランド大使館の世話で、政治難民としてカナダのビザを取得した。そのため、北米大陸に到着すると、私と妻はばらばらになった。妻と子はモントリオールに残ったが、私は移民ビザをとることができたので、八カ月後にアメリカへ移った。

氷川丸で日本からカナダへ向かう筆者一行。写真中央は息子エマヌエルを抱いた妻ナオミ。そのうしろが筆者（1941年6月）。

第二次大戦が勃発してナチドイツがヨーロッパ大陸を席巻すると、多数のユダヤ人が難民となった。だがアメリカはこの新条令をたてにユダヤ人難民の受け入れを制限し、もうひとつの超大国イギリスは、例の一九三九年白書でパレスチナへの移住を局限し、さらに海外の植民地へ入ることも認めなかった。ソ連占領地のユダヤ人についてもイギリスは受け入れをこばんだから、独ソ戦にともなうナチの侵攻で彼らは抹殺の対象になるか、ソ連当局の手でシベリア送りになるかの悲惨な運命を迎えた。ソ連の支配地で生きのびても、精神生活の崩壊にさらされたのだ。

氷川丸でバンクーバーへ

われわれは横浜で日本郵船の氷川丸に乗船、一九四一年六月五日、日本を離れた。バンクーバー着は一七日、海は静かで平穏な航海だった。あたかも夏休みを洋上で過ごすような雰囲気で、われわれは甲板で甲羅干しをして時を過ごした。戦争の影と嵐はかなたに去り、それがまき起こす波乱と緊張は消えていった。だが、責任のくびきに縛りつけられている者に、心の平安はなかった。陸にあろうが洋上にあろうが、私にとって、毎日はいつもの仕事日と変わらず、船に乗っていても世界のあちこちから電報が打ちこまれてくるので、難民委員会の扱う諸問題をその都度処理した。

しかしそれでも、日本から距離が離れるにしたがい、日常業務のペースは落ちてくるので、ゆっくりと考える時間ができた。自己批判にふける時といえようか。われわれの活動はほぼ二年に及んだが、それでも私は、ナチドイツの圧制下に呻吟するポーランド系ユダヤ人に対し、われわれはほとんどなにもしてあげられなかったという気持ちであった。たしかに数千人を越境させただろう。しかしそれでも私は、あの大災厄を前にしたとき、自分がいかに無力であるか、しみじみと思い知らされたのである。

たしかに二年におよぶ難民救援活動をやった。しかし、こうして船に乗って日本を離れると、肉親や友人知人を残して逃げているのではないか、という思いにかられてしかたがなかった。

ワルシャワを離れたころ、私はまだ青二才の年齢だったが、すでに指導者の立場にたたされていた。そのため、私を信頼してついてくる人々に対して、指導者としての責任を背負わされた。その重さにいつもよろめいていたのだ。自分の判断や行為が正しかったのか、結果はこれで良かったのか。私は、いつも自分に不安であった。指導的立場にたつ者はほんとうに孤独である。心の支えや励ましが欲しかった。ときどき受けとる友人や肉親からの手紙が、私に力と勇気を与えてくれた。彼らの励ましで、明日もがんばるぞと闘志がわいてきた。たとえば友人ヤコブ・グリーンベルクの手紙。

手紙を読むと、君は自分の行動の結果に満足していないようだね。そんなことはないよ。ここだけでなくエレツ・イスラエルでも、君の評価はたいしたものだ。リトアニアと日本での君の活動は特筆に値する。エレツ・イスラエルからの報告によると、左派の連中はわれわれにずいぶん嫉妬しているらしい。君の活動のおかげで、われわれの関係者のパレスチナ移民が断然多いからね。抜群の功績なのだ。君の活動は皆が認めている。

独自の活動を始める

友人のこんな言葉がどれほど励みになったかわからない。いずれにせよわれわれは、難民救済に全力をつくそうという気持ちで、アメリカへ到着した。私はジョイントの指導部と密接に連絡をとり、特にモーゼス・レビット会長とは何度も話し合った。われわれはキャンペーン計画をたて、無料奉仕では干上るので、多少の報酬を得て働きたいと言った。日本ではこのやり方でユダヤ機関に協力したのである。レビット氏はかなりの実績をもつ経験者で、精力的な人だったが、ジョイントは限られた予算で活動せざるをえず、これ以上活動を広げるのは無理で人数を増やすわけにもいかない、と説明した。私たちは、難民による募金活動も提案したのだが、ジョイントはうんと言わなかった。レビット氏は、われわれのような《新米》移民にはわからないだろうが、一般大衆を対象とした募金法では、一ドル得るのにほぼ同じ額の金が出ていく、ジョイントの収入は、アメリカの百万長者や億万長者の献金を基本にしており、中流家庭をターゲットにしても意味がないと言った。われわれはアメリカのシオニスト機構緊急委員会へもアピールしたが、やはり前向きの返事はもらえなかった。

失望したわれわれは、それぞれわが道を行くことにした。私は、世界ユダヤ人会議付属のユダヤ問題研究所（所長、ドルート（労働総同盟）活動に仕事を得た。E・シュパケビッツは、シカゴのヒスタドルート（労働総同盟）活動に仕事を得た。ヤコブ・ロビンソン博士）の副所長に任命され、ミズラヒ運動の活動も続けた。アメリカの正統派ラビ連合に属するバアド・ハハザラ（救援委員会）へは、私がミズラヒを代表して役員となった。救援委員会は活発に募金運動をやっており、主として上海に居留中のラビと神学生を助けていた。金はスイス経由で上海へ送られた。

一九四〇年の中ごろから翌年中ごろにかけての緊急時、リトアニアに立ち往生中の神学生を救うため、ビルナと日本から船賃援助の声があがったとき（船賃がなければ日本の通過ビザは取得できなかった）、救援委員会は数日のうちに相当の金を集めなければならなかった。そのためミル神学校のA・カルマノビッツ校長は、別の神学校長の協力を得て、戸別訪問の募金活動を開始したのである。彼らは、安息日にすら仕事を続けた。さすがに自動車だけはキリスト教徒の運転にまかせたが、聖職者が戒律を犯すのは覚悟がいった。なぜそうしたのかときかれて、カルマノビッツ師は、人の命を救うのは、ラビの法を超越すると答えた。著名なラビたちが安息日にも募金活動をしているというので、仕事が尋常な性格のものではないことが理解され、募金がうまくいったという。カルマノビッツ師はラビの陳情団メンバーとして、ユダヤ系の財務長官ヘンリー・モーゲンソーへ会いに行った。ルーズベルト大統領を説得して、ヒトラーのユダヤ人抹殺計画を阻止してほしい、と頼んだのである。会見中カルマノビッツ師は気を失い、床に長々とのびてしまったという。

無力なユダヤ人社会

アメリカのユダヤ人社会は、いかに強力とはいえ、ヨーロッパのユダヤ人救援に有力な手を打つことができなかった。無関心であったわけではない。ユダヤの連帯感がありながら、ただどうしていいかわからなかったのである。断片的ながら大災厄のニュースがもれてくるようになったのは、かなり後になってからであった。連合国諸政府は、この悲劇の本質と規模を理解しようとせず、正確な情報のもれるのも防ごうとした。連合国の主目的は戦争に勝つことで、勝利すればほかの問題もかたづくという図式であった。戦争にてまどり、ユダヤ人が抹殺された後の勝利になっても、死んだ人には気の毒だがいたしかたなしというわけだった。同じことがポーランド亡命政府にも言えた。ユダヤ系国民の救出などは、主要問題ではなかったのである。ユダヤ人社会の指導部は、ワシントン当局にあまり圧力をかけると、それがかえって反ユダヤ主義を誘発するのではないか、アメリカを初めとする自由世界よりも自分たちの救済しか考えていないと非難されるのではないか、と考えていたようである。

当時、正統派は政治的インパクトをもっていなかった。英字紙に対する影響力もわずかであった。つまりマスコミに対する影響力ゼロということである。ましてや政治の中心に対しては無力だった。

われわれ小さな難民集団は、まさに東奔西走して苦境を訴えたのだが、片言英語のうえ事情にうとい《新米》のせいもあって、政治的インパクトは無に等しかった。われわれはポーランド系ユダヤ人協会を設置し、ポーランド亡命政府に何度も覚書を送ったが、ナシのつぶてだった。亡命政府に届くユダヤ人関連のニュースは適当にあしらわれていた。亡命政府はロンドンに本拠をおいていたが、ポーランド地下運動の特使ヤン・カルスキがロンドンへ来た足でアメリカへやってきた。彼はわれわれに、ポーランドのゲットー状況報告をくれた。その報告は一九四三年一月付で、われわれが受けとったのは八月九日だった。実に八カ月も前の報告で、ポーランドのユダヤ人に食料小包を送って支援してほしい、などと書いてあった。一九四三年の八月時点で受けとれる人がいったいいると思うのか。トレブリンカやアウシュビッツの生き残りにでもどうぞというのだろうか（一九四二年七月下旬にトレブリンカの抹殺キャンプ移送が始まり、さらに四三年四月にはワルシャワゲットーの蜂起があり、ユダヤ人社会は潰滅状態となった）。

尋常なやり方では何にもならぬので、重大決意をもって非常事態の行動をとるべきであった。しかし、そのようなことは全然なされず、時世に流されるだけであった。たしかにユダヤ人はニューヨークとワシントンを往復して、行動を呼びかけたが、その結果はゼロに等しかった。軍事勝利のみが語られ、それに伴って救済もあるという。だが、誰のための救済なのだろうか。連合軍が勝利するとき、ユダヤ人は生き残っているのだろうか。

ワルシャワゲットー蜂起のニュースを聞いた日、世界ユダヤ人会議の役員たるアリエ・タルタコバー博士が私を事務所に呼んで、ワルシャワゲットーの上空から激励ビラをまく案を打ち明けた。「絶体絶命のところに追いこまれているんです！」私はヒステリックに叫んだ。強大なナチに素手で立ち向かうのは、蟷螂《とうろう》の斧に等しく自殺行為である。「あんたは、皆がそんなビラを必要としてると思っているのですか！　皆が必要なのは武器なのだ！」私はどなりつけた。

私は、教授の机をガンガン叩きながら叫んだ。私はわれを忘れていた。ドアを荒々しく閉めると事務所を走り出た。終日ニューヨークの通りを狂ったように歩きまわった。家へ帰れなかった。妻の親族が両親を含め全員ワルシャワに残っていたので、私は妻の顔をまともに見ることができなかった。

一九四三年の春、英米両政府は重い腰をあげ、ユダヤ人の生き残り救出を考えはじめた。数えきれないほどの話し合いや接触などの根まわし工作の末、バミューダで会議が開かれることになった。この悲劇的状況のなかで、ユダヤ人がひとつにまとまったように思われた。

ユダヤ人代表団は、控え目の行動案を提示した。ユダヤ人の移住について中立国を通して話し合う、難民キャンプを設置し、移民資格を与えないで収容するなどの内容である。自由諸国へは、移住手続きを簡単にするとかパレスチナの門戸をユダヤ人難民に開放することが、呼びかけられた。バミューダ会議は、ユダヤ人側の提案にほとんど留意しなかった。会議は、戦争の勝利が難民問題の効果的解決を保証するという一片の宣言をだして、すぐに散会した。

情報キャンペーンの展開

私は、ユダヤ問題研究所に関与した機会を利用して、ドイツのユダヤ人抹殺に関する情報キャンペーンを開始した。当初研究所はヨーロッパにおける少数民族の人権問題を扱っていた。私は、第一次大戦後の条約で定められた少数民族の権利を担当することとなり、その履行状況の調査を命じられた。いってみれば、世界の難民問題を学術的に調べるので、私はこの活動方針に反対だった。ナチによるユダヤ人迫害を問題にせよと主張した。

調査過程で、私はナチドイツのユダヤ教迫害についてかなり資料を集めた。私に言わせれば、ナチドイツは反宗教反道徳であり、ユダヤ・キリスト伝統をベースにした倫理体系に反対であった。しかし、ナチの反宗教キャンペーンのおもな標的はユダヤ教であり、それを完全に抹殺する意図であった。ドイツは長期計画でヨーロッパ諸民族の肉体的弱体化をはかり、ユダヤ人は餓死させる方針だった。

ユダヤ民族にふりかかった災厄は、世界史に類がない。ユダヤ人生き残りの救済問題をヨーロッパの復興像に組み込もうとする人は、誰もが基本問題を避けて通った。三五〇万を誇ったポーランドのユダヤ人社会では、生き残ったのもわずかだが、誰ひとりとして前の居住地に残った者はいないのである。ドイツが占領したほかの地域でも同じだった。すべてが難民となったのだ。さらに、東ヨーロッパでドイツが大衆の間にたきつけた反ユダヤの憎悪は非常な猛威をふるい、前の居住地へもどるのがたいへん危険であった。東ヨーロッパ諸国は、ユダヤ人帰還者の問題を行政の枠組で解決する気がなかった。たぶんその能力もなかったであろう。ユダヤ人の救済問題は特殊であり、国際レベルで解決しなければならない性質のものである。

ドイツの占領地で行なわれた人道に反する犯罪行為に対し、世界がどう反応したのか。これもわれわれの調査対象だった。われわれは、犯罪者に対する警告や批判声明を集めた。ローマ法王を初めとする教会幹部にこの種の声明のない点が、きわめて特異であった。ポーランド亡命政府の首相を含め、ユダヤ人殺しに触れた声明がいくつかある。しかしそれも、民間人に対するナチの政策という一般問題で触れてあるだけで、ユダヤ人をねらいうちにした特異な性格を強調しているわけではなかった。たしかに反枢軸連合国——ベルギー、チェコスロバキア、ギリシア、ルクセンブルク、オランダ、ノルウェー、ポーランド、ソ連、イギリス、ユーゴスラビア、アメリカ、フランス亡命政府——が、ユダヤ人の大量殺戮《りく》に関わった者を非難し、処罰すると警告した声明を、出したことはある。しかしそれは一九四二年一二月であって、ポーランドのユダヤ人社会はすでにナチの手で抹殺されていた。ナチの残虐行為による民間人犠牲者の救援を目的として、戦時難民局がアメリカに設置された。実に一九四四年一月になってからである。

ホロコーストの実態はみえず

われわれポーランド系ユダヤ人難民は、戦時中四年間をアメリカで過ごした。われわれは常時連絡をとりあい、断片的なニュースや推測あるいは意見を交換した。意見といっても、時間がたってから届く断片的情報と幻想をベースにしたものにすぎず、まるで実体がなかった。われわれはホロコーストが起こりつつあることを感じてはいたが、はっきりした事情がつかめないため、誇張したうわさが情報にまじっていると考えた。いやそう信じた。それでも、脱出者が生き残りの情報をたずさえて、われわれの方へ向かっていたのだ。

一九四二年になって、ソ連のあちこちから難民に関する情報が少しずつもれてくるようになった。白海のアルハンゲリスクの労働キャンプから、シベリア、タシュケント、サマルカンドあるいは中央ロシアのクイビシェフから、友人たちの消息が伝わってきた。妹からの便りもあった。それによると姉は、ドイツ軍がルボフを占領したとき、すぐ殺されたという。われわれはときどき食料小包を送ることもできた。受取人のひとりであるM・ヌーロック師は、当時サマルカンドにいた。後で本人から聞いたところによると、小包は諸刃の贈物で、飢餓状態の身にはとてもありがたかったが、秘密警察NKVDに目をつけられて困ったという。小包が届いた翌日さっそく呼びつけられ、外部との接触について尋問されたのだ。

手紙の交換もたいへんで、とにかくむずかしかった。ポーランド出身のミズラヒ指導者J・L・ビアラーが、ウラル地方のイルビトから手紙を寄こしたので、さっそく返事をだした。一九四四年八月九日の発信なのだが、本人に届いたのは一九四五年三月一五日だった。ビアラーは大喜びで、信じられぬ気持ちだったという。私を初め同僚たちはほかのポーランド系ユダヤ人もろともとっくに抹殺された、と思っていたらしい。戦後再会した時、ビアラーは、われわれの思いやりや食料小包に礼を言った。彼は、自分の命を救っただけでなく静かに仕事もさせてくれたとして、ソ連にも感謝した。ポーランドとソ連の間で結ばれた送還協定にもとづき、ビアラーは一九四七年にポーランドへもどった。

われわれは、ドイツ占領地の生き残りについては、まったく情報を持っていなかった。ナチの敗北とすみやかな戦争終結を祈るのみであった。

第2章　生き残った人々との再会

ロンドンへ

戦争が終わるまでヨーロッパへは行けず、ポーランド系難民に会うこともできなかった。私はポーランド義勇軍に入隊を申請したが、《健康上の理由》ではねられた。一九四一年一二月五日付で、ニューヨークのポーランド領事館から来た返事には、そう書いてある。私はあきらめず、今度は翌年五月二日にアメリカ軍に志願した。だめだった。一九四四年一〇月一六日に再度申請した。二回ともやはり身体検査ではねられた。

しかし大戦が終わると、私はすぐヨーロッパ行きを決意した。ポーランド系ユダヤ人の生き残りを探すつもりだった。ナチの手で抹殺された人々について、情報を集めたい気持ちもあった。

正統派ラビ連合の救援委員会《バアド・ハハザラ》は、さっそく調査団の派遣を決め、アグダット・イスラエルの指導者イサク・レビン博士（父君はガリチア地方ライシャのラビで、ポーランド国民議会議員）と私をメンバーに選んだ。

われわれはロンドンで開催されたシオニスト会議に出席した後、いよいよパリ経由でドイツへ向かうことになった。われわれは国連救済復興機関（UNRRA）から正式の肩書を与えられていた。パリでイギリス軍の軍服を支給されたが、私に合わず、ベルリンに着くとすぐ米軍の将校用軍服を購入した。戦後まもないヨーロッパで収容所めぐりをするため、この制服は私の身の安全を保障するうえで重要なのである。

われわれの任務は大別して三つあった。

(1)収容中のユダヤ人生き残りに対する救援物資の支給（救援委員会は船一隻分のコシャー・フード――ユダヤ教の戒律にもとづいて調理した食料品――を送った）。

(2)アメリカの正統派ユダヤ人社会からの連帯メッセージを伝え、難民の士気を高める。

(3)収容所に宗教施設を整備するとともに、生き残りのラビ、神学校関係者および神学生のゆくえをつきとめる。これら聖職者については、個々人の面倒をみるとともに、職務復帰の世話をする。

悲惨な報告

シオニスト会議には、ポーランドとチェコスロバキアからも代表が参加したが、その報告は実に悲惨で、出席者は暗い気持ちになった。その報告から、私は次の結論を引き出した。

(1)ポーランドのユダヤ人に希望はない。わずか一〇％が助かっただけで、ポーランド在住者はそのまた一％にすぎない。潰滅状態である。現実的な解決法はただ一つ、ユダヤ人問題の一掃すなわちユダヤ人の全員移送しかない。

(2)事態は急を要する。平和会議では、小手先の解決で済ますことをせず、問題を洗いざらいぶっつけ、抜本的解決をはからねばならない。
当面の処置としては、宗教生活の復興をはかる必要があった。

私はいろいろなユダヤ人団体が難民救援の仕事をしている事実を知った。ありがたい話である。それぞれが、生き残りの精神的孤独感をなぐさめ、痛ましい戦時体験の恐怖をやわらげようと努力していた。

パリから難民キャンプへ

一九四五年八月二七日、私はロンドンからパリに着いた。パリは、ナチドイツの支配がもたらした沈滞ムードを、ようやく払拭しはじめたところであった。私は、オペラ座の近くにあるグランドホテルに宿をとった。ホテルは連合軍に接収され、つい二日前に米軍が引き払ったばかりだった。ホテルのなかはいたるところ乱雑にとり散らかり、広々とした部屋は整理されず雑然としている。まだ戦時色が濃厚だった。備品庫は空っぽで、食料もなければ、生活用品も皆無だった。電話線は切られたままで、水道がでなければトイレも使えなかった。絶食を覚悟したが、アメリカの旅行証明書のおかげで、ホテルは私にパンとイワシの缶詰をだしてくれた。

ユダヤ人がパリにもどりはじめていた。プレッツル（ユダヤ人市場）はなかなか活況を呈しており、金さえだせば普通だったら口にはいらぬバターやチーズも入手できた。シナゴーグが再開され、礼拝も行なわれるようになっていた。

私はパリを出発、難民キャンプへ向かった。キャンプは、ドイツとオーストリアに散在し、三つの占領地区に分かれており、英、米、仏がそれぞれ管理していた。私はまず最初にフランス地区の難民キャンプを訪れた。ラビのカペル師がついてきてくれたが、第一日の訪問はヨムキプール（贖罪の日）のすぐ後であった。ユダヤ暦で一番聖なるこの日、われわれはラビ・シュネルソン師のベイト・ミドラシュ（ユダヤ教の学び舎《や》）で祈りの時を過ごし、祭日明けの日没とともに駅へ走り、ストラスブール行きの列車に乗った。ストラスブールでは、フランス軍の従軍司祭モーンハイト少佐に会い、少佐の護衛と案内でローヌ川の橋を越え、ブレゲンツの難民キャンプへ行く予定だった。列車にやっとまにあったので、聖日の断食後食事をとる余裕もなく、ケーキ一切れで飢えをしのいだ。夜行の旅だったが、戦後まもないこととてコンパートメントの窓はこわれたままであった。私は朝方ブレゲンツに到着し、近くの難民キャンプへ向かった。外部のユダヤ人が訪れるのはわれわれが初めてである。難民は、ハンガリーとスロバキア出身者がほとんどだったが、われわれを狂喜して迎え、それこそ数えきれぬほどの質問を浴びせ、訴えやら願いを山ほどわれわれに託した。

生き残りとの再会

ホロコーストの生き残りに初めて会ったときの気持ちをどう表現したらよいのか、何十年とたったいまでも書けない。筆舌につくしがたいのだ。ポーランドとリトアニアの生き残りに会ったときは、万感胸にせまり、言葉がでなかった。フランクフルトに近いツァイルスハイム難民キャンプでの会合のとき、私が難民たちを前に話を始めたところ、ひとりの男性が突然卒倒した。気がつくまでかなり時間がかかったが、本人はポーランド時代の知人だった。アメリカの軍服を着ているので私を確認できなかったのだが、声でわかったのである。私などとうの昔に死んだとばかり思っていたので、別世界の声を聞いたとかんちがいしたのだった。

《世界にまだユダヤ人が残っていたのか》

このような邂逅はめずらしくなかった。なかでも異常な体験が、ラビ・エヒエル・ヤコブ・ワインベルク師との出会いだった。師は、ベルリンのヒルデスハイマー・ラビゼミナリーの校長で、父とは格別に親しく、ワルシャワに来ると、必ずわれわれの家をたずねてきた。

一九三九年八月、私はワルシャワでワインベルク師と再会した。医者の指示で、カジミエルツの保健所へ行く途中だった。彼は恐ろしい情報を知らせてくれた。総毛だつような内容だった。いまやすべてが失われた。ユダヤの世界は暗黒におおわれてしまったのである。ヒトラーはドイツ国内だけでなく世界の至るところで、悪魔的な計画を着々と実行していた。師は、シオニスト大会には参加するな、どうせ行くならエレツ・イスラエルへ行け、と勧告した。そこへもヒトラーの汚れた手がのびてくるかもしれない。しかし、少なくともわが聖なる大地で死ねるのだ。ぜひそちらへ行きたまえ、と。まさに電撃ショックをうけたようだった。まさか師が精神に異常をきたしたわけではあるまい。一年前は私が悲観論者だったが、いまはそれに輪をかけて師が前途を絶望視しているのだ。私の方がなだめる立場に変わっていた。でもなだめられなかった。

第二次大戦後、われわれはミュンヘンで再会した。バイエルン地方の辺鄙《へんぴ》な町に、著名なユダヤ人ラビがひとり住んでいる。そんなうわさを耳にして、レビン博士と私はバイセンブルクへ向かった。そこに着いたのは夕方だった。ドイツ人の所有する小さなアパートの一室に、ひとりの老人が坐っていた。ワインベルク師だった。腰は曲がりよぼよぼで、見るかげもなかった。師はのろのろと立ち上がり、不審そうにこちらを見た。私が誰だかわからぬらしかった。そして突然私の方へよろめきながらやってくると、「バルハフティク！　世界にまだユダヤ人が残っていたのか」と泣き声でしがみついた。

ワルシャワ・ゲットーの狩り込みで、外国旅券の所持者二〇〇名ほどが、バイエルン地方の強制収容所へ送られた。師はリトアニアの旅券をもっていた。蛮人ナチは、ここをどうやら見過ごしたらしく、収容所は放置されたままだった。収容された人は大半が老人だったが、食料はまったくといってよいほど支給されず、多くの人が餓死した。戦争が終わると、生き残りは四散し、それぞれ付近の町や村に身を寄せた。ワインベルク師はこの町にとどまり、スイス在住の弟子シャウル・ワイングルト博士と連絡をとろうとしていた。解放後数週間はショック状態で、師はヨーロッパで生き残ったユダヤ人は自分ひとり、と考えていたらしい。身体の回復はともかく、精神的に落ちつくにはかなりの時間を要したのだ。

「残り火」

私は師にいくらか財政上の援助をしてあげ、ドイツ滞在中は連絡を絶やさなかった。師は、ラビのＪ・Ｄ・ソロベイチク博士をはじめアメリカ在住の人々へ連絡してほしい、と言った。師は、自分のゼミナリーと図書館を再建するため、ベルリンとフランクフルト行きを願っていた。ラビのシャウル・ワイングルトを初めとする弟子たちが師をスイスへ連れていった。一九四六年七月五日付で届いた手紙は、スイスからだった。師はモントルーに落ちつき、ラビ・ボフコの神学校のすぐそばに住んだ。アメリカとイスラエルからいくつも招請がきたが、全部断わり、レスポンザなどの著作に没頭、ユダヤ教の神学上の問題を扱った『スリディ・エイシュ』（残り火）全四巻を完成させた。三巻は生前モサッド・ハラブ・クックから出版され、残る一巻は死後の刊行となった。

私は師をたずねてスイスへ行った。師はローザンヌ近郊の病院に入院中で、床にあってハリツァの問題に関するレスポンザ（ユダヤ教問答集）を執筆中だった（ハリツァとは、兄弟の妻で子なしの寡婦となった女性との結婚を拒否する場合の宗教儀式）。師は、失われた年月を取り返すべく、トーラ研究と執筆に一日中没頭していた。著作集のタイトル『残り火』は、全生涯を傾けた研究の成果がホロコースト時代に失われたことと、関係している。戦前の著作としては、異能の弟子ラビ・エリエゼル・ベルコビッツの手もとに残る一束の手紙だけである。

ラビ・ワインベルク師は、まことに偉大なトーラ研究者であり教育者であった。多くの弟子を育てたが、家庭は不幸であり、ホロコースト時代は孤立のなかでおそるべき経験をしたのである。師のユダヤ的世界観は、極端な厳格さと中庸の間を揺れ動き、アグダット・イスラエル（一九一二年カトビッツで発足した正統派の世界組織）とミズラヒ（一九〇二年世界シオニスト機構の宗教グループとして生まれた宗教系シオニズム運動）との間をさまよった。師のルーツはトーラの世界に深く根をおろし、そこから非宗教の研究分野まで、さまざまな枝がのびていったのである。師は一九六六年スイスで客死した。遺言には、弟子のモシェ・シャピラ内務相と宗教相の私に、遺体をエルサレムに葬るよう命じてあった。われわれは遺言にしたがい、サンヘドリアに葬ることにした。近くには、師の友人だったチーフラビのヘルツォーグ師や私の父が眠っている。しかし、ヘブロン神学校のエヘスキエル・サルナ校長は、ワインベルク師の永眠の地は、偉大なるトーラ研究者や聖賢の眠るハル・ハメヌホット墓地こそふさわしい、と主張した。彼は神学生の一団を派遣し、葬儀の列をサンヘドリアからハル・ハメヌホットへ方向転換させたのである。私はごたごたを避けたかったので、事後承認した。かくして、ラビ・ワインベルク師は、死後も二つの思想に引き裂かれたのだ。

フェルトで、私はラビのダビッド・シャピラ師をみつけた。ワルシャワ出身の人で、家族をすべて失い、すっかり打ちのめされていた。師は、この地方の小さなユダヤ人社会のラビに任命された。たずねていくと、師は本の一杯詰まった部屋にすわり、終日研究にふけっていた。悲しい人であった。過去の悪夢から立ち直れないのだ。私はいろいろ慰め、宗教相になってからも連絡を絶やさなかった。

シャピラ師は、イスラエルに子供の村をつくることを夢みた。フェルトのユダヤ人社会の資産を回収して、そこへ収めようというのである。結局この案は実現しなかった。私はイスラエルへの移住をすすめたが、師は拒否した。アメリカ移住の提案もあったが、これも断わり、師は人生の再出発ができず、ついに異郷の地で客死した。師もまたホロコーストの犠牲者であった。

難民キャンプの希望

生き残り難民は意外に回復が早かった。生きる意欲と適応力があったのだ。環境はきびしかった。フェルダフィンクでは、収容者たちが、燃料もないまま寒い冬を迎えていた。食料も乏しいのである。フォーレンバルト、ザルツブルク、バドガスティンの各難民キャンプからも同じような報告が届いた。飢餓に瀕しているという話は、誇張の場合もあった。多年に及ぶ飢餓体験から、食料については皆神経過敏になっていた。難民はキャンプ周辺のドイツ人たちを厳しく批判した。同胞を拷問にかけ殺した張本人たちが、同等の食料配給を受けている。しかも、彼らは付近の村から食料の補充をうけられるのだと。衣料事情はもっと厳しかった。ゲッティンゲンからの報告によると、収容者たちは、まだ囚人服で生活していた。

台所用品は極度に不足していた。フェルダフィンクの難民と安息日を過ごしたときのことだ。金曜の夜の食事をラビに呼ばれた。ラビはハシディズム（ユダヤ教神秘主義）系でスキフィルの出身だった。急造テーブルのまわりに数十名の人がひしめきあってすわり、私はラビの右に招き入れられた。さて食事である。ファーストコースは、豆粒のような魚ダンゴだった。フォークもないので、食べないでじっとしていた。誰も手をつけない。するとラビが突然古代の風習について話し始め、われわれの先祖の習わしに関する格言に触れた。要すれば手でたべるということである。私はそのときになって理由がわかった。つまり、フォークがないから並べられなかっただけの話である。

キャンプには、創意工夫の才に富みリーダーシップを発揮する人が、たくさんいた。フェーネンバルト難民キャンプのラビ・クラウゼンブルク師がその例で、一一名の子供をはじめ家族をすべてホロコーストでなくした人だったが、それでくじけてしまうことはなく、三~四カ月でキャンプ内に神学校を発足させ、儀式用浴室のミクベをつくり、さらにハシディズム式の宗教裁判所を設けた。この法廷にはいつも数百人が群がり集まっていた。師の信望は絶大であった。ハシディズムのやり方にしたがって花嫁が髪を切り頭をネッカチーフでおおうなら、五〇マルクの持参金をあげよう。師はそう公約した。当時五〇マルクといえば大金である。ラビは約束は必ず実行した。師はイスラエル移住には反対で、後に信徒とともにアメリカへ移住した。何年かたって、師がイスラエルへ来るというニュースが伝わってきた。ツァンス神学校のセンターをつくるという。われわれは再会を果たした。

「バルハフティク、君が正しかったよ。アメリカでは、純粋な宗教共同体の存在できる余地がない。私はイスラエルの地に腰をおろす。町をつくるんだ」と師は言った。

私は、宗教相としてラビの計画に力を貸してあげた。この計画はキリアト・ツァンス地区となって実現した。ホテル、病院、神学校その他の施設が整ったちょっとした町である。ひとりの偉大な人間のビジョン、生命力を証明する町である。師がイスラエルに定住しなかったのは残念だった。

最大の犠牲者はラビと子供

ホロコーストでは、ごく少数のラビしか生き残らなかった。一番犠牲の大きかったのはラビと子供である。特にラビは、服装と風貌がほかの人と違うので、ナチに目をつけられ、徹底的にいじめられた。いろいろな報告が証明するように、ひげを生やしたユダヤ人は、ナイフや短剣で剃り落とされ、あるいは皮膚ごとむしりとられた。シナゴーグも目のかたきにされた。ユダヤ人をそこへ詰めこんで殺してしまうのである。こんな蛮行を働いたのはSSだけではない。ドイツ国防軍の将校、下士官兵あるいは憲兵も特に宗教色の濃いユダヤ人に残忍であった。

強制収容所やゲットーで、真っ先になって消極的抵抗をやったのか、この敬虔なユダヤ人であった。多くの人がユーデンラートの役員になることを拒否し、そのため次々に処刑された。彼らは、《アーリア人》の証明書を最後まで利用しなかった。ユダヤ人として死んだのだ。共同体をすてて東へ逃げた人はごくわずかであった。生き残った人がほんとうに少ないので、戦後のめぐり合いは、特に意義深かった。

私は、生き残りの友人や知人を探しまわった。そして会ったのがアブラハム・メラメッドである。一九四〇年に私がカウナスを脱出したとき、彼は一七歳の神学生で、ヘハルーツ・ハミズラヒ中央事務所の秘書をしていた。指導部からかわいがられ、連絡員としてたびたび危険な任務についた。私が日本に着いてから、アブラハム・メラメッドの署名で電報が届いた。日本の通過ビザと上海の居留許可に関する要請だった。

メラメッドはカウナスゲットーで過ごした後、ナチの強制労働キャンプへ送られたが、首尾よく脱走して、パルチザン隊に加わった。解放まで隊員として戦ったのだ。

真の流浪の民

調査の都合上、私は非ユダヤ人用の難民キャンプへも数回行った。ユダヤ人難民キャンプとは雰囲気がかなり違っていた。投げやりの空気が濃厚で、何もかもUNRRAに頼りきっていた。難民の大半は、共産政権に反対する立場から、故国への帰還を望んでいなかった。戦時中の活動に対する報復を恐れている人もいた。この人たちの扱いについて連合国の間で協議された結果、送還が決まった。自分の意志でそれにしたがった人もいれば、強制送還になったケースもある。なかには、アメリカ、カナダ、オーストラリアへ移住した人々もあった。多くのキリスト教国がこの難民に門戸を開放した。しかしユダヤ人難民は、自分で自分の道を探さねばならなかった。昔のラビが考えたように。

「ユダは流浪し……もろもろの国たみのうちに住んで安息を得ず」（哀歌第一章三）。

異教徒は国を追われて流浪しないのか？　彼らはたとえ国を追われても、それは本当の流浪ではない。異教徒は自分のパンを食べ葡萄酒を飲む。その流浪は本物ではない。しかしイスラエルは、そのパンもなく葡萄酒もない。彼らの流浪は真である（ミドラシュ・エイハ・ラバティ第一章二九）。

難民に対するドイツ人の態度は、難民集団によって違いがあった。一般的にいってドイツ人はユダヤ人難民を避け、よそ者として扱った。おそらく報復を恐れていたのだろう。ランズベルクの近くに、ユダヤ人の強制労働キャンプの跡があった。そのバラック小屋は動物園のおりのようで、とても人間の住めるところではなかった。ここを発見して数日後カメラマンを連れてもどってみると、完全に撤去されて跡形もなかった。すべて一掃され、木材は薪にされたのだろう。ドイツ人は、ユダヤ人に対する迫害の痕跡を躍気になって消し去ろうとしていた。

ナチの協力者

難民キャンプへ行くと、私は厄介な問題に直面した。つまりナチによってカポ（下級監督）に編入されたユダヤ人をどう扱うかである。アメリカをたつ前、ラビのS・ブロット師が、ナチに対する《二〇〇名のユダヤ人協力者》は、必ず厳重に処罰されるように、と私に念を押した。ブロット師は高名なトーラ研究者で、ポーランドのミズラヒ指導者でもあった。雄弁家としても知られ、ポーランド議会の議員を一期つとめた経歴の持ち主である。その後アントワープのチーフラビになったが、ナチドイツのベルギー侵攻でフランスへ逃げたものの、ビシー政権になったのでそこを脱出、苦心の末アメリカへ逃げた（戦後イスラエルに移住し、最高ラビ法廷のメンバーに選ばれ、一九六三年に死去した）。

私は、あえて師の意見に反対を唱えた。ヨーロッパ全土で、それこそ無数のドイツ人とその協力者が、言語に絶する残虐行為をやったのだ。それに比べ、少数のカポが保身のため犯した悪行は、とるに足りない問題である。そんなことを追求するのはあまり意味がなく、時間の無駄である。大物のナチ犯罪者をひとりでも捕えるのが先決ではないか。

私は、この態度をとったのは正しかった、といまでも信じている。キャンプ滞在中、難民たちにあいつがカポだと指弾された人がいた。ポーランドのあるユダヤ人名家の出身だった。彼の残虐性については意見が分かれていた。つまり、サディスティックだったのか、あるいは自分の命をたんに守るための行為にすぎなかったのか、よくわからないのだ。彼と話し合ってくれと頼まれたので、私は会った。しかし、会ってもあまり意味がなかった。彼は後にイスラエルへ移住したが、まもなくして自殺したとのことである。良心の苛責に耐えられなかったのであろうか。

生きる希望と倫理感

私はDP（離散民）キャンプに四カ月滞在して、救援活動と状況調査を行なった。アメリカへもどって、『根だやしにされた人々』と題する本を出版したほか、いろいろ報告書や覚書もまとめた。世界ユダヤ人会議に提出した覚書は、一九四五年九月にフランス地区のキャンプを視察したのが中心だが、そのなかで私は、イスラエルの地への移住と吸収、青少年の精神復興、を二大課題として指摘した。フランス地区の難民は、アメリカとイギリス地区の人々より恵まれていたが、基本的問題はどこにも共通していた。

私は、一四歳から二〇歳の年代でナチの強制収容所へ入れられた青少年を、特に注目した。彼らは凶暴な環境のなかで、すべての教育機会を奪われ六年も過ごしたのである。このような経験はどんな影響を及ぼしたのだろうか。われわれは、ドイツ人に対するアナーキーな態度を心配した。罪深きドイツ人に対しては何をやっても許されるという風潮である。「清算する」という当時の流行語は、ドイツの資産の没収権利を意味した。キャンプ滞在中私は、ユダヤ人の倫理観はそんな態度を許さない、エステル記にも「しかし彼らはその分捕物には手をかけなかった」（同第九章一五）とあるではないか、と説得に努めたものである。

青少年に生きる希望と倫理観を与えるのは、宗教とシオニズムしかない。これが私の結論であった。戦前華やかだった社会主義、共産主義などの思想は、この大破局に役立たず、消滅した。

一九三八年、ポーランドのユダヤ人社会で選挙が行なわれたとき、ブント（一八九七年ビルナで創設された社会主義政党）が多くの地域で多数票をとった。共産党もユダヤ人青年層に浸透した。庶民派を標榜するフォルクスパルタイもユダヤ人社会に支持層をもっていたし、同化派もまたしかりであった。このいずれの党も、ホロコーストの犠牲者数百万とともに、消え去ったのだ。労働者階級の国際友愛と団結をベースとするブントその他の社会主義諸派は、ユダヤ人労働者大衆が《労働者の団結》を求めて悲痛な声をあげているとき、ゲットーの入口でもろくも砕け散った。共産主義も、モロトフ・リッベントロップ協定の調印でユダヤ人青年の胸の中で崩壊した。ソ連邦におけるこのイデオロギーの実践体験が、それにとどめを刺したのである。

宗教とシオニズムだけが、キャンプの命を救う薬であった。確かにホロコースト時代信仰深い人々の間に疑問が生じた。しかしそれは、同化派の人々がユダヤのルーツを求めたので、バランスがとれたといえる。

私は、一二月末難民キャンプを去った。しかし経由地のパリで病に倒れ、数日ベッド生活を余儀なくされた。キャンプでひいた風邪がこじれていた。ドイツの寒さが身も心も痛めつけたのである。ロンドンでは飛行機待ちの時間があったので、大英博物館を訪れ、古文書をゆっくり調べた。忙中閑あり。実存問題のストレスと緊張から、しばしの解放感を味わった。

第3章　ワルシャワへの道

死と破壊の荒野へ

一九四六年一月初旬、私はヨーロッパでの任務を終えてニューヨークへもどった。寸暇もない厳しい任務のため、私はすっかり疲労困憊していた。軍用機には暖房装置などしゃれたものはない。あちこちを飛びまわるたびに、将校連中と私は機内で跳びはねて体を暖めなければならなかった。キャンプめぐりをするときは、正常な運転ルールなどとっくの昔に忘れた難民の運転で、オンボロ車を走らせるのだ。軍服は、身も凍るドイツの寒さを、ほとんど防いでくれなかった。しかしロンドンへもどってこれまでの行動を考えてみるに、身体的消耗が私をダウンさせたのではないことに気づいた。これまで見聞きしたことが、私を痛めつけたのだ。私は、妻とかわいい三人の子供のもとへ一刻も早く帰りたかった。妻子も私の帰りを待ちこがれているのだ。私は普通の生活にもどりたいと思った。

しかし、世界ユダヤ人会議のステファン・ワイズ会長からすぐポーランドへ行ってくれと頼まれたとき、私は断わりきれなかった。同行者は、イーデッシュ語の日刊紙「デルトグ」の編集長S・マルゴシェスと、「ファルバンド・ファン・イーデッシュ・アルバイター」の会長ルイス・セガルだった（シオニスト志向の労働者相互保険団体、ブントの「アルバイター・リンク」につぐ組織である）。セガルはポアレイ・シオン（一九〇三年に創設された社会主義政党）の幹部でもあった。二人ともポーランド出身の著名人である。しかし、数十年も前にアメリカへ移住したため、現状に不案内であった。最近の歴史の渦中を生きのび、しかも救援活動に従事した経験をもつことから、私に参加要請があったのである。

そんなことから、私は躊躇せず求めに応じた。妻に相談するまでもなかった。同意するに決まっていた。小さな子供を三人もかかえてニューヨークで暮らすのは、容易ではない。でも彼女は仕事の重要性を理解してくれた。ダンツィヒ（グダニスク）からリボフそしてまたカトビチェからビルナへ広がる死と破壊の荒野へ赴き、残骸の山を掘り起こし消えてゆく残り火をかきたてる任務があるのだ。

親族を見舞った悲劇

私の親族を見舞った悲劇については、すでに情報を得ていた。ボルコビスキとピアスキにいた数人のおじとおばの家族は全滅、二人いたいとこのうち一人は死亡（生き残った一人は戦後イスラエルへ移住した）。別のおじの三人の息子は戦前イスラエルへ移住していたので助かり、おじ自身ともうひとりの息子シモンは、私の組織した脱出計画でビルナから日本へ逃げ、やがてイスラエルへたどり着いた。姉と妹の両夫婦はワルシャワからルツクまで私といっしょに徒歩で逃げた。姉は、独ソ戦が始まった日、ウクライナ人とドイツ人の犯したポグロムで殺された。死に場所はリボフであった。妹はタ

筆者の姉グルニヤ・オクス。ドイツ軍がリボフに進駐した1941年6月22日、ポグロムで殺された。

シュケントで子供が生まれ、ホロコーストを生きのびた。しかしポーランド軍の中佐で何度も武功章を授けられた夫の方は、ルブリン攻防戦で戦死した。もうひとりの妹はやはりポーランド軍の少佐だったが、赤ん坊を残して死んだ。妻を亡くした義弟は、肉体的にはぼろぼろになったが生き残り、やがて与党の幹部となった。

妻の方は大家族だったが、私の一族よりもっとひどい災厄に見舞われた。ワルシャワでドイツ兵が頻繁にくり返したアクチオン（ユダヤ人の抹殺を意図する狩り込みと集団移送）により、多数の親族がトレブリンカで抹殺された。一族で生き残ったのはごくわずかである。

出発前、ワルシャワのいとこのひとりが強制収容所で生き残ったという話を耳にした。何度も頭を殴打され、腫瘍に苦しんでいるという。ほかに生き残りがいる可能性はまったくなかったが、それでもわれわれは、ひょっとしてだれか奇跡的に助かったのではないかと思いながら、生存者リストをくり返しめくるのだった。

ストックホルムへ

出発にあたっては、個人と団体から無数の用事を頼まれた。肉親探しである。修道院と農家にかくまわれた子供たちのゆくえがどうなったか、これも重要課題だった。ユダヤ問題研究所としてのホロコースト調査、救援委員会としての生き残りに対する宗教生活と教育の組織化、ミズラヒ運動の再建なども用事のうちだった。これほど多岐にわたる、しかも重い任務を背負わされたことはない。

一九四六年二月、ストックホルムに到着、当地に一週間滞在し、強制収容所の生き残りから事情を聴取して彼らの相談にのるとともに、ポーランドから難民特に生き残り児童を移し、スウェーデンに一時収容するため、その手はずを整えた。

世界ユダヤ人会議のストックホルム支部は、なかなか活動的であった。支部長のヒレル・ストーチはロシア出身の移民で有力者だったが、古手のユダヤ人たちからは新参者扱いをうけていた。それは、オストユーデン（東欧系ユダヤ人）に対する、ドイツ系ユダヤ人の態度を思わせるものがあった。

私は、スウェーデンのチーフラビ、M・エーレンプライス博士のお宅をたずねた。師はヘブライ文学のたしなみがあり、スウェーデンの文学界でよく知られた文化人だった。師の家は作家や思想家など文化人のたまり場になっていた。シオニズムについては独自の見解をもち、ホロコーストが引き起こした諸問題や難民の窮状に一応の関心を示したものの、それだけの話で冷たい態度を崩さなかった。

ユダヤ人協会のヨセフソン会長は、ストックホルム一の書店経営者で、同化ユダヤ人だった。ユダヤ人の苦しみに同情的ではあっても、その問題とは距離をおいていた。協会規約によると、ユダヤ人協会（モザイス・フェルザンムリンゲン）は、プロテスタント教会の《傘下》で機能するのである。

ストックホルムには、正統派ユダヤ人の小集団がひとつ、ラビ・ヤコブソンの経営するコーシャレストランがひとつ、それに、ヨセフ・エットリンガーの指導する宗教パイオニアグループ（バハッド）があった。ワルシャワのタフケモニ・ラビゼミナリーの卒業生ラビ・ザルマン・アーロンソンと再会した。うれしかった。ヘルシンキのユダヤ人学校の校長を務めた後、オスロのラビに任命されたという。戦争でストックホルムに逃げ、戦時中はそこで世界ユダヤ人会議のスウェーデン事務所を統括していた。師は私のタイプの人間で、いろいろと仕事上助けてくれた。

ヌーロック師との再会

ストックホルムへ来たワルシャワ難民のなかに、ラビのモルデハイ・ヌーロック師がいた。ソ連によるリトアニア併合とともに、師はリガで逮捕され、シベリアへ追放された。妻と子供二人をドイツ軍の侵攻で失っている。師は追放されたおかげで助かった。ポーランドの偽造身分証明書を入手し、ソ連・ポーランド送還協定により、ワルシャワへもどったのである。師はラトビア議会の議員をつとめた有力者だった。ソ連へ送り返されてはたまらないので、当局の目を避けるため身をやつして暮らしたという。戦前からの連絡のおかげで、師はアメリカの政治難民ビザとスウェーデンの通過ビザを取得した。

師と会うのはビルナ以来で、まさに劇的な再会だった。師のバイタリティにはほんとうに驚いた。打ちのめされるどころか、難民救済のため日夜精力的に奔走しているのである。スウェーデンの各閣僚との会談には、私と一緒に来てくれた。師がいてくれるだけで重味がつき、会談によい影響を与えた。

ストックホルムでは、ノルウェーとフィンランドの大使とも会見し、難民特に孤児の一時収容の可能性について打診した。フィンランドには、世界ユダヤ人会議に加盟したユダヤ人協会があり、ヘルシンキの協会が面倒をみるという条件で、孤児五〇名の引きとり許可を得た。ホステルに収容するのである。オスロからは、戦前のユダヤ人口を超えない範囲で難民を受け入れるという回答がきた。戦前の人口は一二〇〇人だから、少人数しか受け入れてもらえなかった。スウェーデンは、大規模な難民流入を拒否した。戦争が終わるやいなや、ラーベンスブリュックなどのドイツ強制収容所から難民が殺倒し、スウェーデンはすでに一万四〇〇人ほどを吸収しており、これ以上の流入は避けたいとした。それでもポーランドのスウェーデン大使館は、われわれの要請に同情をもってこたえた。個々人の入国ビザ取得手続を簡単にせよ、という本省訓令もあったようである。

私は世論喚起の目的をもって、世界ユダヤ人会議の名で記者会見をやった。報道関係者がたくさん来た。私は、ホロコーストによるユダヤ人児童の問題にテーマを絞って話をした。主要紙には翌日の第一面で大々的に報道された。会見はホテルで安息日の午後にやったから、戒律を破ったことになる。しかしほかの日に時間をとれず、ユダヤ人の命にかかわる問題であるので、やむをえずそうしたのだ。

前向きの反応があった。スウェーデンの政府閣僚たちは、児童一〇〇〇名の移送計画につき、詳細を聞きたいと私に言った。児童の年齢はどうか、生活保障をどうするかといった質問があったので、私は世界ユダヤ人会議のナフム・ゴールドマン会長に連絡したところ、イギリス支部長のレディ・リーディング支部長が、CBF（イギリス中央基金）を初めとする在イギリスユダヤ諸団体に援助の意向あり、という回答を得た。私は後事をヒレル・ストーチに託した。

私はストックホルムで、荒廃のポーランドへ向かう心の準備をした。逡巡があった。それは明らかに心の奥底にひそむ恐れに起因していた。内部の力が、虐殺の荒野から私を引きもどそうとしているようであった。

廃虚のワルシャワに立ちつくす

一九四六年二月一四日。私はワルシャワに着いた。ここを離れてから七年四カ月と一〇日たっていた。

私はポロニアホテルへ連れていかれたが、着くとすぐゲットー地区、ユダヤワルシャワへ走った。覚悟はしていたが、私の予想は甘かった。ユダヤ人のワルシャワは消え去っていた。地上から完全に抹殺されたのだ。何も残っていなかった。私は呆然として立ちつくした。声もでなかった。繁栄せる街、ヨーロッパに誇るユダヤのワルシャワ。多くの学者や作家を輩出した、活気あふれる商工業都市。しかし、その商店街も、ユダヤ人学校、神学校、トーラ研究センター、そして劇場も、何もかも消え去った。私は妻の両親の家があったノボリピア街三九番地へ行ってみた。建物はおろか土台すら残っていなかった。地面にとげのある雑草とあざみが生い茂っているだけだった。門も……階段も……温かい部屋も、全部消えていた。

私は、自分の法律事務所のあったシフィエントエルスカ街一三番地へ走った。大きな建物で事務所のなかには私の大事にしていた本棚があった。しかし、私は建物をみつけることができなかった。いまにも倒れそうな柱の先に、半欠けの標示板がぶらさがり、わずかに一三という数字が読めた。背の高い建物が並んでいたのに、名残りをとどめるのはこれだけだった。あたりは残骸の山である。

ついで、ベイト・ミドラシュのあったナレブキ街三九番地へ行った。われわれが祈りをささげ父が説教したリトアニア系の施設へブラ・シャスもなかった。子供のころ、教師や指導者のラビ・ゼーブ・ソロベイチク師から聖賢ババ・カマの教えを聞いたところ、ブリスクのラビ・ハイム師のトーラ注解講義をその義息から受けた思い出の場所。跡形もなかった。アショラ高校がどうなっているのか、私はトゥオマツキエ街へ走った。消えていた。そして大シナゴーグも。多数の信徒が集まり、ゲルション・シロタやモシェ・クソビッツなど著名なカントールの朗々たる祈りに耳を傾けたあの大シナゴーグが、土と化したのだ。日夜読書にふけった図書館はどこへ行ったのだろう。ユダヤ研究所は一角の棟だけ残り、ホロコースト調査ユダヤ歴史協会が使っていた。宗教シオニズムの指導者ラビ・イツハク・ニッセンバウム師のお宅もなく、マリアンスキ街九番地のトーラ・バアボダとへハルーツセンターもまた消滅していた。パイオニア運動のマアピリム（パレスチナへの非合法移住）で日夜奮闘したなつかしの建物は、いまはない。あるのは記憶だけである……。

私は、二、三日あてもなくこの地域をさまよい歩いた。かつてのユダヤワルシャワは、雑草に埋もれていた。どこへ行っても残骸の山で人影もなく、見渡すかぎり廃墟であった。

キリスト教徒のポーランドは存在し、眠りからさめようとしていた。名の知れた大通りや街は……すべて元の通りにあった。あちこちに破壊のあとが散見されたが、基礎部分はしっかり残っていた。街はよみがえりつつあった。新しい建設計画の進行中だったが、ユダヤ人には関係がないのである。

私は、ゲンシア通りの先にあるユダヤ人墓地へ行き墓石に身を寄せて泣いた。
ニューヨークにもどると、ポーランド系ユダヤ人連盟に招かれ視察報告をした。ホールは、ポーランド系ユダヤ人難民でいっぱいだった。ポーランド系ユダヤ日刊紙ナシュ・プシェグラドのヤコブ・アッペンシャルク編集長、ユダヤ人ジャーナリストとして知られるH・ショシュケス博士、ラビ、作家、ジャーナリストなどが会場に押しかけた。最前列には、ポーランドのロスチャイルドといわれた銀行家ラファエル・シェルシェブスキがすわっていた。ポーランド上院議員、ワルシャワ市評議員、商工会議会頭等々の肩書きをもつ人である。演壇にあがった私は、ポーランド語で開口一番「ユダヤワルシャワには、ゲンシア地区のユダヤ人墓地以外、何も残っていません」と言った。すると、シェルシェブスキがいきなり立ち上がり、真っ赤になって「うそだ、うそだ！」と叫びながら、足音荒く会場を出ていった。広い会場は凍りついたように静まり返り、誰も口をきく者がいなかった。われわれは全員が老人の狂乱に同情した。彼は計画していたポーランド行きをとりやめ、二年後ニューヨークで死んだ。彼に会ったのはこのときが最後であった。

耐えられない《現実》

ワルシャワのユダヤ人ヨシュア・ヘシェル・ファルブシュタインは、ユダヤ宗教法や世俗法に通じ、裕福な名士であった。多年シオニスト機構やミズラヒあるいはケレン・ハエソド（シオニスト機構の財政機関）の責任者として活躍し、タフケモニ・ラビゼミナリーの創立者であった。下院《セイム》議員、ワルシャワ市評議員など多数の肩書きをもち、まさにユダヤ人社会を代表する大立物だった。同化派を踏み台にしてユダヤ評議会に地歩を占め、アグダット・イスラエルの後押しで長年評議会を牛耳った。メイシム・シュティブル（幽霊チャペル）の異名をもつワルシャワのユダヤ人社会に、新しい生命をふきこんだのが、この男だった。一九三〇年代の初めユダヤ機関の理事に選出され、エルサレムに住むようになったが、ポーランドとりわけ愛するワルシャワとは、密接な関係を維持した。

私がポーランドに到着して二週間ほどたったころであろうか。ホテルを出ようとしたところ、入口の近くにひとりの老人がすわっているのが目にとまった。ファルブシュタインだった。びっくりした私は、ここで何をしているのかと問うた（当時彼は七七歳だった）。孫を待っている、ユダヤ人協会の事務所へ連れていってもらうのだ。市役所にも行かねばならんが、その後ゲットーにまわるつもりだ、と老人は答えた。ユダヤ人社会の皆とも会って悩みを聞こう、できるだけ力になってあげたいからなあ、もちろん政府閣僚とも会談するつもりじゃ、それから家の財産調べの仕事もやらんといかんが……。老人の言葉は幻想と現実が入り混っていた。大災厄の事実は、この病める老人の心にまだ浸透していないのだった。付添い人が階段をおりてきたので、私は手招きしてわきへ引っ張っていくと、廃墟と化した生誕の地を直視できる状態ではない、すぐ連れて帰るようにと懇願した。老人は、その日のうちにイスラエルへ連れもどされた。老人はもう一度ユダヤワルシャワを見たいと言い張り、友人たちはついに根負けした。しかし、現実はやはり老人に耐えられるものではなかった。ファルブシュタインはその後すぐ死んだ。

第4章　戦後ポーランドのユダヤ人社会

様変わりするポーランド

ポーランドは、第二次大戦で領土の三分の二ほどを失った。東部のクレイスイ・ブショドニーは、ビルナ、ポレシェ、ボリーニアそして東ガリチアを含め、ソ連に併合された。ビルナ、ルツク、リボフ、ブリスク、ロブノといった都市は、数百年に及ぶポーランドの社会的文化的伝統をもっていたが、急速にロシア化していった。ポーランドは、その代わりシュレジェン西部域と北西部のダンツィヒを得た。失った領土の大きさから比べると、わずかな補償であった。一方、東部地域は、ウクライナ人、ルテニア人、白ロシア人、リトアニア人などの少数民族が多数を占め、ポーランド人にとって頭の痛い問題が、いろいろ生じた。西部の編入領は猫のひたいほどであったが、そこからはドイツ系住民が追い出された。

ポーランド滞在中、ドイツ系住民の《移送》がすでに進行していた。シュレジェン地方の駅には長大な列車がとまり、たくさんのドイツ人を詰めこんでいた。西ドイツへ送られるのである。何世代もこの地域の社会を構成してきた人々が、迷子の荷物同然に列車へ詰めこまれて、西へ送られた。東ドイツへ向かう列車はひとつもなかった。そこでは彼らは歓迎されざる難民だったのだ。地図を引き直すための大々的な民族集団の送還は、世界の耳目をひいた。戦後の境界線修整は、どこにもみられた現象だが、通常は境界線の手直しであった。しかしここでは、境界域の集団を押し出しているのである。

ポーランドは縮小したが、それでも大きな国であった。いまや、ポーランド人だけの国になり、戦前ポーランドを苦しめた少数民族間の摩擦を気にする必要はなくなった。しかし、それで平和になったわけではない。ポーランドは、左派と右派、ロシアの協力者と敵対者、無神論者とカトリック教徒などに四分五裂の状態になった。

ナチの手から解放されると、ワルシャワは一九四四年にルブリンで発足した左派政権の支配下に入った。W・シコルスキの率いる亡命政府はロンドンに残ったままで、PSL（ポーランド農民党）代表のミコラエチイクが橋渡しをしていたが、閣僚としての彼の政治生命は尽きつつあった。

私は、ポーランドの文化と政治形態に根ざすポーランド系ユダヤ人の気持ちのままであった。指導部に若干の知りあいがいたので、その人たちに会ったが、新しい現実をかいま見ることができた。外務省のグルカ教授は、亡命政府領事としてニューヨーク在勤中私と知り合いになった人で、閣僚や党要人との会見を設定してくれた。与党のPPR（ポーランド労働党）、PPS（ポーランド社会党）、政府寄りのカトリック派などの指導者と会ったほか、二月二七日に開催されたPPRとPPSの統合会議にも招待された。ゴムルカは、統合が右寄り路線になることを恐れる人々に対し、比准にはPPR

の五一％で十分と答えた。これが、力を崇拝する《民主主義》の実態だった。テログループを含むさまざまな地下組織が、抵抗しはじめていた。

戦後のポーランドでは、政治の力は三つの勢力に集中していた。ソ連の足下に屈する労働者政党、土地や財産に手をつけようとする者を容赦しない農民層、そして、《ロシア化》に抗してポーランドの文化と伝統を守ろうとする人々を吸収するカトリック教会、である。新政権は現実的な政策をとり、農業の集団化は避けた。カトリック教会に対しても、はれものに触るように扱ったのである。

ソ連の非同化政策による帰還

ポーランドがこのような状態にあるとき、ホロコーストの生き残り——ナチの迫害に生き残った難民とポーランド義勇軍の除隊兵——がもどりはじめた。時期的には一九四五—七年ころであった。ホロコーストの生き残りのなかには、地下室や森に隠れていた人、パルチザン隊に加わっていた人、あるいは《アーリア人》地区に逃げ《アーリア人》の証明書を入手して生きのびた人、が含まれる。人数的には少ないが、まずこの人たちが故郷へもどっていった。その後に多数のユダヤ人除隊兵が続いた。

ポーランドにもどった者の大半は、送還者としてシベリアをはじめソ連全土から帰された者である。一九四五年七月六日、ソ連政府とポーランド挙国一致政府がモスクワで送還協定に調印、これにより、一九三九年九月一七日までポーランド国民であったポーランド人またはユダヤ人にしてソ連領に居住する者は、本人が希望すればポーランドへの帰還を認められた。

ポーランド国民のソ連からの送還は、実はその前から始まっていた。一九四四年六月二二日の最高ソビエトの成立時点からである。しかし初期の送還は、ポーランド人だけに限定され、ユダヤ人、ウクライナ人、白ロシア人、ルテニア人、リトアニア人などの少数民族については特に言及されなかった。ソ連に合併された旧ポーランド領を離れたユダヤ人がどうなのか、不明であった。しかしながら、一九四五年の協定は、はっきりユダヤ人を対象に入れていた。双方は、政治基準ではなく民族集団を基準にすることで合意したのだった。こうしてユダヤ人は、独ソによる分割前のポーランド国民として、送還の対象資格を得た。この権利は、ほかの少数民族集団には認められなかった。ソ連は、彼らをその領土内へ抱えこむ意図であった。ポーランドの新しい国境のなかに住むロシア人、白ロシア人、ルテニア人あるいはリトアニア人は、ソ連の市民権取得の資格を与えられ、ソ連領へ移ることになった。つまりこの協定によってソ連は、戦前のポーランド国民であったユダヤ人の民族権とソ連からの移住権を認めたのである。一九七〇年代にソ連当局がユダヤ人に出国許可を与えイスラエル移住を認めたのは、この原則、すなわち自己のユダヤ性を意識するユダヤ人は、他の少数民族と違ってロシア人のなかに同化できない、という認識にたっていたのかもしれない。

むきだしの敵意

ポーランドのユダヤ中央委員会が保管する記録によると、一九四五～四七年の期間にポーランドへもどった生き残りユダヤ人の数は、二二四万四八九九人である。一九四六年六月がピークであった。だが、数万の人がユダヤ委員会に届けなかったと思われる。とりわけ「沈黙のユダヤ人」と称される人々がそうであった。《アーリア人》の証明書をもち、迫害の対象となるユダヤ民族であることを隠しつづけた人である。送還に際しては、ユダヤ人として登録すれば、また後まわしにされると考えたにちがいない。その後、帰国者数は減ったが、それでも一九五〇年代の初めまでソ連邦から少しずつもどっており、結局あと一〇万はポーランドへ帰ったと思われる。

戦時中ポーランドに残ったユダヤ人は、ゲットー、強制収容所、死の収容所すなわち抹殺キャンプ、地下室、《アーリア人》地区の隠れ家、森林地帯のパルチザン隊など、さまざまなところで生か死かの生活を送ったが、私の記録では生き残ったのは四万程度である。ポスト解放期にポーランドを通過した帰還者は、三〇万ほどだろう。つまり、ポーランド国内で生き残った人（一％）を含め、ポーランドのユダヤ人社会は一〇％しか生き残らなかったのである。

ソ連からの送還で、ポーランドのユダヤ人は一時的には増えた。しかし、その後ユダヤ人は自己の社会を再建できなかった。なぜかと問う研究者もいる。同胞の血で染まった大地に生命をよみがえらせることは不可能、というのは部分的な答えでしかない。ナチの郷土ドイツでは、ユダヤ人口は三万に回復した。ルーマニアでは、ラビをはじめ共同体の組織をもつユダヤ社会が再建された。ルーマニアからはイスラエルへ二〇万ほどが大量に移住した。しかしそれでも三万ほどが残り、その社会は非常に活動的である。ハンガリーのユダヤ人口は現在約九万である。ユダヤ人が社会を再建できなかったのはポーランドだけである。戦後数万のユダヤ人が、かつて故郷と呼んだ都会や町へもどっていった。しかしそこは一時の仮寓地にすぎず、彼らは消え去ったのである……。

政府はともかくポーランド人民は、ユダヤ人の帰還を拒否したのだ。これが結論である。ポーラン

戦後トーラ・バアボダ会議に出席した筆者。右は護衛のポーランド軍将校ファーバー大尉。戦争が終わってもポーランドでは反ユダヤ感情が強かった。

ド人は、ヒトラーのうちだしたポーランドのユーデンライン化（ユダヤ人一掃）計画の完遂に熱心で、そのためには暴力を振るうことも躊躇しなかった。政府はポグロムを防ぐことができず、ポーランドへもどってくる個々のユダヤ人殺害も、防止できなかった。私のポーランド滞在は五週間だったが、その間にもユダヤ人殺害が何件もあった。なかでもショックだったのは、救済委員会大会に出席した代表四名が殺された事件だった。

ユダヤ人の生き残りは、前の隣人たちからむきだしの敵意で迎えられた。戦時中ユダヤ人の財産を分捕った者は返還を恐れ、ナチに協力した者は、ユダヤ人が帰ったことで面倒なことになる、と考えた。こうして、帰還者五〜六名のうち二名が殺され、残りは迫害に耐えかねてすぐに故郷を去った。これが平均数値である。ユダヤ人が路上を歩くのは危険で、特に地方ではたいへん危なかった。そのため帰還者は都市部に集中した。

ポーランド滞在中、私は各地の都市やキブツ訓練センターを訪れたが、いつも軍の護衛付きだった。軍の従軍司祭ダビッド・カハナ博士がアハロン・ベッカー大尉にどこへも必ず同行するよう、頼んだのである。政府官庁へ行く時は、数人の私服がついた。妻の両親が抹殺されたトレブリンカへは、護衛の手配がつかず、とうとう行けなかった。ラビ・ダビッド・カハナ師の提出した国防省資料によると、戦後ポーランドで殺されたユダヤ人は一九四五年で三五一名、一九四六年には四〇〇名を超える（ユダヤ中央委員会の調べでは、一九四六年の被害者数は三五二名）。

《血の中傷》

解放後のポーランドでは、ユダヤ人が祭儀にキリスト教徒の人血を使うという例の《血の中傷》が、醜悪な形をとって復活した。一九四五年一〇月、ポーランドの一神父が、マツオット（過越祭にたべる種なし乾パン）はキリスト教徒の血を入れて焼く、と書いた。キリスト教徒を殺して血をしぼりとっているイラスト付きだった。翌年の過越祭前夜には（三月ごろ）、「子供を守れ、子供たちが次々に行方不明になっている」という警告が、ポーランド全土に流された。

カハナ師は、一九四五年のスコットの期間中（仮庵祭、季節は秋）、リボフで流された血の中傷事件を報告している。五歳になるキリスト教徒の子が、遊びに出たまま数時間家にもどらなかったのである。すると両親が礼拝最中のシナゴーグへ押しかけ、子供がユダヤ人に殺されたと叫びはじめた。それを聞いた住民たちが一瞬のうちに暴徒と化し、ポグロムになろうとしたのだが、子供がシナゴーグ近くの友人宅にいることがわかり、寸前のところでことなきをえたのだった。

　しかし、ポグロムになったケースもある。一九四六年七月四日、キエルツェで、ごく普通のポーランド人たちが煽動し、警察の積極的支援を得て、ポグロムを引きおこした。ヘンリク・ブラシュツカ父子が市中をまわりながら、通行人に呼びかけたのだ。息子のヘンリクをユダヤ人たちが誘拐し、プランチ街七番地の地下室に連れこむと（その建物にはユダヤ人団体の施設が全部入っていた）、殺して血をしぼりとろうとした云々と。それだけで十分だった。住民は暴徒となり「くたばれユダヤ人、ユダヤは殺せ」とか、「俺たちがヒトラーの仕事を片づける」と叫びながら、あばれまわった。警察は、ユダヤ人が自衛用にとっていた武器を全部とりあげていたから、暴徒にとっては都合がよかった。鎮圧のため呼ばれたロシアの将校や兵隊たちは、落ちつきはらって傍観し、暴徒のなすがままにした。このとき五一名のユダヤ人が殺された。ポーランド政府は犯人たちを裁判にかけ死刑を宣告したが、キエルツェに残る二〇〇名のユダヤ人は――全員ホロコーストの生き残りだった――すぐにこの町を出てしまった。

　キエルツェのユダヤ人指導者は、ユダヤ人社会をとりまく憎悪に耐えかね、当地のクレツマレク司教のもとを訪れて、燃えたぎる憎悪をさますべく、教会の影響力を行使していただきたいとお願いした。司教は、ユダヤ人が犠牲になったのは残念と言った後、「しかし、政府、警察、軍、役所の上層部はユダヤ人だらけだ。あまりにも多過ぎる。民衆がどう思っているのか、教会はその心まで責任をもてない。それに、ポーランドの聖職者は大衆にぜんぜん影響力をもっていない」とつけ加えた。

　同じような答が、ポーランドの大司教であるフロンド枢機卿から返っている。一九四六年七月一一日付の公報がそうである。そのなかで枢機卿は「カトリック教会は、いついかなる殺人も非難する。キエルツェだけでなくポーランドのどこであっても、犠牲者がポーランド人ユダヤ人の如何を問わず、殺人には反対である」と述べた。彼はユダヤ人を対象としたキエルツェ事件を一般化して本質をあいまいにしただけでなく、「ユダヤ人は国の枢要な地位をひとり占めにし、大多数の人には受け入れがたい社会体制を人民に強要している。このような態度で、前向きの状況をだめにしているのだ」と言った。同じことを本人の口から前にも聞いた。一九三六年、彼は力の行使に反対するとしながらも、ポーランド大衆の感情に理解が必要と呼びかけた。ユダヤ人が三五〇万のときも一〇万に減ってしまった現在も、まったく同じ非難が、ポーランドのユダヤ人社会に向けられたのである。

消滅したユダヤ人社会

まだ戦時中の一九四四年三月、ポーランド脱出者がエルサレムで発行している雑誌に、あるポーランド出身のジャーナリストが、戦後の状況をきわめて正確に見通した論文を書いた。ユダヤ人難民のポーランド再定住は、強大な心理的抵抗に直面するという内容である。ヒトラーの五年間は、彼に反対して戦ったはずの人民大衆にやはり影響を与えていたのだ。影響というより共鳴というべきか。ナチズムは、ポーランドの大地に沃土を見いだしたのである。ナチはユダヤ人殺しを合法化した。「ヒトラーがヨーロッパのユダヤ人抹殺地としてポーランドを選んだのは、無駄ではなかった」というわけである。

ユダヤ人社会は、戦後のポーランドに根づくことができなかった。ソ連からもどる難民は、ポーランドをイスラエルその他の地域への脱出中継地として使った。このプロセスは、一九五〇年代の初めまで続いた。五〇年代末に、反ユダヤ的環境がいちだんと濃厚になって、再び流出が始まった。六〇年代末に、ゴムルカ政権の交代後再度流出があった。自分をユダヤ人と考える人は、現在数千人しか残っていない。ほとんど年金生活の老人か、非ユダヤ人と結婚した人である。かつてポーランドのユダヤ人社会は世界一を誇り、豊かな文化と伝統をもっていた。それはイスラエルとアメリカへ移っていった。ユダヤ人社会は事実上消滅したのである。

戦後の一時期、在米ポーランド系ユダヤ人難民の間には、新政権がユダヤ人社会の再建を支援するという希望があった。だがその希望はすぐに破れた。新政権はこの問題にほとんど関心を示さなかった。政府は、暴力行為には反動派取り締まりの一環として対応したが、民衆の間にくすぶる反ユダヤ主義を是正する教育は推進しなかった。

ポーランドのユダヤ人社会の歴史は国と同じくらい古いが、消滅の運命にあったのだ。下院でユダヤ人議員が、デンマークやスウェーデンなどの国ではユダヤ人が尊敬されているのに、ここポーランドで迫害されるのはなぜか、と問うた。するとエンデツヤの指導者は、人口比がデンマーク並になればユダヤ人も尊敬される、と答えたものである。しかし、戦後のポーランドはどうだろう。人口の一%になってしまったのに、迫害は続いたのである。

ユダヤ人社会の父祖の遺産と記憶は保存しなければならない。つらいが大事な仕事である。本来ならポーランドのユダヤ人が世界のユダヤ人社会に呼びかけてやらねばならないが、今日に至るもその推進機関がつくられていない。残念である。

第5章　アウシュビッツの悲劇

《煙》と消えた持ち主

私は恐れおののきながらアウシュビッツへ行った。

十重二十重の鉄条網がどこまでも続き、所内には拷問用の狭い独房がいっぱいあった。そして実にさまざまな拷問用具があった。人間が考案し、そしてそれを使ったのだ。なかでもガス室は、二〇世紀の技術革新の粋であった、ヨーロッパ文明の指針であるドイツ工業国の諸大学が考案したさまざまな犯罪装置を、すべて凌駕していた。

『神曲』「地獄編」の作者であるダンテですら、アウシュビッツの地獄を描写することはできず、さじを投げるにちがいない。私は何時間も女性の髪をいっぱい入れたガラス箱の前に立ちつくしていた。加工され商品として出荷される前のものであった。そして山のようなトランクの山。一つひとつに焼却炉の《煙》と消えた持ち主の名が書いてあった。トランクはひとつひとつサイズや状態が異なり、それぞれがその歴史と背景をもっていた。靴の山を見たときは、涙がでてしかたがなかった。さまざまなサイズと色と質の子供の靴が、山と積みあげられているのだ。赤ん坊の小さな小さな靴もあれば、十代の靴も、いやあらゆる年齢の子供たちの靴があった。涙でかすむ目で空間を凝視したまま、私はそこに立っていた。人間の残忍性と凶暴性に限界はないのだろうか。私は震え声でそう呟いた。

私は、アウシュビッツの生き残りから話を聴いた。ユダヤ人が個々にあるいは集団で、囚人服を着たままこの地獄から逃げたとき、どんな末路を迎えたのか。彼らはポーランドの農民たちに追跡され、ひとりまたひとりと付近の森で捕えられ、鬼のようなアウシュビッツの警備兵に引き渡されたのだ。町や村のポーランド人たちは、サディスティックな喜びの声をあげながら、この不運な脱走者をドイツ人に引き渡したという。私はこの話を聴いてショックをうけた。

われわれは子供のころ祖父のレッベ（ラビ）・シュロモ・ヤコブからいろいろ昔話を聞いた。祖父は一〇三歳で亡くなったが、死ぬ数年前最後の別れに私の家へ来た。特に印象に残っているのがポフスタニエツの話である。一八三一年の第一次ポーランド蜂起のとき、この男性は蜂起派として戦って傷つき、ロシア兵に追われていたが、ピアスキにあった祖父の広い家へ逃げこんだのである。彼はユダヤ人一家にかくまわれ丁重な看護をうけた。一家は、ロシアの秘密警察にスパイ罪で逮捕される危険をおかして、世話したのだ。

アウシュビッツ。数百万の人間が拷問をうけ殺され、ガス室へ送られそして炎のなかに消えていった。その圧倒的大多数は、ポーランド、チェコスロバキア、ハンガリー、ギリシア、フランス、オランダその他ヨーロッパ全土から移送されてきたユダヤ人であった。しかし、ポーランドの新政権が支給した看板や額には、犠牲者のなかにユダヤ人がいたことは、ひとことも書かれていなかった。ホロコースト時代の研究者や調査員にこの点を指摘すると、ユダヤ人訪問者からときどき同じような抗議を受ける、という返事であった。その後、ユダヤ人のことが少し書き添えられた。

焼却炉の前で立ちつくす

一九五九年、二度目のポーランド訪問のとき、私はもう一度アウシュビッツへ行った。ポーランド人のガイドは、各国の議員代表団に対して、アウシュビッツで起きたことを説明し、言語に絶する残虐行為が行なわれたと語った。しかし、ユダヤ人のジェノサイドについては、ひとことの指摘もなかった。私はほかのイスラエル代表団員とともに所内の一角へ行き、ユダヤ人犠牲者数百万の冥福を祈った。そこにはわれわれのほかに誰もいなかった。だが、ミンヤン（集団礼拝に必要な一三歳以上の男子一〇名以上）ではなかったので、われわれはカデシュ（礼拝時の頌栄歌）を捧げることもできなかった。

二度目のアウシュビッツ。つらくて苦々しい気持ちと記憶の再訪だった。私は、タルムードの言葉を思い出す。

モーセが来て言った。「偉大なるかな神よ。全能にして畏なるかな」するとエレミヤが来て言った。「異邦人たちが主の神殿《みや》を破壊している。いったい主の畏なる行為はどこにある？」そこで彼は《畏》の言葉を除いた。次にダニエルが来て言った。「異国びとが主の息子たちを奴隷にしている。いったい主の全能の行為はどこにある？」そこで彼は《全能》の言葉を除いた。しかしながら彼らが来て言った。「とんでもない！　主は主の怒りを抑え、主は長い間の苦しみを邪悪なる者へおよぼされる。そこに主の全能の行為があるのだ。そこにこそ主の畏なる力があるのだ。主に対するおそれがなければ、ひとつの民があまたの民のなかでどうして生きながらえることができようぞ……」

私はほかのホロコーストの生き残りとともに焼却炉のかたわらに立ちつくした。そこには「見よ、その地の煙が、かまどの煙のように立ちのぼっていた」（創世記第一九章二八節）。これが、ヨーロッパ最強国ドイツとその同盟者の行為であった。無尽蔵ともいうべき彼らの凶器が、無防備のユダヤ人男女子供の抹殺という悪魔的目的に奉仕したのである。この犯罪行為を目撃した連合軍諸国は、「汝、血潮に染まる隣人を傍観するなかれ」とする聖書の警告を無視し、拱手したままだった。アウシュビッツ焼却炉の爆撃を拒否したのだ。爆撃すればジェノサイドをスローダウンさせたはずである。言語に絶する悲劇を考えながら、私はそれでもヒトラーは自分の究極目的を達成できなかった、と自分に言いきかせた。預言者は言った。「主は彼らを撃たれた者を撃たれたように彼らを撃たれたか？　あるいは彼らを殺した者が殺されたように彼らを殺されたか？」（イザヤ書第二七章七節）と。ヒトラーはユダヤ民族そのものの抹殺を誓った。しかし私がその最後のユダヤ人ではない。ユダヤ民族はよみがえりつつある。希望があり、未来がある。

第6章　ユダヤ人児童の身代金

百万人以上の抹殺

ナチのヨーロッパ支配時代、一五歳までのユダヤ人児童が百万人以上も、ナチの手で組織的に抹殺された。それは《科学的》厳密性をもって実行されたが、その犯罪行為はドイツ国民とそして現地住民の目の前で行なわれたのである。現地住民は、言語に絶するこの残虐行為にしばしば協力した。多くの者が、無辜《むこ》の子供たちが追いまわされ死にゆくさまを、おもしろ半分に見ていた。逃げる子供たちを現地住民が捕まえ、ナチに引き渡した例が無数にある。この前代未聞の大虐殺は、ヒトラーの支配階級人種であるアーリア人を、ユダヤ人種に特有の《潜在的危険》から《守る》ために、実施された。一九四三年一〇月六日、ヒムラーが「すべてのユダヤ人男性を抹殺する決定は、当然すべての女性、子供の抹殺を意味する」と宣言した。ドイツ人に対する報復の芽を事前に摘みとってしまおう、というわけである。

はっきりした形では見えないが、ホロコーストの副作用のひとつに、同化問題がある。ホロコーストに生き残った子供たちが、同化によってユダヤ人のアイデンティティを失う。この精神的抹殺が、物理的な絶滅をまぬがれた子供たちをおびやかしたのである。

ナチヨーロッパで起きたユダヤ人児童の悲劇について、私は、難民キャンプからもどってまとめた『根だやしにされた人々』のなかで、一章をもうけて書いた。私はこの問題を深刻に受けとめたので、機会あるごとに声を大にして叫んだ。これがインパクトを与えたことは、一九四六年のアメリカシオニスト機構総会の参加者たちから、直接聞いた。ユダヤ人児童の生き残りを救えという声が、高まってきたのである。

ベンジンから抹殺キャンプへ送られたユダヤ青年のひとりダビッド・ルスティッヒ。この写真は戦後筆者がポーランドから持ち帰りヤド・バセムに保管されている。

カトビツェのユダヤ歴史委員会に行ったときだった。一五歳から二〇歳までの青少年の写真が、四〇〇〇枚も保管してあった。労働力という口実で、ベンジンから全員が一集団となって移送されたのである。行先は抹殺キャンプだった。ドイツ人特有の徹底性を反映して、各写真の裏にはそれぞれ略歴が書いてある。ポーランドの法律でも ち出しが禁じられていたが、一枚だけ入手できた。裏には、「ルスティッヒ・ダビッド・イスラエル。一九二〇年六月二五日生。於シュゼコチン。現住所ベンズブルグ（ベンジン）クルトーラ街二八。織物工」と書いてある。

大量移送の恐怖が脳裡に浮んでくるたびに、私は書棚からルスティッヒの写真を取りだして、じっとみつめるのだった。そこに、ベンジンの青少年四〇〇〇名を見舞った言語に絶する悲劇が、抹殺キャンプへ送られた何十万という子供たちの無限の悲しみが、凝縮されていた。

この四〇〇〇枚の写真は、その後ある移民がポーランドから持参し、ヤド・バセム（国立ホロコースト記念館）に収められた。私は、手もとにある一枚をヤド・バセムに提供し元通りにしようと思う。ルスティッヒは、犠牲となった仲間のもとに帰るのだ。

子供を救え

私の脳裡から子供たちのことが離れることがなかった。ホロコーストの恐怖が子供たちの心に焼きつけた影、ユダヤ民族の将来に及ぼす影響を考えると、生き残った子供たちの救済がとても大事である。私は生き残りや世界のユダヤ人に対し、全力をあげて子供たちを救えと呼びかけた。

一九四五年のロシュハシャナ（ユダヤ暦の新年）のとき、パリにいた私はブローニュの森にあるシナゴーグの礼拝に参加した。説教を求められたので、私はロシュハシャナのときに読まれるトーラの一部を引用し、「そして主はサラをおぼえておかれた」と言った。サラは子孫繁栄の象徴である。ユダヤ民族の存続のため「産めよ、ふやせよ」という主旨の話をした。こうすれば、ナチの企んだ絶滅計画をくつがえせるのだ。しかし、会堂には老人ばかり数十名。女性も年老いた者が数名しかいなかった。ナチの地獄を辛くも生きのび、ぼろぼろになった人たちである。この人たちを見ていたら、突然、自分は何と無意味な話をしているのだという考えが頭をよぎった。誰に向かって話をしているのだ。この《干上がった》人々に生がよみがえると思うのか？　私は文字通り話を中断して、自分の席へもどったのだった。

しかし、人口の問題はいつも私の脳裡にあった。難民キャンプや解放された国での会合で、私はいつも家族を増やしてユダヤ民族の再興をはかれ、と呼びかけた。閣僚時代も数人の同僚とともに出生率を高めるための立法化に努めた。しかし結果は思わしくなかった。われわれの歴史には、たとえば十字軍やフミエルニツキのポグロム（一七世紀中ごろウクライナ地方で一〇万人が殺され三〇〇カ所のユダヤ人社会が破壊された）の後にみられるように、出生率の向上をはかる努力がたびたびなされている。ところがイスラエルの国会は、堕胎の合法化をはかるべく議論しているのである。ユダヤの民族史上最大の人口減少をきたした大災厄の後というのに、出生を制限する話に熱中しているのだ。まことに皮肉な話である。

引きとりのむずかしさ

一方、戦後になって、ユダヤ人の子供をキリスト教徒の保護者の手からユダヤ人の家族や施設へ移す仕事は、かなり大々的に行なわれた。ユダヤ教の団体が先頭になり、おもにシオニストパイオニアが実務を担当して、実行したのである。きわめてデリケートな問題を内包する仕事だった。子供たちは戦時中キリスト教の女子修道院やキリスト教徒の家で暮らした。いっしょにいると愛情がわく。手放したくない家族がいても不思議ではない。

第二次大戦の前（一九三八～九年）、イギリスが、ナチの迫害の犠牲になったユダヤ人の子弟――孤児や孤児同様の子供――数千人に、避難地を提供した。ドイツから引きとられた子供たちは、いろいろなユダヤ人団体の保護下におかれた。バトル・オブ・ブリテンのころ、ロンドンはドイツ空軍に連日爆撃され、子供の集団疎開が始まった。このユダヤ人孤児も対象となり、地方の町や村へ疎開し、キリスト教徒の家に世話になった。有料であった。ユダヤ人団体は子供たちの生活を保障したが、戦時中という事情もあって、ユダヤ的環境を与えることはできなかった。

戦時下四～五年の保護は、それなりの影響を残した。家族のなかにはユダヤ人の子供に愛情がわき、戦後になっても手放したくない家があった。手放したくないので、養子縁組をした人たちもいる。子供たちも多くが家族の一員と感じるようになった。

ユダヤ人団体は、特別引きとり問題のない子供は取りもどしたが、家族になついてしまったケースについては、家族に圧力をかけることをしなかった。事実上養父母となった人の意志に反して、子供を引き離すのは無理と考えたのだ。いわゆる子供の《幸福》を第一に考えよ、という示唆もあった。法的手段に訴えると、そうまでしてキリスト教徒とユダヤ人を区別するのかという反感が生まれ、かえって反ユダヤ感が生まれる可能性もある。そんなわけで、既成事実に挑戦する気運がなくなってしまったのである。該当リストは机の上からどこかに放りこまれ、やがてゆくえがわからなくなった。リストを求めるラビやボランティアは、官僚的なたらいまわしの憂き目にあった。ユダヤ人の保護団体も、引きとり行動から次第に手を引いた。こうして、数千とはいわぬまでも数百人の子供が、同化によってユダヤ民族の手から離れてしまった。

教会施設からの引きとりの困難

フランスとポーランドの女子修道院やキリスト教会施設あるいは教会孤児院に収容された子供たちの引きとりは、複雑な問題を提起した。カトリック教国には修道院やその付属の孤児院がたくさんある。絶体絶命のところに追いこまれたユダヤ人たちは、子供の命を救う最後の手段として、修道院や教会孤児院へ託そうとした。女子修道院はときどきユダヤ人の女児をひとりふたりと保護してくれた。しかし男児の方は、キリスト教徒の孤児から（割礼のため）見破られる危険があった。修道院側には伝道布教の動機が背後にあった。ユダヤ人の子供をユダヤ人として救おうというのではなくて、キリスト教に改宗させるという意図である。戦時中ポーランドの修道院がユダヤ人の成人を保護したケースは、きわめてまれである。

ワルシャワゲットーで公共の仕事をしていたシュムエル・ウィンターという人がいた。一九四三年に死亡したようだが、戦後瓦礫のなかから日記の一部が回収された。そのなかでやり場のない痛憤をぶちまけた個所がある。ラビのマイセル師に、ワルシャワのカトリック大司教へラビたちをかくまってもらうようお願いしたらどうだろう、と相談したのだった。ラビがキリスト教に改宗するなら考慮してもよい。これがカトリックの最高指導者からの回答であった。戦後、女子修道院からユダヤ人の子供をひきとるのは、まさに至難のことであった。修道院長が反対し、子供のゆくえを隠すのに全力をあげたのである。たいていは洗礼を受けさせられ、キリスト教の環境からもはや引き離せなくなった。

一九四六年二月一〇日、エレツ・イスラエルのチーフラビ、I・ヘルツォーグ師が、教皇ピウス一二世のもとを訪れ、ホロコースト時代カトリック教会が数千人のユダヤ人児童を救ったことに対し、感謝の言葉を伝えた。それと同時に師は教皇に対し、生き残りをその親族、ユダヤ人社会、ユダヤの信仰のもとへ帰すよう教会の指示をだしていただけないか、少なくともそう示唆していただきたいと述べ、「私たちにとって、子供は自分の世界をもっているのです。私たちは約一五〇万の子供をホロコーストで失いました。キリスト教会が生き残った子らを私たちから奪いさるなら、それは犯罪にも等しい行為になるのであります」と言った。このアピールは相手の耳に届かず、教会は沈黙を守った。

フランスでの抵抗

フランスでは、もっとも強い抵抗にあった。子供の少ない家庭は、ユダヤ人の子をキリスト教徒として育てたいとがんばった。キリスト教の施設は、子供を預っていることを隠し、名前を変えて洗礼をうけさせてしまった。ユダヤ人であることを消し去ったのである。有名な話にフィナリ兄弟事件がある。二人はフランスついでスペインで修道女と司祭の手で隠され、家族のもとへもどれなかった。親族でレジスタンス運動の闘士やラビ・S・R・カペル師とフランスのチーフラビ、J・カプラン師などの懸命の努力が実って、ついに引きとりに成功、兄弟は一九五三年にイスラエルの地を踏んだ。

フランスでは、イエズス会のピエール・シャイエ司祭が組織したLA（クリスチャンフレンドシップ）が、ナチに迫害されるユダヤ人の子供を救出し、かくまった。この組織がだした資料によると、一万五〇〇〇人のユダヤ人児童が修道院とカトリック教会の施設にかくまわれたり、キリスト教徒の家に託された。この組織は戦後ＣＯＳＯＲ（レジスタンス社会組織委員会）と名を変えたが、パリのモンテビデオシナゴーグのラビに、一部の子供を引き渡した。ユダヤ人の子供の家が三つ、七五〇名ほどの収容力であった。残る子供たちはキリスト教の環境のもとで育てられた。フランスのユダヤ人社会は、数世代前から同化過程にあり、ユダヤ教を守り抜く意志がなければ関心もなかった。新しいユダヤ人移民は、フランスの市民権や永住権をとるのに汲々として、これら子供のアイデンティティを守ろうとする闘いには、きわめて臆病であった。シオニストも無力で、ユダヤ教正統派は、正統派の施設でユダヤの教育を受ける子供だけの収容に限定した。

ポーランドの状況

Ｉ・ドラッカー大尉の案内で、クラシュトル・フェリツヤネクというクラクフの女子修道院を訪れたときの話である。リボフ出身のアニタ・ショルという女児の引きとりが目的だった。アメリカをたつ前叔母にあたるロスアンゼルス在住者から、涙ながらに依頼されたのだ。ホロコーストで一家が全滅し、この子だけが預けられたので助かったという。

その女子修道院には、ほかに二人のユダヤ人女児がいた。別々に会わせてほしいと言ったが拒否された。私はまず保護期間の経費を全額払うように求められた。結局金は修道院への寄付という形で渡された。次に三人の子が、司祭と修道院長に伴われてやってきた。ひとりが一四歳くらいで、あとの二人は九から一〇歳、年長者がスポークスマン的役割を果たした。長時間話したが、女児は聞く耳を持たなかった。「私たちが動物のように追いまわされているとき、助けにきてくれなかったじゃない。

私たちはこの修道院に救われたのよ。命の恩人から離れないわ。あんたたちのところには行きたくない」とその女児は言った。

私は爆発しそうな怒りをおさえ、全滅した家族の話をした。わが子をかわいく思わない親がどの世界にいようか。両親は無限の愛で包んでいたのだ。八方手をつくして子供の命を救おうとしたのだ。しかし子供たちは納得しなかった。

司祭と院長は満足気にうなずきながら、子供たちを力づくで追い出すわけにはいかない、と言った。しかし、年下の女児の態度には、少し変化の色がみえた。われわれはその時は引きさがったが、あきらめたわけではない。数カ月後ニューヨークのドラッカーから手紙が来た。三人とも引きとることができた、と書いてあった。

数年後、ルフェイセン事件のころ（離教したカトリックの司祭が、何度もユダヤ教徒として登録しようとして、世間が大騒ぎした）、私はヘブライ語の新聞に、この三人の女児について書き、ホロコースト時代自分の命を救う手段としてキリスト教へ改宗した者に、異議を申し立てることはできないと主張した。ラビのI・ニッセンバウム師をはじめとするワルシャワゲットーのラビたちの宗教法上の見解によると、敵が神の民を物理的に抹殺しようとするとき、ユダヤ人は《生命を聖別》しなければならない。私はこの見解を紹介するとともに、聖賢マイモニデス（一一三五－一二〇四）が「強制改宗の犠牲者に悪態をついた者」を非難した点に触れた。しかし同時にマイモニデスは、異教の信仰の手かせをはずせる地に逃げず、背教を続ける者については問題視している。迫害されているとはいえ、自分の意志で神に選ばれし民から自分を切り離したままでいる人は、われわれの一員ではない。われわれとは関係ないから、そっとしておいてもらいたいのである。

ポーランドでは、女子修道院とキリスト教徒の家で五〇〇〇人ほどのユダヤ人児童が助かった。戦前のポーランドのユダヤ人児童数からみると、生存率は一％にもみたない。リトアニアとラトビアを除くと、ポーランドほどユダヤ人児童の生存率が低い国はほかにない。もっとたくさんの子供たちがキリスト教徒の手に託されたが、ほとんどは捕まってナチの手に引き渡されて殺された。

救済への道は茨の道

キリスト教の環境そして当時のあからさまな反ユダヤ的環境からユダヤ的環境への移行は、子供のなかに心理的葛藤をつくりだした。四～五年間の別離の後、ホロコーストを生きのびた両親や親類との再会は、双方に緊張をもたらした。両親は不安を抱き、希望と絶望の間を激しく揺れ動きながら、数カ月いや数年も緊張のとけるのを待っていなければならなかった。再会時も親の心は千々に乱れる。アビバという子をワルシャワから移したときの話だが、父親がひっきりなしに電報や手紙を寄こし、やいのやいのと催促するのだった。いらいらして一分でも待てないようで、一九四五年九月一〇日付の手紙は「ぐずぐずしないですぐ動け。三人四人ではなく、君はたったひとりの子を扱っているんだぞ。なぜそんなに手間どる。飛行機でも自動車でもジープでもいい。ワルシャワから乗っけるのが、そんなにむずかしいのか、バルハフティク！」と私をせきたてていた。

子供と再会した母親は、狂おしいまでにわが子を抱きつづけ、寸秒も離そうとしなかった。たとえばギーナ・コンという女性は、子供が救出されてイスラエルへ渡ったことを知り、私への手紙でビザの取得を哀願し、「あなたには子供を助けていただきましたが、今度は母親を救ってください。子供がそばにいないのはたまりません。子供のことばかり考えて、もう気が狂いそうです。私の心はもうここにありません。子供のために生きていなければならない、と決心しました。それでなければ生きていたって意味がない……」と訴えた。

子供の救済すなわちユダヤ的環境へもどすことは、聖なる仕事だった。保護者の司祭や修道女とは、イデオロギー上の論争があり、歴史上神学上の対決があった。なかでも小さな子供たちと相対するのは、なまやさしいことではなかった。子供はそれぞれ自分の歴史をもつ、ひとつのミクロコスモスである。

救済への道はまさに茨の道で、多くの精神的心理的障害があった。しかし同時に、この子供たち――ほとんどが孤児――を一刻も早くポーランドから移す必要があった。ポーランドに将来どんなユダヤ人社会が再建されるにせよ、孤児をそのままにしておくわけにはいかなかった。ポーランドには彼らのいる場所がないのである。加えて、暗黒時代に育てられた女子修道院や教会施設、家族との結びつきを、断ってしまう必要があった。生き残りのほとんどは、感受性が強く周囲に影響されやすい小さな女児であった。当時ユダヤ民族はナチと現地住民から史上類のない苛烈な迫害を受けていた。その状況のなかで、子供たちは迫害されしいたげられた民族とつき合わぬよう、何年も教育されたのだ。子供の自由意志にまかせていたら、ことわざに登場する奴隷がなじみの主人のもとへ帰るように、戦時中の保護者のところへもどるだろう。

ミズラヒの施設に収容された生き残りの子供たち（1946年、クラクフ）。

仮住まいの地へ

しかし、子供たちをいったいどこへ連れていけばよいのだろうか。イスラエルはまだ独立せず、ドアは締められたままだった。仮住まいが永住地になっても困るが、とにかく一時の収容地をさがす必要があった。

イギリスでは、ラビのシェーンフェルド師がバアド・ハハザラのイギリス支部の協力を得て二回ポーランドを訪れ、宗教系の児童を二〇〇名ほど引きとってきた。子供たちは正統派のホステルに収容された。ポーランドのミズラヒは、宗教シオニズムの教育を受けさせ、エレツ・イスラエルへ移住させてくれと注文をつけた。一九四六年四月八日付の手紙によると、

この恐ろしい戦争のあと、われわれはここポーランドで子供の教育を最重点課題として、運動の再興に着手した。われわれは、キリスト教徒の家庭及び女子修道院から多数の子供を救出した。しかし大きな問題がある。キリスト教の環境下で五～六年過ごした子供たちは、ユダ

ヤ教から疎遠になったのである……イギリスに到着後子供たちはバハッド施設（宗教シオニストパイオニア）に収容し、エレツ・イスラエルへ到着するまでに、正しく教育されんことを強く要望する……子供たちを港に出迎え、ユダヤ教の価値観をわれらの抱くトーラ・バアボダの精神とともに、説明されるよう、くれぐれもお願いする。

一九四六年八月末、フランス送りを目的として約五〇〇名の子供がチーフラビのヘルツォーグ師に託された。子供たちはジョイントの支援でバアド・ハハザラの運営するホステルに収容された。ヘルツォーグ師は、バアド・ハハザラのラビ・P・ボルゲレンター師とともにポーランドを訪れ、生き残ったユダヤ人たちから大歓迎をうけた。

まず三五〇名が送りだされたが、ポーランドのミズラヒからガイド兼カウンセラーとして三名が付き添った。問題は教育方針にあった。モントルーから来たラヘルとイサク・スターンブッフは、ヨーロッパのバアド・ハハザラ活動をとりしきっており、別の派の出身だった。特にラヘルは気性の強い女性で、ホロコースト時代には救出活動で名をあげた人だったが、宗教シオニズムとは相容れぬ見解をもっていた。彼女はイスラエルへの移住に反対し、海外の離散地で宗教生活の復興をはかるべしと主張した。摩擦が一年余も続いた。ミズラヒのヨセフ・ブルグとアハロン・ベッカーは、一九四七年六月七日付の手紙で、スターンブッフ女史の活動を激しく批判した。私は、女史がフランス外務省に送った抗議書のコピーをもらった。そのなかで女史は、イスラエル移民のため子供たちをホステルから移したのはけしからぬ、と文句を言っていた。私はなんだと思った。宗教教育は固い信仰を築きあげることを目的とし、究極的にはエレツ・イスラエルの建設に積極的に参加することである、と信じている。ホロコーストの生き残りにとって本当の危機は、ユダヤ教の根源から離れることである。

その後ポーランド各地のホステルに収容中の子供たちは、大規模なベリハ作戦で、ドイツとオーストリアの難民キャンプへ送られた。なかにはユース・アリヤ（ユダヤ機関の青少年教育訓練組織）の移住許可割当てで、すぐにイスラエルへ行けた子供もいる。残りはドイツのキャンプやキプロスの非合法移民収容キャンプにとどまり、イスラエルの独立まで待機した。独立によりイスラエルの門は開放され、ユダヤ民族はシオンとの再会を果たしたのである。

第7章　聖書、救済

トーラの売り込み

一九四六年二月のある朝、ワルシャワのポロニアホテルのロビーに腰をおろしていると、ひとりのポーランド紳士が近づいてきて、私に話があると言った。彼はあたりをうかがいながら、ここではだめです、自宅でしか話せませんと声をひそめた。私は何だろうと思った。別にあやしげな風もなく、きちんとした人物のようである。よろしい、午後おたずねしましょうと返事すると、紳士は、どうかひとりで来てくださいと念を押した。

ワルシャワ郊外のサスカ・ケンパは一等地である。ポーランド紳士は私を丁重に迎え入れ、奥の間に通すとドアにカギをかけさらにシャッターもおろしてから、おもむろに押入れをあけ包みを捧げもつようにして取り出した。包みから出てきたのは、何とセフェル・トーラ（モーセ五書の巻物）だった。じつは、と紳士は経緯を話しはじめた。

ドイツ人がシナゴーグに火をつけて破壊していたころ、道ばたにセフェル・トーラが投げすてられているのに気づいたという。彼はそれをひろいあげ、懐に隠すと家にもち帰って保管したのだった。ドイツはすべてのシナゴーグを備品もろとも焼いたから、このセフェル・トーラがヨーロッパに残る唯一の巻物、と彼は信じこんだ。「自分は、この大火に焼け残った貴重品を命がけで守った。戦争も終わったことだし、アメリカのユダヤ人代表になら、それ相当の値段で返してもよろしい。ドイツ人の厳しい監視下で危険を冒したことでもあり、危険費をプラスして考えてもらいたい」それでいくらなのかと聞くと、紳士は《わずか》の一万ドル、買うか買わぬかはあなたしだい、値引きはいっさいなしですと答えた。

当時としては天文学的値段だった。その金でワルシャワの半分が買える、と同僚たちが言った。それで私は本件をポーランドのユダヤ人と政府当局に任せることにした。だがこの逸話ははからずも、ドイツ人に荒らされたユダヤ関係の文献問題を浮き彫りにした。ヨーロッパ全土で図書館が破壊されたのだ。

セフェル・トーラ

ナチによるユダヤ関係文書の収集

ドイツ人は、ユダヤ人とユダヤ教の抹殺を目的に行動した。彼らは、文学、芸術などを含むユダヤ民族の伝統と遺産を、徹底的に破壊することに決め、金銀の祭儀用器物を炉中に投げこみ、祈禱書を引き裂き破りすて、あるいは焼きすてた。それと同時に、ベルリンに研究機関を設け、そこへユダヤ関係の図書を集めた。膨大な資料だった。そこは、常設の反ユダヤ宣伝センターで、ヒトラーが、ナチイデオロギーの研究と教育を目的としたホッホシューレ（高等研究所）の設置を、一九四〇年一月二九日に指示、その結果生まれたものである。アルフレッド・ローゼンベルクが、図書館設置の責任者だった。ヒトラーは、一九四〇年七月五日、九月一七日そして四二年三月と、一連の指示をあいついで出し、占領地にあるユダヤの文化遺産の没収を命じた。没収物は、ローゼンベルク図書館へ移送されるのである。

フランクフルトにあるローゼンベルク高等研究所の図書館には、一九四三年までにユダヤ関係の文献が五五万冊ほども集められた。アライアンス・イスラエライト・ユニバーセル図書館の四万冊、パリ・エコール・ラビニク図書館の一万冊、フランス・ユダヤ学会連盟の四〇〇〇冊、パリにあるリフシッフ書店の二万冊、五つのロスチャイルドコレクション二万八〇〇〇冊、アムステルダムのローゼンタリアナとスファルディ系社会の図書館のものが各二万冊が含まれる。東欧の占領地では、リガ、コブノ、ビルナ、ミンスク、キエフなどからタルムード関係の膨大なコレクションが集められ、二八万冊が移送された。

ドイツ人は、シナゴーグと一般家庭にある巻物と図書は破棄したが、図書館蔵のものは、フランクフルトから二七キロほどのところにあるハンゲンのユダヤ図書庫へ集めた。ポーランドではユダヤ図書館の蔵書がすべて書庫から出され、特別列車が仕立てられて各地を走って本を集めた。ハンゲンに到着するまで車中であらましの分類が行なわれたが、それには、前ポーランド軍従軍司祭マティティヤ・マイゼス博士とラビのヤコブ・アビグドル博士の二人が列車に乗せられ、図書分類の仕事をやらされた。やがてドイツ人はこれ以上の図書は不要と判断し、本を詰めこんだ列車をクラクフ駅の構内にとめ、火をつけた。

ドイツ人は、そのときまでに集めた本の量で十分満足だったのだ。解放後のヨーロッパで、図書館の調査にあたったアメリカ軍のグッドマン氏によると、五〇〇万冊ほども集められていたという。

ユダヤ人は書の民

ヨーロッパでは、ドイツや解放諸国を含め、ドイツが没収したユダヤ関係図書数十万冊のほか、ナチが手をつけなかった本が、各地に残ったままであった。ユダヤ人は書の民といわれるほど本好きの民族である。ヨーロッパのユダヤ人の家には必ず書棚があり、小さな図書館をもっている家庭もめずらしくなかった。ヨーロッパのユダヤ人社会はまさに書物の宝庫であった。数千に及ぶシナゴーグ、神学校、バティ・ミドラシュ（ユダヤ教の学び舎《や》）、シュティブレヒ（小シナゴーグ）に、大小さまざまの図書館が併設され、各地のユダヤ人社会には必ず公共図書館があった。そのほとんどが失われたのである。

しかし、ナチの放火・破壊作戦が完全に成功したわけではない。戦後われわれは、返還問題に直面した。外国の保管者はもっていても何の役にも立たないのに金を要求した。

たとえばトーラの巻物がそうである。そのころは、ホロコーストの生き残りとアラブ諸国のユダヤ人が大量に流入した時期であったが、どの集団もトーラの巻物その他の図書をもってこられなかった。前者は失い、後者は当局から持ち出しを禁じられた。裸一貫で来た非合法移民もかなりいる。イスラエルには、あちこちに開発都市やキブツが建てられ、あるいはそれが間に合わずテント村すらつくって移民を収容した。いずれにせよ、シナゴーグやバテイ・ミドラシュは必ず併設されたが、肝心のトーラの巻物がない。これは印刷できず筆写なので、宗教省は需要に応じきれなかった。

トーラの巻物の回収作戦

私は、一九五二年に宗教副大臣に任命されると、ヨーロッパからトーラの巻物を回収しようと決意した。当時ヘブライ大学と国立図書館も、ヨーロッパから文献を回収したいと考えていた。彼らは教育文化省にかけあったが、前向きの回答を得られず、ついで外務省に外交交渉による返還を要望した。ここの態度も同じだった。

政府機関で前向きの対応を示したのは宗教省だけで、結局一九五二年二月八日、双方は協力して返還を求めていくことで合意した。そして、大学側からS・シュナミと宗教省からJ・L・ビアラーが出て代表団を編成し、四カ月ほどかけてオーストリア、イタリア、ユーゴスラビア、オランダをまわった。代表団は、ウィーン近郊のノイエブルクにある宮殿地下庫にユダヤ関係のコレクションを発見した。一五万冊ほどあった。もうひとつクラーゲンフルトには五万冊のコレクションがあった。しかし代表団は目録を入手できず、直接本に手を触れることすらできなかった。ウィーン大学は、ナチから合法的に入手したのだと主張した。代表団はあちこちをたらいまわしされているうちに、コレクションがオーストリア大蔵省の管轄であることを発見した。ウィーン駐在のA・エシェル領事が文部大臣を初めオーストリア政府当局者と精力的に交渉を続けた。文部大臣は、自国がこのコレクションの正統な継承者ではないことを認めたが、だからといってイスラエルが継承者というのはどうだろうか、と疑問を呈した。オーストリアの大臣がイスラエルの立場を理解していないのは、エシェル報告に明確である。大臣は戦後八年もたつのに、ユダヤ人が六〇〇万もホロコーストで抹殺されたと聞いて、びっくりしたというのである。えっ？　六〇〇万？　数千人ぐらいは虐殺されたかもしれんと思っていたが、それではオーストリアの総人口じゃないか云々。

代表団は、アイゼンシュタットの市立博物館で、五〇〇キロを超える祭儀用銀器のコレクションを発見した。展示物三万八〇〇〇点のほか併設図書館の図書三〇〇〇冊をもつ大きい博物館があった。

ハヌカ祭用の銀の燭台（18世紀）

これはサンドル・ウルフというユダヤ人の所有で、継承者はイスラエルに住んでいた。

ウィーンとアイゼンシュタットを含む数カ所のユダヤ人社会は、破壊されたり遺棄されたりしたシナゴーグから、図書とトーラの巻物を相当数回収していた。代表団はウィーンのユダヤ人社会から、ヘブライ語などで書かれた図書九〇〇〇冊とトーラの巻物九四巻を寄贈された。このほかエルサレムの宗教省とベツアレル美術博物館には、ハヌカ祭用の燭台コレクションが代表団経由で送られてきた。イタリアでは、ユダヤ人社会が閉鎖されたシナゴーグからトーラの巻物を一〇〇〇巻ほど回収しており、代表団は九〇巻を受けとった。

ユーゴスラビアのユダヤ人社会連合事務所には、ラディノ語とヘブライ語の写本やトーラの巻物が保管してあった。梱包され政府の許可を待っているところだという。アムステルダムにあるポルトガルシナゴーグのエッツハイム図書館は、貴重文献をどっさり所有している。調べるまでもないが、イスラエルへの移管は疑問であった。代表団は、オランダ各地の損傷シナゴーグからトーラの巻物二〇〇巻と文献数百冊を回収し、エルサレムへ送った。

一九五四年七月二二日付のビアラー・シュナミ報告によると、ユダヤ関係の文献はオーストリア政府が四〇万冊、ウィーンのユダヤ人社会が二万冊保管中だった。ドイツではベルリンのユダヤ人社会が一万冊、マインツで三〇〇〇冊を保管し、フライブルクにはゲシュタポから買いあげた図書館が二〇もあり、ウォルムスにも、写本コレクションがあった。イタリアでは、それほど多くはないが貴重なコレクションを、いくつかのユダヤ人社会が保管中で、トリエステには数千冊のコレクションがひとつみつかった。そのほかユダヤ人社会が保管中のものとしては、アムステルダム一万五〇〇〇冊、ハンガリー六万冊、ポーランドは数としては把握していないが多数、ブルガリアのソフィアとユーゴのサラエボには古い文献があった。サロニカ、アテネ、ラリサの社会、トルコ、南フランスにも、散在していた。

われわれがその後もヨーロッパ各地で返還活動を続けたので、文献や巻物がエルサレムへ次々と送られてきた。貴重文献を含め、全部で数十万冊を回収した。後にすべて国立図書館へ収められ、コピーが関係機関に送られた。ユダヤ教のチーフラビがいるヘイハル・シュロモとケレム・ベヤブネエシバ（兵役とトーラ研究を兼ねた組織）の図書館に五万冊である。そのほかバル・イラン大学の図書館、宗教委員会の傘下にある各地の図書館へも送られた。

《眠れる者の唇をして語らしめる》

この回収作戦によって、ホロコーストの犠牲者が読んでいた文献そのものを、老人はもとより若い世代の人が利用するようになった。「眠れる者の唇をして語らしめる」（エルシャルミ、ベラホット第七章一〇節）というユダヤの格言が、思い出される。由緒あるルブリン神学校は廃虚と化したが、その大事な図書館の文献は、数千年に及ぶユダヤ教の伝統を継承するものとして生き残った。ワルシャワのトラット・ハイム（生命のトーラ）神学校はいまやない。しかし、その図書館を飾った文献のなかから、トーラの新しい生命がいぶきはじめたのである。

ホロコーストのなかから回収された書物の多くは、蔵書印や個人の記名、余白への書き込みや注釈がある。J・L・ビアラーは、大研究者として知られるラビ・アキバ・エガーの注釈がついたマイモニデスの法典を発見した。この注釈は、エルサレムのエルハメコロットが発行した新版に加えられた。

一九五〇年代末、私は小さな図書館をつくろうと提案した。東ヨーロッパの図書館、神学校、シナゴーグの蔵書印がついた本だけを、そこへ収納するのである。それぞれの町の共同体をアルファベット順に並べ、それぞれ四～五冊を選んで展示するものとし、ヘイハル・シュロモの総合図書館のなかに設置するのだ。いまはなきユダヤ人の共同体が、かつて存在したことを書物で象徴する。われわれは、ポーランドとリトアニアの共同体四〇〇カ所から、合計一〇〇〇冊を集めた。ほかの地域にまで広げようとする動きは、いまのところない。

セフェル・トーラ回収作戦によって、解放されたヨーロッパの分五〇〇〇巻を含め、七〇〇〇巻ほどのトーラの巻物が回収された。これは修復された後、宗教省の手でイスラエル各地のシナゴーグや宗教施設へ配布された。この作戦は、ルーマニアからトーラの巻物三五〇〇巻の移送という結果も生みだした。二五〇〇巻ほどが修復され国内で配られたほか、海外の新設社会やシナゴーグへ数十巻が送られた。ホロコーストの後イスラエルへ大量の移民が来ているときであり、このように多数の巻物が贈られたことは、新移民の宗教生活上、まことにありがたい話である。

この寄贈は、ルーマニアのチーフラビ、モーゼス・ローゼン博士のおかげで実現したものである。ルーマニアはほかの共産政権と違ってユダヤ教に対して寛容であった。戦後すぐシナゴーグが再開され、スープの無料配給を行なう共同キッチンの開設、就学年齢児用のタルムード・トーラ学校の開校も可能となった。統制下にあったとはいえ、ユダヤ人のイスラエル移住も可能であった。一九六〇年代の中ごろ、ルーマニアでは修復できないトーラ二五〇〇巻をイスラエルで再生する事業も始められた。

ユダヤ民族の精神的・宗教的遺産

ナチの地獄から救われたトーラは、全部で六〇〇〇巻だった。ひとつひとつがヨーロッパ各地のシナゴーグで発生したユダヤ人の悲劇を目撃したのだ。数百万のユダヤ人がこの巻物から読みあげられるトーラを聴いた。喜びや悲しみの日々が、巻物のうえを通り過ぎていったのだ。巻物の柄とおおいに、ユダヤ人社会の個々人の家族の記憶がしみこんでいる。

トーラの巻物のなかには、血に染まったものもある。命を張って守ろうとしたのであろう。両端の焼けたトーラは、ナチの無頼漢どもが火をつけたとき、からくも救い出した巻物なのだ。何世紀もの伝統をもつ巻物あるいは高名な学者が所持していたもの。ひとつひとつにそれぞれの歴史がある。

われわれの精力的な回収活動にもかかわらず、数十万冊の本が、まだ略奪者の手にあった。オーストリアの大学図書館には二〇万冊ほどが残っており、ドイツでも、ユダヤ人から盗んだ本が数万冊、大学の地下室や倉庫に放置されているといわれる。共産諸国の図書館にも数万冊がそのまま残っている。ときどき研究者が見るのかもしれないが、まず無駄に放置されていると言ってよい。略奪された宝物の回収は、今後も続けなければならない。

祭儀用器物の回収も活動のひとつであった。離散のユダヤ教に、壮大な大建築や贅を尽した装飾品があるわけではない。金銀ダイヤをちりばめた祭儀器物だって、そんなにたくさんはない。タルムードにあるように「貧はイスラエルにふさわしい」のである。たえざる放浪と迫害のゆえに、きらびやかな生活は無縁であり、予言者のいうように「主とともにつましく生きる」さとしが守られた。目にみえるユダヤ教のシンボルにもこれが反映している。一方でもちろんユダヤ人は美に対するあこがれをもっている。「主は私の神なり、私は主を飾る——教えの実践のなかで主の前に汝を美しくせよ」という聖賢の言葉がある。飾り気のない数百数千のバティ・ミドラシュやシュティエブレヒのなかにまじって、すばらしいシナゴーグもいくつかあるし、信徒が、トーラのおおいな安置する祭壇のカーテン、トーラを読む際の指示棒、トーラのおおいなど、芸術的趣好を凝らしたものを、故人の記念や本人の信仰のあかしとして贈った。そのほか、キドシュ（祝祭日、安息日を聖別するための祈り）とハブラダフ（安息日の終わりに飲むワイン）用の杯、香料箱、ロウソク立て、メノラ（七枝の燭台）、あるいは結婚用装身具、割礼あるいは初子の儀式用具など、芸術の香り高いものがある。

キドシュ用の杯（19世紀）

ナチはこのような貴金属作品を溶解し、戦争目的に使った。キリスト教の家庭に引きとられたものもある。宗教省に回収されたものはシナゴーグとバティ・ミドラシュに一部配布され、特に由緒ある品は、われわれが設けた博物館に収められた。イタリアからは、S・A・ナホン博士の努力で、トーラを収めたすばらしい祭壇がいくつも送られてきた。遺棄あるいは破壊されたシナゴーグからの回収である。ヨーロッパ芸術の揺籃地イタリアは、逸品ともいうべきすぐれたシナゴーグ建築を生みだした。イタリアのユダヤ人社会は豊かで、長い間ポグロムと懲罰的法規制に苦しまなかった。中央および東ヨーロッパよりも早い時代に、市民権を得ている。芸術環境もユダヤ人社会に影響を及ぼした。

さすがのナチも芸術の香り高い建築や作品に圧倒されたとみえ、ほかの国に対する蛮行に比べたら、ここイタリアでは手控えたようである。ユダヤ人社会のなかには破壊されたケースがいくつもある。しかしシナゴーグは残った。遺棄され荒廃したシナゴーグでも、祭壇は無事であった。ナハション博士の活動は、慈善事業家のアストーレ・メイヤー博士を会長とするイタリアユダヤ人協会に支援され、価値の高い祭壇ミルがイスラエルへ送られた。一八世紀のユダヤ系学者として知られるモシェ・ハイム・ルザトのシナゴーグはエルサレムのヘイハル・シュロモへ、マンツアの大シナゴーグ祭壇は、ブネイブラクのポネベツ神学校へと、それぞれがイスラエルに安住の地をみつけたのである。

われわれは、あらゆる手をつくして、ユダヤ民族の精神的宗教的遺産の救済に努力した。しかしそれでもヨーロッパの大地には、ユダヤの血に染まった羊皮紙が黒こげ状態でいまなお残っているのである。

第8章　反ユダヤ法と裁判

反ユダヤ法の残存

あの恐ろしい暗黒時代、生き残った者は連合国の勝利を夢み、勝利によってすべての苦しみは終わると考えた。解放者たる連合国は、言語に絶するナチの犯罪をくいとめえなかったことを恥じ、さだめしユダヤ人をなぐさめてくれるであろうし、苦しみから救うため八方手をつくすだろう。彼らはそう考えた。しかし悲しいかな、生き残りの夢は文字通り夢と消えた。地下の隠れ場から、パルチザン隊の潜伏する森から出てみると、あるいは強制収容所やシベリアからもどってみると、歓迎されるどころか、隣人たちは敵意のこもった冷たい目で迎えたのである。当局の扱いも暖かいものではなかった。解放後新しい問題が起きた。法的地位や市民権の問題、住居と移動、イスラエルへの移住、財産権の問題もあれば、物的損害を誰が補償するのかという問題もあった。迫害者に対する法廷や当局の態度も問題であった。迫害した当の本人が目の前を自由に歩きまわっているのだ。

ホロコーストの生き残りは、神経を逆なでするような官僚的扱いにも苦しんだ。反ユダヤ法の廃止など自明と思われようが、それだって簡単にはいかなかったのである。ヒトラーが一九三三年に権力の座についてから、ナチは直接間接にさまざまな反ユダヤ法を導入した。そしてそれは、ナチが版図を広げるにしたがって、各地へひろがっていった。一九三五年ザールラント併合、一九三七年ドイツ・ポーランド協定の失効に伴うシュレジェン地方併合、一九三八年、アンシュルスによるオーストリア併合、一九三八年九月ミュンヘン協定後の西ボヘミア併合、そして一九三九年のメーメル地方の併合。ボヘミア・モラビア保護領ができると、ドイツ総督は時を移さず一連の反ユダヤ法を導入した。この反ユダヤ法はナチのヨーロッパ征服とともに、ポーランド、ベルギー、オランダ、ノルウェー、ルクセンブルク、フランス、ユーゴスラビア、ギリシアへ広がっていった。さらにドイツのソ連侵攻により、リトアニア、ラトビア、エストニア、ウクライナ、白ロシアその他の地域にも施行された。それと同時に、ドイツの衛星国であるイタリア、リビア、スロバキア、ルーマニア、ハンガリー、フランス（ビシー政権下）アルジェリア、チュニジア、ブルガリアでは、なかには圧力もあったが、ほとんどは独自の判断でドイツをまねた反ユダヤ法を、とり入れた。ドイツの圧力をはねつけたのはデンマークとフィンランドだけである。この二カ国は伝統として守りぬいてきた自由と平等の原則を遵守し、陰険な人種主義キャンペーンは加わらなかった。

反ユダヤ法は、実に多岐にわたっている。一九三三年から一九四一年までをカバーしたドイツ法令集（ライヒスゲゼッツブラット）には、三八八の反ユダヤ法がある。そのほか、補遺補則によるものを加えると、実に膨大である。カトリック・スロバキアの法令集には、二七〇カ条よりなるユダヤ法を含め、二七二の反ユダヤ法がある。

法規上からするナチのユダヤ人攻撃は、きまったパターンがあった。まず権利（選挙権、公務員になる資格）を剥奪され、ついで義務（兵役）を廃され、宗教戒律に介入し（安息日とユダヤ教の祭日における労働強要、宗教法にもとづく畜殺の禁止、シナゴーグの閉鎖）、教育や職業訓練機関から締めだし、自由業の資格を奪い、科学機関や芸術団体から締めだして研究や指導を禁じ、社会および国家から孤立せしめ、居住地を制限しあげくの果てはゲットーに押しこめ、旅券や身分証明書に特別のマークをつけ、黄色のバッジを着用させ、強制労働につかせそして飢餓に追いこんでいくのである。

ナチ占領地では、ドイツ人が導入した反ユダヤ法を、亡命政府が第四次ハーグ協定の第四三～五六条にもとづいて取消した。たとえば、一九三九年一一月三〇日発表のポーランド法令集第一〇二がそうである。

ベルギー、ユーゴスラビアなども同じ措置をとった。問題は、ポーランドを含むナチ占領地が解放後ソ連の統制下に入った国である。反ユダヤ法を廃止するための新しい立法化が必要となった。それ自体は歓迎すべきことだが、ナチの支配前にあった通常の法律のなかに、反ユダヤ的性格をもつものが、仮面をかぶって存在したのである。たとえば宗教法にもとづく畜殺の禁止、土曜の安息日を守る人の経済活動を制限する法規、ユダヤ教の宗教教育とヘブライ語教育の禁止、がそれである。

一九四六年、私は「ポーランドにおける反ユダヤ法の廃止に関する諸問題」と題して覚書をまとめ、解決指針を明示した。在米ポーランド系ユダヤ人代表も、ロンドンの亡命政府と本件で話し合った。ドイツおよびその衛星諸国は連合軍に占領管理されたが、英米はただちに反ユダヤ法を廃止すると約束した。しかし、占領軍に代わって統治するようになった政権が実行しているのかどうか、最後まで見届ける必要があった。

戦犯裁判の現実

国際軍事法廷および連合軍による裁判の数は少なかった。その後の裁判はドイツの法廷が、ソ連やポーランドなどの前被占領地で行なわれた。アドルフ・アイヒマンはイスラエルで裁かれている。ドイツ人のくだした判決は、通常軽いと考えられた。ぐずぐず引きのばした末無罪放免にしたり、恩赦で釈放したりのケースが相次ぎ、あっけにとられることがあった。一九五一年四月二日の国会討論で、私は次のように述べた。

第一次大戦後、ライプツィヒの茶番劇があった。告訴された八六九名のうち、実際に裁判にかけられた者は一二名、そのうち六カ月から四年の実刑判決を受けた者は六名にすぎなかった。第一次大戦時一五〇万を殺したアルメニア人虐殺事件では、結局有罪判決を受けた者は二名にすぎず、それもローザンヌ平和条約の締結による特赦で、釈放されてしまったのである。犯罪人に対する扱いの変化は、まさに幻滅である。戦犯一三〇〇名のうち、すでに五一七名が釈放されたのだ。

これは、まったく予期できないことではなかった。私は、国際検察官の任命を呼びかけた。地方の裁判所で行なわれている戦犯の裁判に参加できる権限を有する検察官である。六〇〇万のユダヤ人虐殺罪に関する裁判には、イスラエルは法律に関する公平な顧問としてローカス・スタンダイ（特定問題につき法廷に出て手続きを行ないうる権利）を求めよ、とも提案した。強制収容所の責任者で強制労働局局長であったオズワルド・ポールを含む七名の戦犯に対し死刑の判決がくだり、この七名はアメリカの最高裁に上告した。イスラエルはその裁判に右の形でかかわるべきなのである。しかし、私の提案は認められなかった。ユダヤ問題研究所でまとめたナチ戦犯に関する提案も、計画倒れに終わった。法的文脈からいうと、ユダヤ民族に対するナチの犯罪には、徹底的な追求が絶対に必要である。

第9章　任務の終わり

なおも続く難民の苦しみ

難民キャンプの状況は日一日と悪化の一途をたどった。列強は難民の苦しみになんら有効な手をうてず、この世の地獄を体験したホロコーストの生き残り数十万は、失望感をつのらせていた。解放後すでに一年半が過ぎていた。しかし、一条の希望の光すら見えないのである。生き残ったユダヤ人を受け入れてくれる国は一国もなかった。難民社会は全体としていえば、西側民主国家の重い鉄扉をたたく気になれず、父祖の約束の地への帰還を夢見ていた。

状況は緊迫し、嵐が来襲しそうな雰囲気であった。キャンプ生活を送る五〇万のユダヤ人と、かつてナチが占拠していたところのあばら屋に住む生き残り数十万は、エレッツ・イスラエルへの旅立ちを決意していた。カギや鉄鎖をもってしても、彼らを引きとめることはできなかった。

まさに爆発寸前の雰囲気だった。キャンプには絶望と活力が入りまじっていた。生活環境はまことにみじめで、不満が鬱積《うっせき》していた。鉄条網で囲まれたキャンプに行動の自由はなく、何をするにもいちいち許可を要した。ナチの強制収容所を思わせる状態であった。アメリカとイギリスの占領地区を比べると、アメリカ地区のキャンプが生活面でめぐまれており、人々はどうしても双方を比較するのだった。また、難民と違ってドイツ人が自由に動きまわるのも癪《しゃく》の種であったし、キャンプの管理がアメリカ当局からドイツ側へ移される話もあり、難民の不安をかきたてた。しかし、難民の士気は高く、自殺に走る人はいなかった。むしろ生に対する強い肯定があったといえる。一年半の間に二万三〇〇〇人ほどの子供が生まれている。高い出生率である。難民のうち九〇％がエレツ・イスラエルへの移住を選択した。一方で絶望感、無力感があったのも確かである。状況がこのまま続けば、難民社会の混乱、崩壊は必至であった。

同僚たちは、キャンプとホロコースト諸国における活動を中断するよう、私に圧力をかけた。ほかにやる仕事がたくさんあるという。年老いた両親も私に会いたがっていた。アメリカとエレツ・イスラエルの交通が再開されるとすぐ来い、孫の顔を見たいいっしょに暮らそう、と矢の催促である。私は、ホロコーストに生き残った同胞の救済に責任を感じていた。ナチの地獄で苦しんでいたときに救いの手を差しのべられなかった悔しさとともに、はたして自分は全力をつくしたのであろうかという自責の念にもさいなまれていた。そのため、私は自分のイスラエル移住をまる二年遅らせたのである。

終《つい》の住処《すみか》イスラエルへ

しかしながら、一九四六年も末になると、私はヨーロッパでの任務が終わったと感じるようになった。ラビのメイル・ベルリン師と親友モシェ・シャピラをはじめとするミズラヒ指導部は、私のイスラエル移住を熱望し、いろいろ手を打っていた。一九四五年一〇月エルサレムで開催されたミズラヒ世界会議で、私は自分の知らぬ間に世界ミズラヒセンターの役員に選出されていた。会長たるベルリン師の動議によるものだった。私は、イスラエルで弁護士の仕事を続けるつもりだったので、断わりの電報を打ったが、ベルリン師はうんと言わなかった。

一九四六年五月一一日、ユダヤ機関のS・Z・シュラガイから電報が届き、設立予定のホロコースト記念組織ヤド・バセムの役員になってくれ、と言ってきた。私は、自分の移住と生活が保障されるなら承諾してもよいかな、と思った。しかし、ベルリン師は反対であった。考えてみれば、役人の仕事は自分に向いていない。私はどこにも所属しないまま移住の準備を進めた。一方、一九四六年一二月末に開催された第二二回シオニスト大会で、シュラガイがユダヤ機関のロンドン代表に選ばれたため、民族評議会の席がひとつあくことになった。シュラガイは私を推薦した。私は受諾した。そして一月末だったが、スウェーデンからアメリカへもどる途中エレツ・イスラエルへ立ち寄った際、私は評議会のダビッド・レイズ議長から、正式の通知書を受けとった。一九四七年一月二七日付で、国会にあたる民族評議会のメンバーならびに政府に相当する執行部入りを認む、とあった。

われわれはまる六年アメリカに滞在した。その間子供四人のうち三人はアメリカで生まれた。われわれはアメリカの市民権すら取得した。もっとも、皮肉なことにわれわれがエレツ・イスラエルへ移ってから、その許可がおりた。つまりわれわれは、移動中の難民としてアメリカに仮寓したわけである。ニューヨークをたつ前、コトラー師（ポーランドではクレツク神学校の校長だった）の祝福を得たいと思って連絡すると、師はイスラエル行きは疑問だ、三人も四人も子供を引きつれて戦乱の地へ行くのはどうか、と反対した。ユダヤ国家の再建にたずさわる者としてどうしても行かなければならぬと言うと、本当に再建されると思うかという質問である。私は、もちろんです、戦争が終わってからそのつもりで行動してきたのですから、と答えた。

妻は四番目の子供を身ごもっており、出産のため数週間遅れたが、私は七月末にアメリカをたち、終《つい》の住処《すみか》たるエレツ・イスラエルへ到着した。一九四七年八月であった。

《ヨーロッパを飲みこんだ怪物》

船中、私は当時ベストセラーになっていたヨシュア・リープマンの『心の平和』を読む機会があった。おそるべき戦時体験の後、人々がショックと不安をなんとか克服しようと魂の遍歴を重ねる内容で、ユダヤの倫理観《ムサル》をベースにして、巧みにまとめられていた。おもしろく読んだが、心の平安は得られなかった。心の奥底に、ホロコースト期とそれに続く戦後二年間の対応について、わだかまりがあった。われわれはホロコーストを避けられたのではないか、少なくともその規模は局限できたのではないか。あんなに少数ではなく、もっと多数の人を救出できたのではないか。みすみすチャンスを逃したのではないか。状況を正しく認識し、迫りくる危機の重大性をもっと声を大にして訴えていたら、もっと違った展開になっていたのではないか。

しかしその一方で、ホロコーストがあれほどの規模の残忍性をもつとは誰が予想しえたか、という思いもある。正確に見通していたという人がいれば、それは後知恵ということではなかろうか。普通の人間であれば、一九四〇年から四五年にかけてヨーロッパを飲みこんだ怪物の姿を、たぶん想像することもできなかったであろう。いかなる悲観主義者といえど、言語に絶するあれほどの恐怖を予想できなかったに違いない。彼らのイマジネーションは、中世の暗黒時代をなぞるぐらいはできたであろう。しかし、二〇世紀のヨーロッパ有数の文明国で起きる事態に比べれば、その暗黒時代などものの数ではないのだが、そんなこともちろん予測できるはずがなかったのだ。

一九三八年一〇月、ヘブライ文学者のシュムエル・J・ファイギン博士が、次のように書いた。

中世時代が近づきつつある。絶望が人類にとりついた。……われわれは、悪の支配する日、暗黒の日に備えねばならない。霧は年ごとにいや時々刻々と濃くなっている。この一五〇年の間にわれわれユダヤ人が築きあげた資産は、すべて失われてしまうだろう。……反ファシズムの戦いにエネルギーを無駄使いするな。……われわれはキリスト教徒の善意をかちとらねばならない。……そして自分の意志でゲットーへもどろう。……ポーランド人は大学でわれわれを隔離ベンチにすわらせている。しかし黙ってそれを甘受しよう。ドイツ人はユダヤ人作家を迫害している。……ドイツ語で書くことをやめようではないか。われわれは流浪の離散民であり、追放に備えねばならない。……これ以上土地を買うのはやめよう。……トーラと伝統の生活へ、メシアの信仰へ立ちもどろう。……悪の時代がわれわれに襲いかかろうとしているのを認識しなければならない。暗黒と災厄の日、中世時代が舞台で再演されようとしているのだ。

ファイギン博士はおそらく一番の悲観論者であったと思われるが、その筆をもってしても、ユダヤ人大衆にふりかかった苦しみと殺戮《りく》を、断片的にすら描くことができなかった。

　ユダヤ人社会は、ファイギン博士をはじめ似たような考えの人にほとんど注目しなかった。彼らは、限られた手段をもって、悪の力をはね返そうと考えていた。彼らは国際世論に訴え、青年はパリとベルンでナチドイツの外交官を襲撃するなど、力で抵抗しようとした。ドイツのユダヤボイコットに対抗して、反ボイコット運動が組織された。ポーランドでは反ナチの文化・経済ボイコット委員会が設置された。私はその提唱者のひとりで、副委員長に選ばれた（委員長は、ワルシャワで発行されているユダヤ紙ナシュ・プシェグラドの編集者ボルコビッツだった）。一九四三年に私は、ニューヨークのユダヤ問題研究所の仕事の一環として、ユダヤ人の抵抗運動と反ボイコット手段について調査報告をまとめたことがある。ユダヤ人の反対運動は、世界各地で世論を喚起し、ナチの脅威をたしかに認識せしめた。しかし欧米列強は、悠然と構えたままで動こうとしなかった。ナチの戦争マシーンと抹殺作戦がヨーロッパを席巻したときはすでに手遅れで、それをくいとめることはできなかった。

　もうひとつ深刻なのが、はたして同胞救出に全力を尽くしたかという問題である。この問題が私の心をさいなんだ。この問題は四〇年たったいまでも、私の脳裡から去らない。不満の入りまじった深い悲しみにときどき襲われるのだ。でもそれは、過ぎ去りし時代のはるかなるこだまになってしまった。

苦難と栄光のユダヤ国家建設

ユダヤ民族は、エレツ・イスラエルにユダヤ国家を建設することが、戦争難民の苦境を救う唯一の答えになると確信した。ホロコーストとその余波が、解放後ユダヤ人のおかれた環境とあいまって、関係諸国に決定的影響を与えたことはまちがいない。このような事象が、道義上、心理上、具体的な圧力となって国際社会を動かし、国連がエレツ・イスラエルにユダヤ国家を建設すべし、と決議した。その事象は、シオニストの態度も変えたのである。

一九三七年、エレツ・イスラエルの一部にユダヤ国家を建設する案が提示されたとき、シオニストの間では議論が割れた。一九二一年にイギリス委任統治政府は歴史的パレスチナ（エレツ・イスラエル）を分割し、トランスヨルダンをアラブに与えた。小さくなった地域の一部に建設するというのでは、約束の地に対する歴史上宗教上の権利を放棄することにほかならない。さらに、予定される地域があまりにも小さく、政治的存在すなわち国家として存続できないという危惧もあった。この案はユダヤ機関執行部がだしたものだが、私はミズラヒの機関紙イーデッシュ・シュテイメに論陣を張り、激しく反対したものである。あまりに狭くて、ポーランドのユダヤ人だけでも足の踏み場もないようになる。私はピール卿の提唱するパレスチナ分割計画も、一九三七年夏の第二〇回シオニスト会議で反対した。シオニスト機構綱領に反するからだった。私の意見はかなり反響を呼んだが、具体的な行動には結びつかなかった。当のイギリスがピールプランを撤回したのである。

一九四七年一一月の国連決議の後ユダヤ国家の独立が宣言され、それと同時にアラブ七カ国軍の侵攻によって独立戦争となった。しかし国家建設は、ホロコーストの生き残りが抱える諸問題を、迅速かつ効果的に解決し、イスラム諸国を追われたユダヤ人も吸収することができた。現代イスラエルの誕生は、ユダヤ史上最大の救出作戦の敢行を可能にしたのである。

私は一九四七年の八月にエレツ・イスラエルに到着し、ただちに民族評議会の任務についた。私は民族評議会の法務局創設の栄を与えられ、これから誕生しようとするユダヤ国家の司法部門の整備に邁進した。ユダヤ人としての願望と職業を組み合せることができたわけである。私は、ヤド・バセムの責任者になるとともに、レアシレイヌ局（エレツ・イスラエルやケニアなどのイギリス植民地に抑留中のシオンの捕囚者——反英闘士）の長に任命された。私は、聖地のユダヤ人社会に溶けこんでいった。われわれは、精神的物理的力を総動員して、ユダヤ国家の誕生とホロコースト生き残りの吸収に備えた。

エレツ・イスラエル建設に伴う苦しみは周知の通りである。地雷原で囲まれたエルサレム、そのエルサレムへの接近経路も包囲下にあり、われわれはありとあらゆる苦難をなめた。このエルサレム・テルアビブ街道は何度も往復したが、一九四八年の過越祭の前日、われわれのコンボイがカステルの丘から猛烈な攻撃をうけ、立ち往生したこともある。しかし、この歴史の岐路にあって、イシュブ（エレツ・イスラエルのユダヤ人社会）と運命をともにする決断をくだしたおかげで、私は独立宣言の署名者のひとりとなる栄誉に浴した。ユダヤ国家を再興した人々の列中に加えられたのである。これが子々孫々私の家の誇りとなり、生存へのはげみになれば幸いである。

世界平和と杉原精神

私が杉原千畝という名を知ったのは、一九八一年春『孤立する大国ニッポン』という本の序文として書かれた「この書を第二次世界大戦のときに、日本の外交官として四〇〇〇人のポーランド系ユダヤ人の命を救い、そのため祖国の不興をこうむった杉原千畝さんに捧げる」という一文であった。

この本の著者ゲルトハルト・ダンプマン氏は長いあいだ、東京特派員をしていた。日本を去るにあたり、イスラエルでは「スギハラ記念公園」までつくって、その人道的功績を世界が讃えているのに、杉原氏を日本人が顧みないどころか外務省への復権もいまだなしという現実をみて、日本は今に世界から孤立するぞという、日本人への最後の警鐘と忠告の書でもあった。

杉原氏は、一九〇〇年、岐阜県加茂郡八百津町に生まれ、早稲田大学在学中に外務省の外国語研修生として、ロシア語を旧満州ハルピン学院に学んだ。その後母校の講師も兼ねながら、満州国の北満シベリア鉄道の返還交渉に立ち合ったのち、外務省からリトアニア領事代理を命じられ赴任した。そのハルピン学院は一九一九年、南満州鉄道初代総裁後藤新平によって創設され、設立当初は日露協会学校とよんだ。生徒は日本各地都道府県の派遣生や内蒙古、中国、満州および満鉄の委託学生、それに外務省の留学生などからなり、杉原氏はその創設当初の留学生に選ばれたのである。

ダンプマン氏の警告を身に染みて恥ずかしく思っていた私は、先輩の顕彰こそが日本人の使命であると考え、イスラエル行を決心した。

一九八九年五月八日、梶原岐阜県知事と荒井八百津町長の賛同を得て、ハルピン学院同窓会野島一朗会長、上野副会長の親書を持ってイスラエル近郊のゾラフ・バルハフティク元宗教大臣の自宅を訪問した。そして杉原氏の生地に「顕彰の碑」建立の話をすると、氏は黙って部屋の奥から一冊の本を取り出してこられた。それが『約束の国への長い旅』（篠輝久著）という題の「生きて還られたらどんなことがあっても杉原さんを捜し出しお礼のために日本へ行く」という本で、これをいきなり見せられた私は顕彰の碑を一日も早くと催促されたようで恥ずかしかった。また、そのころは政治家の女性スキャンダルが世界中をかけめぐっていたころなので「困ったものです」と水を向けると、氏は断固として言った。「いや、世界中の政治家でクリーンなのはごくまれにしかない。そんなことより、イスラエルと日本がお互い手をとりあって、世界平和に貢献することが一番大切なことだ」。

日本とイスラエルはともに、

一、世界から嫌われて孤立している。
二　資源が少ないのに金持ちである。
三、国民は創造的で勤勉である。

と三つの共通項をあげ、この両国が兄弟のように手と手を結ばなければと言って、世界平和を説かれたバルハフティク氏の風貌が、日本人そっくりだったのが強烈な印象として残っている。この後、私たちは杉原記念公園の植樹をして帰国したが、その後を追うように同年一〇月、突然、国際会議で来日中のカチャルスキー・カチール元イスラエル大統領から鳥羽国際観光ホテルで「ゾラフ・バルハフティク氏は私の無二の親友で私の内閣の宗教大臣だったが、彼もすでに八〇を越える老齢なので記念碑の話は一日も早く頼む」という激励の言葉を直接受けて、ユダヤの人々の熱意の深さに感動させられた。

†

一九九〇年二月、長男杉原弘樹氏、荒井八百津町長、秋元岐阜県副知事を伴って竹下元総理に顕彰の碑のお願いに行ったところ「これからの日本はこうした人道的なことに力を尽くさなければならない」と言下に全面的な快諾をいただき、ふるさと創生資金の利用や外務省への協力要請などの他に、財団設立のための発起人で外国の人々の方はどうなっているかなど、いろいろなアドバイスをいただいた。

一九八九年七月、世界バイオ国際会場が開かれているコペンハーゲンに飛んで、カチャルスキー・カチール第四代イスラエル大統領をはじめ各国代表一八名の賛同を得、一九九一年一〇月、一一月と引き続いてアメリカ、ドイツ、オーストラリア、イスラエル各国学者を招いて杉原記念国際シンポジウムが開催できた。

特に米国杉原記念財団東京事務所開設記念パーティーでは、竹下元総理が自ら率先してその門出を盛大に祝福していただいたおかげで記念公園の構想は着々と進み、外務省と杉原家の確執も解け、リトアニアでは杉原通りまで出現して杉原精神は世界に轟いた。

そして本年八月一二日には、八百津町においてモニュメント完成祝賀パーティーが盛大に催されることになった。

バルハフティクさん、あなたが生命をかけて待ち望んだ「約束の国への長い旅」も、いよいよ終着駅に迫ろうとしています。

あなたとあなたのご家族との再会の日を夢見て……。

一九九二年三月二七日

ハルピン学院第一八期生
杉原千畝記念財団発起人　伊神　孝雄

訳者あとがき

一九世紀末まで交流のなかった日本とユダヤ民族は、明治時代から太平洋戦争勃発までに、二回大きな接触をしている。

第一回は日露戦争時で、日本がユダヤ人に衝撃を与えた出会いだった。この戦争では、対日ローンを引き受けた銀行家ヤコブ・シフが有名だが、ここで紹介するのは、ユダヤ民族の復興運動に大きな影響を与えたロシア軍将校、ヨセフ・トランペルドール大尉である。小国日本がなぜ世界有数の大国ロシアに勝ったのか。戦闘で左腕を失い捕虜になった彼は、日本の捕虜収容所で考えぬき、しいたげられたユダヤ民族も日本のようになれるという結論に到達する。

トランペルドールは捕虜収容所でユダヤ系兵士を組織し、シオニズム運動を展開してゆき、本書に出てくるヘハルーツ（開拓者の意）を一九一七年に創立する。一九二〇年、本人はレバノン国境に近い開拓地テルハイでアラブの反徒に襲撃されて死亡するが、東欧のユダヤ人青年を鼓舞する運動に発展してゆく。

三五年後に二回目の接触がある。今度は日本の人道精神が問われる出会いだった。

最初にやってきたのは、ドイツ系のユダヤ難民である。一九三八年三月のオーストリア併合や水晶の夜事件を契機に、迫害されるユダヤ人がイタリア船や日本郵船の船に乗り、ビザの必要がない日本占領下の上海租界をめざした（虹口地区に収容されたユダヤ人の模様は本書に記述があるが、在日ドイツ大使館はこの収容を嫌い、一九四二年七月ゲシュタポのヨゼフ・マイジンガー大佐を上海に派遣、日本側にユダヤ人を始末するよう圧力をかけた。しかし、折衝の窓口になった柴田貢副領事は断固これを拒否したという）。

†

ドイツ系ユダヤ人はシベリア経由でもやってきた。著者は一九四一年七月から翌年五月まで四六六四人のユダヤ人が来日、そのうちドイツ系ユダヤ人は二四九八人であったと書いている。ドイツ系ユダヤ人を世話した関係者の証言によると、三〇〇〇人ほどめんどうをみたようである。日本側の資料では、たとえば四一年四月二〇日付の東京日日新聞は、その第一陣が四〇年五月に来日したと報じている。これはもちろんドイツ系ユダヤ人である（ちなみに東京日日新聞は、ウラジオストク経由のユダヤ人来日数を一九四〇年が二〇〇〇、四一年は一月・三五一、二月・八一五、三月・八六九としている）。

このドイツ系ユダヤ人難民救援は、ハインツ・マイベルゲン、カール・ローゼンベルク氏ら七名の在日ドイツ系ユダヤ人が中心となって救援委員会を組織、横浜の山下町にある互楽荘を拠点に活動した。ポーランド系難民の救援活動は本書のとおりだが、戦後日本に居住したA・トリグボフ氏らが委員会に参加して救援している。どちらもジョイントの支援をうけた。しかし、悪戦苦闘したポーランド組に比べ、余裕のあるドイツ組が救援体制はしっかりしていたようである。なお、両者の間の交流はあまりなかったと思われる。

戦前戦中の日本では、反ユダヤ論者の陸軍将校安江仙弘（包荒子）、同四天王孝（藤原信孝）、海軍将校犬塚推重（宇都宮希洋）らが、偽書の「シオン長老の議定書」を下書きにして、ユダヤの謀略や世界支配を盛んに説いていた。日本の対ユダヤ観の研究者宮澤正典教授の調査によると、ユダヤ問題に関する本や論文が一九四〇年で約七〇点、翌四二年には一一〇点ほどが日本で出ている。その大半は反ユダヤ的内容である（宮澤正典「日本におけるユダヤ・イスラエル論議文献目録」）。しかし、ユダヤ人と初めて接触した普通の日本人は、全体的にみると別の反応を示した。当時の新聞には揶揄気味ながら、大半は裕福ではなく、なかにはボロをまとい手荷物もない者や、旅券の不備で上陸を拒否され立ち往生する哀れな状況が報道されている（前掲、東京日日新聞）。とくに神学生は黒の帽子に黒の衣服をまとい、もみあげを長く垂らした姿で、栄養不足のためにやせて青白い顔をしていた。たしかに奇異な恰好であったが、市井の日本人が迫害するわけではなく、むしろ親切にしてもらったと思い出を語るユダヤ人が多い。とくに中田重治を中心とする東洋宣教会ホーリネス教会の関係者は、ユダヤ人難民を親身に世話している。

†

ユダヤ人が、リトアニアからウラジオストクにいたる各地で立ち往生する状況や日本側の対応は本書に詳しい。管理を強める当局は、通過ビザをもたない者はもちろん、所持者にも乗船に必要な検印を押すな、と指示するようになる。これに対し現地の出先機関は概して難民に同情的だった。一九四一年三月三〇日付で、ウラジオストク根井三郎領事は、本省宛次のように打電している。

避難民ハ一旦当地ニ到着セル上ハ、事実上再ヒ引返スヲ得サル実情ニアル為、連日当館ニ出頭シ其ノ窮状ヲ訴ヘテ通過査証ノ下付又ハ検印ヲ求メ居ル処ナリ
帝国領事ノ査証ヲ有スル者ニテ遥々当地ニ辿リ着キ、単ニ第三国ノ査証カ中米行トナル居ルトノ理由ニテ一率ニ検印ヲ拒否スルハ、帝国在外公館査証ノ威信ヨリ見ルモ面白カラス

（篠輝久著『約束の国への長い旅』より）

ユダヤ人難民の波は、独ソ戦の勃発で途切れることとなる。著者一家が日本を離れた一一日後の一九四一年六月一六日に、はるびん丸（五一六七トン）が最後のポーランド系ユダヤ人を乗せて、ウラジオストクを出航した。つまり著者の離日は、救援活動の終わりでもあった。

関係者の話によるとドイツ系ユダヤ難民は日米開戦時六名が残留、ポーランド系難民も数名残ったが、そのうちのひとりJ・シムキン氏は上海からもどり、日本に永住した。

ユダヤ人を運んだはるびん丸は、開戦まもない一九四一年一月一〇日ベトナム沖で雷撃され、天草丸（二三四〇トン）も、四四年一一月二三日、台湾東方洋上で撃沈された、いまでは、以上の事実関係を知る日本人はほとんどいないと思われるが、ユダヤ人の記憶には鮮明である。

†

一九八八年二月、イスラエルのH・ヘルツォーグ大統領が、昭和天皇の大葬の礼に参列した。戦時

中日本はナチドイツの友邦であったから参列するな、という一部の反対を押しきっての来日であった。大統領は、本書に救援活動で登場するチーフラビ、ヘルツォーグ氏の子息である。二月二六日、東京のユダヤ人協会の歓迎の宴に臨んだ大統領は、日本人、ユダヤ人の出席者を前に、「先の大戦において、多くの国がドアを閉ざしていたころ、日本および日本の管理地では数万のユダヤ人に対する日本の態度は、当時ヨーロッパで起きていたこととはまったく対照的であり、ひときわ輝いています」とあいさつした。

これは、良心にしたがった杉原千畝氏をはじめとする日本人への感謝、と考えてよい。その意味では、ビザ取得に協力した日本郵船も、商売がらみであったとはいえ、たたえて当然だろう。郵船の秘話が関係者によって紹介されるのは本書が初めてである。一方、北米や南米へ向かったユダヤ人も（おもにドイツ系と思われる）、日本郵船の船で日本をたった。当時船室係りとして横浜支店に勤務していた乾《いぬい》三郎氏は、「横浜支店は三〇〇〇名までいかなかったが、まとまった数の船客を上司と二人で扱った」と回想している。

†

日本人はぎくしゃくしながらも、人道精神は守った。バルハフティク師は「数ある国の中で、特に日本政府の態度は高く評価される…大英帝国は難儀するユダヤ人をパレスチナから締め出し…北アメリカの超大国は、影響力のあるユダヤ人社会を持ちながら、ユダヤ人難民に対して閉鎖政策をとり…このような背景を考えてみると、窮地に追い詰められたユダヤ人難民にドアを開き、安全な懐へ入れてくれた日本の行為は称賛に値する」と感謝した。

戦後、反ユダヤ論者たちとその関係者が実は親ユダヤだったと、騒々しく復権をはかるなかで、杉原氏は自分の行為を宣伝することもなく、一九八六年の夏に世を去った。その前年一月、イスラエル政府は「諸国民のなかの正義の人」賞を贈り、さらに一一月には国会議員の故春日一幸・日イ親善協会会長、中山正輝・日イ議員連盟理事長の助力で、エルサレム西方のベンシエメシの丘に、記念碑がたてられた。除幕式には、著者のバルハフティク氏も出席して、杉原氏の功績をたたえた。出身地の岐阜県八百津町には、九二年に杉原氏を記念する人道の丘が関係者の手でつくられた。日本の外務省は二〇〇〇年一〇月河野外相が杉原氏の人道精神を称えた。さらに、ユダヤ人難民が上陸した敦賀には、二〇〇八年に人道の港・敦賀ムゼウムが開館するなど、記憶継承作業が続いている。

†

著者のバルハフティク師は、行動的なうえに機略縦横の人として知られ、難民になって九年後にはイスラエルの独立宣言の署名者に名をつらね、さらに第一回総選挙から国会議員として活躍、その後十二年間宗教大臣として要職にあった。公職を退いた後は、孫、曽孫に囲まれ、悠々自適の生活であったが、二〇〇二年九月に死去した。享年九六歳。

二〇一四年四月

滝川　義人

ゾラフ・バルハフティク（Zorach Barhaftig）
1906年、ワルシャワに生まれる。ワルシャワ大学卒業、法学博士。1939年、ワルシャワ脱出後、リトアニアと日本でユダヤ人難民の救出に尽力。1943～47年、世界ユダヤ人会議ユダヤ問題研究所副所長として難民問題、ナチの犯罪行為を調査。1947～48年、ユダヤ民族評議会（独立後の国会）メンバーとして建国に尽力。独立宣言に署名。1948～81年、イスラエル国会議員として国政に参加。その間、1962年より74年まで宗教大臣をつとめる。1983年、ヘブライ法の研究でイスラエル賞を受賞。2002年9月、逝去。

滝川義人（たきがわ・よしと）
アラブ・イスラエル軍事紛争の研究者。長崎県諫早市出身、早稲田大学第一文学部卒業。イスラエル大使館チーフインフォメーションオフィサーをへて、現在、中東報道研究機関（MEMRI）日本代表。主要訳書に、ヘルツォーグ『図解中東戦争』、マイケル・B・オレン『第三次中東戦争』（以上、原書房）、ラビノビッチ『ヨムキプール戦争全史』（並木書房）などがある。

日本《にほん》に来《き》たユダヤ難民《なんみん》

ヒトラーの魔手《ましゅ》を逃《のが》れて／約束《やくそく》の地《ち》への長《なが》い旅《たび》

●

2014年5月10日　第1刷

著者………ゾラフ・バルハフティク
訳者………滝川義人《たきがわよしと》
装幀者………川島進（スタジオ・ギブ）

本文組版・印刷………株式会社ディグ
カバー印刷………株式会社明光社
製本………小高製本工業株式会社
発行者………成瀬雅人

発行所………株式会社原書房
〒160－0022　東京都新宿区新宿1－25－13
電話・代表　03(3354)0685
http://www.harashobo.co.jp
振替・00150－6－151594
ISBN978-4-562-05067-3